A/B EXTREME

アプラクサスの夢

高橋弥七郎

illustration &
mechanic design
凪良(nagi)

ディビジョン駆除商会

ボギー

突入要員。"ディビジョンのA/B"のB。強力な念動力を持つ特殊技能者《レアタレント》。

アンディ

突入要員。"ディビジョンのA/B"のA。火器類の操作に無類の腕前を持つ。

キット

機器整備担当助役兼、突入要員輸送艇艇長。A/Bの武装管理責任者。

エリー
社長付き秘書。ディビジョンに関わる諸雑務を手際よく処理する、丸眼鏡の似合う美人。
ディビジョン
社長。明晰な頭脳・巧みな交渉術・燃える商魂で危難をくぐる"世間師の中の世間師"。
フォートラン
機器整備担当重役。今時珍しい外装機械式サイボーグ。趣味に生きる頑固な技術者。
ゴシップ
経理・財務担当重役。事務全般、および情報収集と操作を担当するクラッカー。

ヴァンプ

馬型ガンビークル『メタルリュウセイゴー』を駆る、愛嬌たっぷりの個人駆除屋《ハンター》。おんぼろボディが特徴。

クエル

ウィッシュに付き従う女性。

ウィッシュ

謎の老人。ディビジョンとは旧知の仲。

ポンポーソ
トランクイロらをバックア
ップする老技術者。
リゾルート
『幽霊《ファントム》』として〈ゾ
ーン〉内に現れ
る純白の怪人。
トランクイロ
赤いパラソルの少女。ゴシップ
を『偽装経験領域《イミテイブル》』に捕らえるク
ラッカー。

ボランテ

ガンビークル〈ワイルドギース〉を乗りこなす腕利きの傭兵。

アプラクサスの夢

高橋弥七郎

イラスト&メカデザイン
凪良(nagi)

デザイン／鎌部善彦

Keywords

[世界＝＜ゲンセ＞]

諸国家を統合した[連合（アライアンス）]によって運営されている。要生存剤培養槽（ライブメンテ・プラント）等、食糧増産の技術革新による飢餓問題の消滅で、人々は生きることの意義を「個々人の充実」に求めるようになった。「あらゆる現実を味わうことこそが生の価値」という通念が広まり、逆に社会参加への意欲を失った者、端から持たない者は、安楽寝床として偽装経験領域（イミテイブル）に耽溺し、死までの日々を潰している。

[＜ゾーン＞]

天使の輪（ハイロウ）の向こう側に広がる異空間ポケット。この発見によって、人類社会はほぼ無限のスペースを得た。主要な生活・生産施設は、ほとんど内部に収められている。〈ゾーン〉自体、内包物、いずれも〈ゲンセ〉の側には質量をもたらさず、発生装置とともに移動させることもできる。唯一の弊害として、未知の怪物グレムリンがエネルギーに反応し発生する。

[駆除屋]

グレムリンを退治することを生業とした集団。ディビジョン駆除商会もそのひとつ。

[星追い]

政府所属の特殊技能者（レアタレント）集団の少女少年らが、巨大航宙船〈エンペラー〉を乗っ取った際に名乗ったグループ名。『無限の宇宙へ、どこまでもゆきたい』という夢を実現する寸前、治安部隊[ラズルダズル]によって鎮圧された。『偉大なるズールー』や『無敵のノエシス』など、一般にも名を知られる強力な能力者たちで構成されていた。

[ラズルダズル]

正式名称[連合治安軍第二十二特殊機械化限定旅団]。
局面制圧を主任務とする連合治安軍最強の戦闘部隊。

0　序

空間殻面《かくめん》の発する微光の下、〈ゾーン〉内構造物の屋上にあたる駐機場の上空に、全長十メートルほどの小型浮遊艇が静止している。

砲弾のように尖《とが》ったフォルム、全面装甲《そうこう》を施されたキャノピー、鈍《にぶ》く唸《うな》りを上げる重力制御機関など、一見して軍用と分かる無骨《ぶこつ》な機体である。

ただ、その兵員輸送用コンテナの両側面には、機を所有する企業の名が、明るい朱《あか》に純白の縁取《ふちど》りからなる文字で鮮やかに大書されていた。

読んで曰《いわ》く、『ディビジョン駆除《くじょ》商会』。

その文字があるだけで、連合治安軍の最新鋭機たるマーベル級強襲突撃艇の近付きがたい重厚さは、いきなり宅配便並みのアットホームさにまでランクを落としている。いっそ気の毒なまでにコミカルな仕様《しよう》だった。

今、この機体——社での呼び名は〈チャリオット〉という——の操縦室に据《す》えられた補助ディスプレイでは、子供向けの教育テレビ番組が再生されていた。

画面内で、お下げを二つ垂らした可愛《かわい》い女の子が首を傾《かし》げて訊《き》く。

『ねえ博士、〈ゾーン〉って一体なんなの?』

「っふふ」

操縦席のリクライニングを倒してその映像を見ていた少女が、小さく笑った。

整った容貌《ようぼう》にはあどけなさが残り、だぶだぶの作業服に埋もれる体の線も細いが、己《おのれ》の持つ技能への確信と誇りを、強い輝きとしてその全身に表してもいた。

少女のコードネームは『サーキット』。キットの愛称で呼ばれている。

ディビジョン駆除商会における最長の肩書き『機器整備担当助役兼突入要員輸送艇艇長』を持つ、歴《れっき》とした社会人だった。

『ふむふむ、いい質問だね。〈ゾーン〉っていうのは、人類社会を大きく発展させた、奇跡の異次元ポケットのことさ』

『異次元ポケット？』

相方《あいかた》である学者っぽい老人の説明に、女の子は再び首を傾げる。たしか、実年齢は外見同様十二歳だと言っていた。年齢に見合った愛らしい仕草《しぐさ》ではある。

（でも、ねえ……）

キットはまた少し笑った。

『天使の輪《ハイロウ》は知っているかな？』

『はーい！　大きな船なんかの上に浮かんでる、きれいな光の輪《わ》っかでーす』

『うむうむ、そのとおり。〈ゾーン〉というのは、その天使の輪《ハイロウ》を通った向こう側に広がっている空間のことなんだよ』

画面の端に註釈《クリックスター》の星型が付く。ここをクリックすれば、〈ゾーン〉の由来《ゆらい》やら特質やらを記した、『保護者の方々へ』という細かい説明文が表示されるのだろう。

もちろんキットはその筋の本職なので、そんなものは見ない。種類こそ違え、同じく本職だった女の子の、楽しげな今の姿を、ただ眺める。

『広がってる？　私には輪《わ》っかしか見えませんけど』

『それが異次元ポケットと呼ばれている理由さ。この図をご覧《らん》』

老人の前に立体映像が表示された。船を模したモデルの上に天使の輪《ハイロウ》が浮かぶ、ごく普通の光景である。

『さあ、これが〈ゾーン〉だ』

立体映像に表示が追加された。天使の輪《ハイロウ》を下端部の断面にした巨大な球体だった。その全景は、船の上に大きな風船が浮かんでいるようにも見える。

『この天使の輪《ハイロウ》の内にある境界面《ボーダーフェイス》の向こうには、これだけの空間が広がっているんだ』

『そうかあ。天使の輪《ハイロウ》を入り口にした、異次元の側にあるポケットってことなんですね。この中の広さは、輪の大きさに関係があるんですか？』

『あるとも。天使の輪《ハイロウ》が、つまり境界面《ボーダーフェイス》というのは分かるね？　これを削《けず》った〈ゾーン〉の球は、全体の大きさこそ違え、必ず形は同じになるんだ。天使の輪《ハイロウ》が大きければ大きいほど、その向こうには大きな空間が広がっている、ということだね』

ふんふん、と女の子は熱心に頷《うなず》いている。

そのこなれた演技に、キットは感心した。

（初演とは思えないな——あ、でも、初めて会ったときも演技はしてたんだっけ）

偽装《ぎそう》工作のプロフェッショナル、転じて名優となる。全く、世の中なにが幸いするか分からないものである。

『〈ゾーン〉の中は、どうなってるんですか？』

『うむ、この船を例にとって見てみよう。まず、船体の上甲板には、〈ゾーン〉発生機関がある。ここで、とっても貴重な粒子《りゅうし》にエネルギーを加えることで天使の輪《ハイロウ》を発生させているんだ』

一旦《いったん》〈ゾーン〉と天使の輪《ハイロウ》が消えると、順番に——船の上部に小型のブロックが点灯——そこから逆さの円錐《えんすい》が上空に向けて伸びて行き——その底辺である天使の輪《ハイロウ》が広がり——同時に球体空間〈ゾーン〉も大きくなる——というプロセスが図示される。

『こうして〈ゾーン〉は生まれるわけだ。この図のような、移動する船なんかの場合は、動力源として〈対固定単極子循環炉《モノポール》〉、通称〈カーソン・リアクター〉を設置するのが普通だね。〈ゾーン〉自体の重さはないし、またその中にある物体の重さは外に加わらないから、どれほど巨大な建造物であっても、スペースの許す限り収めることができるんだ』

空っぽだった〈ゾーン〉の中に、デフォルメされた機械の映像が表示される。が、それは船から見ると球体の上部に張り付いた形になっていた。ちょうど、凍《こお》った金魚鉢をひっくり返したかのように、境界面《ボーダーフェイス》まで僅《わず》かな余裕《よゆう》を空けて、空間の中を埋めている。

女の子も不安そうに訊《き》く。

『うわー、博士ぇ、こんな逆さまになった形で大丈夫なんですか？　今にも落ちてきそう……』

『大丈夫、中のものは落ちてこないよ。〈ゾーン〉の中では、重力が境界面《ボーダーフェイス》を上にする形変わるんだ。この船の場合は、ちょうど正反対になっているね。天使の輪《ハイロウ》が横を向いても斜めになっても、中の重力は境界面《ボーダーフェイス》を上にするという決まりに変わりはないから、入れた物は落っこちたり揺れたりすることはない。完全に安定した空間というわけだ』

『えーと、つまり天使の輪《ハイロウ》がどの向きになっても、〈ゾーン〉の中では、いつも境界面《ボーダーフェイス》が頭の上にあるような形になるんですね……あれ？　でも、こんなに便利なのに、街中《まちなか》じゃ天使《ハイロ》の輪《ウ》は見かけませんよ』

老人は大きく笑った。

『はっはっは、どこを見ているんだい？　街中にはたくさん〈ゾーン〉があるよ？』

『えっ!?　どこにですか』

女の子はわざとらしさ寸前、絶妙のオーバーアクションで驚いた。

「ぷっ」

キットは思わず吹きだした。演技が上手《うま》い分、余計《よけい》におかしい。

画面の中の女の子は〈ゾーン〉襲撃に練達した、その筋でも最強クラスといっていい戦闘集団の一員だったのだから、知らないどころではない。むしろ専門家のはずだった。

『さっき自分で言っただろう？　どの向きになっても、〈ゾーン〉の中では境界面《ボーダーフェイス》が天井《てんじょう》になるって』

と、二人を大きくフレームに収めていたカメラが引いた。船の立体映像が消えて、代わりにミニチュアのような街の全景が、二人を取り囲んで表示される。

『どういう意味ですか？』

画面中央に小さく映る女の子が訊くと、隣に立つ老人は得意《とくい》げに（こっちの演技はあまり上手くない）手を上げた。

『よし、街にある〈ゾーン〉を全部表示してみよう』

その途端《とたん》、ミニチュアのそこここ、彼女らを囲んで一斉《いっせい》に、先の船と同じ方式による〈ゾーン〉の展開が図示された。光の花が一斉に咲くように、地面に並行する形で、地下に。

女の子は、手を叩《たた》いて納得《なっとく》の声を上げた。

『そうかあ！　天使の輪《ハイロウ》を、さっきの船とは逆向きの、下に発生させれば、中と外の重力の向きは同じになるってことなんですね！』

『その通り。これは、地階型と呼ばれているポピュラーな方式で、全《すべ》ての都市圏に数多く、大規模に設置されている。この〈ゾーン〉の登場によって居住地は安価になったし、浄水場や下水処理場、ゴミ処分場などの都市型公共施設の立地問題も解決した。各種工場はもちろん、陽光採取技法の確立でプラントも内蔵できる……前現代のような高層ビルは姿を消し、より広々とした生活空間が、我々人類の前に拓《ひら》けたってわけさ』

『えーと……つまり、いっぱいたくさん、人とか物を入れられる場所ができて、省スペースになった、ってことですね？』

この可愛《かわい》らしく頷《うなず》く女の子が、対地攻撃機《ASA》をも一撃で吹き飛ばした戦闘サイボーグだったとは、とても信じられない（体ごと着装するタイプだから、外見で分からないのは当然だが）。

演技であるにせよ、その笑顔には隠《かく》れようのない心の輝きが見て取れた。

キットはその、闇《やみ》から抜け出た女の子の姿を眩《まぶ》しそうに見つめる。

『それだけじゃないぞ。超が付く高効率を誇りながら、通常空間では不安定すぎて運用が難しかった発電機関〈カーソン・リアクター〉も、外部からの影響を一切《いっさい》受けない〈ゾーン〉に入れることで実用度が大幅に増したんだ。〈ゾーン〉は人類社会のエネルギー供給にも一役買っているのさ』

『すごいんですね、〈ゾーン〉って』

『そうとも。テレビの前の皆も、分かってくれたかな？　これでテストもバッチリだ！』

「あれっ？」

キットは古臭《ふるくさ》いフレーズとともに番組が終わるらしいことに気づき、驚いた。

（肝心《かんじん》なことをやってないじゃない）

そう、発生が容易《ようい》で、内包物の重さもなく、持ち運びが可能で、安定した空間……〈ゾーン〉における、最大の泣き所。理想郷は遂《つい》には在《あ》り得《え》ない、という証明のような事実。

それがスッポリ、抜け落ちている。

（でもまあ、子供向け番組なら当然かな？）

理屈《りくつ》としてそう思うが、しかし自分の職業にそれなりの誇りとプロ意識を持っている彼女としては、存在を無視されたようでなんとなく面白くなかった。脚本どおりに演じただけの女の子に罪はないので、代わりに老人に理不尽《りふじん》な怒りの視線を向ける。が、一瞬で飽《あ》きた。

『では、今日の授業はこれまで！』

『次回は、今日もちょっとだけ出た〈対固定単極子《モノポール》循環炉〉こと、〈カーソン・リアクター〉を採り上げまーす！』

『それでは』

『またねー！』

手を振る二人にかぶって、陽気な音楽とテロップが流れ始めた。

キットはディスプレイから目を逸《そ》らし、傍《かたわ》らに置いていた手紙を取った。

今朝、初出演の番組を収めたディスクとともに届いたものである。古今変わらず心づくしの証《あかし》である、手書きの文字が温かい。

「……」

もう何十度目か、少し羨望《せんぼう》を交えた表情で、しかし確かに笑って、キットは手紙を読む。

女の子のマネージャーをソツなくこなす優《やさ》しい男の子のこと、少し前までの働きづめの生活からの反動でグータラしているのっぽさん、そのお嫁さんになると言い張って彼を困らせている頑固《がんこ》な少女らのことが、意外にきれいな文字で記されている。

文面の結びには、『お姉ちゃんも頑張《がんば》ってください』とあった。

「うん、頑張ってるよ」

キットは微笑《ほほえ》みと声で答えた。

彼女の職業は、駆　除　屋《エクスターミネーター》。

今や人類にとって不可欠となった異次元ポケット〈ゾーン〉内部、大エネルギーの所在地に忽然《こつぜん》と現れ、設備を破壊し機能を阻害《そがい》する正体《しょうたい》不明の害獣《がいじゅう》――〈グレムリン〉の駆除《くじょ》を生業《なりわい》とする、現代の花形業種である。

その中でも彼女の所属する一団は特別だった。

社員総数七名という超零細企業ながら、知る人ぞ知る曲者《くせもの》と強者《つわもの》の巣窟《そうくつ》。

社名をコンテナ両側面の書き文字に大アピールして曰《いわ》く、

『ディビジョン駆除商会』。

1　死神と幽霊の

アブラクサスの夢

闇《やみ》の中に陽気な歌声が響く。

「——まるで砂糖、ああ、可愛《かわい》い人よ——♪」

床面《ゆかめん》近くを小さく照らす非常灯に輪郭《りんかく》を浮かべ歌っているのは、黒い死神。正確には、黒金《くろがね》に深く光を吸い込む強化服である。外部出力標識である両目だけが、赤く点《とも》っていた。

「——君こそ俺《おれ》の、キャンディガール——♪」

死神を取り巻き広がっているのはお菓子の山。正確には、無数のキャンディーやクッキーの袋を乗せた製菓工場の生産ラインである。操業《そうぎょう》を停止したそこは、静寂《せいじゃく》と薄闇の内にある。

「——こんなにも欲してる、俺は君を——♪」

死神はベルトコンベアの端、お菓子の箱と見紛《みまが》う、製菓企業のロゴをペイントされた動力部の上にスラリと立って歌っている。どこまでも陽気に。

「——可愛い人、ああ、まるで砂糖さ——♪」

無表情な仮面《かめん》、無骨《ぶこつ》な四肢《しし》、大きく張り出した両肩、これ見よがしの武装、赤いラインと【A】のペイント……それら剣呑《けんのん》な姿の〈PSGΞ2　ブラックゴースト〉全制空戦用強化服《ヴァリアブル・マンファイター》が、体こそ揺すっていないものの、いかにも楽しげに歌っている。

「——君こそ俺の、キャンディガール——♪」

その全体で特に目立つ、腹部から伸びる長い砲身が、

「――こんなにも欲してる、俺は君――を!!」

声の切りとともに、全く前触《まえぶ》れなしに動いた。

その砲の指し向けられる先、やや上方で、工場の高い天井《てんじょう》が崩落《ほうらく》していた。

砕け散り落下する建材の中に、それは混じっていた。

汚泥《おでい》を混ぜた紙粘土《かみねんど》のような色と形態をした、全長七、八メートルはあろうかという不定形の怪物。機械を狂わせる前現代の魔物《まもの》の名を与えられた、正体《しょうたい》不明の害獣《がいじゅう》。異次元ポケット〈ゾーン〉に現れ荒す、駆除屋《くじょや》の標的。

〈グレムリン〉である。

その機械とも生物とも付かない巨体の中心部を、死神の砲口から発射された眩《まばゆ》いプラズマの奔流《ほんりゅう》がぶち抜いた。まるで予定調和のように。

戦闘機《ファイター》クラスのグレードを持つ〈ブラックゴースト〉の重突撃兵装である〈ジャックポット〉大口径プラズマ火砲の前には、グレムリンの巨体も薄紙同然である。貫《つらぬ》いたついでのように、その向こう側、工場の壁面中央にあった制御室までも爆発四散させるほどの、見事な大威力だった。グレムリンが床に叩《たた》きつけられる数倍は盛大な轟音《ごうおん》と爆火《ばっか》があがった。

「あらら」

《あららじゃないだろ》

前もって示し合わせていたかのような答えが、指向光通信《ビームライン》で飛んできた。天井《てんじょう》の穴からグレムリンを追って現れた、青いラインと【B】をペイントした同型の強化服からのものである。

《出力を絞《しぼ》れってあれほど言ったの、にっ》

【B】の死神は平淡な、しかしどこか不機嫌な声とともに、同じく腹から伸びた砲を直下に発砲した。床《ゆか》の上で蠢《うごめ》く不定形の怪物を、今度は脳天《のうてん》から一線、焼き潰《つぶ》す。

「ギ・・――■イイ≡イ・・・――ッ!!」

一目ではどこにあるのかさえ分からない口から、金属を擦《す》りわすような咆哮《ほうこう》が上がった。数秒の静止を経て、膨大《ぼうだい》な熱量を受けてグズグズになった巨体が力なく、床に大重量を放り落とす――

寸前に、

その機械とも生物とも付かない体表から足が突き出た。サイズだけを数倍にした人間そのもののフォルムが、雪崩《なだ》れる体を支える。同時に頭上、滞空《たいくう》する【B】の死神に向けて、体表の組織を硬化《こうか》させた無数の棘《とげ》が伸び上がり、襲いかかった。

が、

《おっと》

軽く手を下に向けた【B】の死神の下で、その棘は見えない壁に阻《はば》まれたように止まり、

《ほいさ！》
同時に、再度発砲した【A】の死神のプラズマ火弾《かだん》によって、支えの足が打ち砕かれた。
グレムリンは今度こそ、工場全体を震わせて崩《くず》れ落ちた。またついでに、床面を削《けず》って飛んだプラズマ火弾が生産ラインを二つばかり吹き飛ばす。
《……アンディ》
《過去を振り返るな、ボギー》
アンディと呼ばれた【A】の死神は弁解のように素早く、腹から伸びた大砲の根元にある砲撃体勢保持のロックを外して、長い砲身を真上に向けた。代わりに、背部のウェポンラックから右脇《みぎわき》を潜《くぐ》って飛び出した、給弾ベルト付き機関砲のグリップを握る。
ジャスト二秒で、武装の入れ替え、踏ん張るような射撃体勢、照準が完了。
《フォロー》
《どーぞ》
ボギーと呼ばれた【B】の死神からの、打てば響くような返答を受けて、アンディは新たな武器、〈ドゥー・イン〉特装《とくそう》機関砲のトリガーを絞る。
重く空気を震わす撃発音と花火のようなマズルフラッシュが間断《かんだん》なくあがり、対象表面で砕けて強燃性チップを体内にばら撒《ま》く対人爆弾（といっても、人に使うことは連合条約で禁止されているが）が無数、グレムリンに打ち込まれる。悲鳴もかき消える体内よりの爆発の中、怪物は熱湯の豪雨にさらされた雪像のようにどんどん焼き崩《くず》れてゆく。

その巨体を源泉に吹き上がる壮絶な爆炎《ばくえん》は、しかし周囲に広がらない。溢《あふ》れ出そうになる度《たび》に押し戻され、また再び崩れてゆく体に襲いかかり渦巻《うずま》く。

この起こり得ないはずの現象は、やや距離を取って宙に浮き、掌《てのひら》を差し出すボギーによって引き起こされていた。先の棘《とげ》を押し止《とど》めたのと同様の、精神力による物理干渉《かんしょう》、いわゆる念動力《テレキネシス》である。彼は『人類の科学の果実』——特殊技能者《レアタレント》なのだった。

やがてグレムリンは欠片《かけら》となり、灰と化す。しかしそれは残らず、跡形《あとかた》もなく消滅してゆく。正体《しょうたい》不明の怪物における、これが常の最期《さいご》だった。

アンディが撃ち過ぎ寸前《オーバーキル》でトリガーにかけた指を緩《ゆる》めると、金属の擦《こす》れる音を僅《わず》かに切れ目と残し、工場の中に静寂《せいじゃく》が戻った。射撃体勢を解き、周り（の惨状《さんじょう》）を眺めながら一息つく。

《よっしゃ、ラスト一匹終了。ちいっと高くついたか》

《ちいっと、ね……社長もそう思ってくれればいいけど》

呆《あき》れ声とともに、破壊した箇所に延焼のないことを確認したボギーが彼の前に降り立った。

グレムリンの消滅した後に残された弾芯《だんしん》の燃《も》え滓《かす》に、気のない視線を流しつつ言う。

「さて、今日はグレムリンを先に片付けたわけだけど」

視界に投影される自己流インターフェイス、融合視界《クロスサイト》の中に、交信回復の表示がある。グレムリンが吸収したエネルギーを消費する際に発する、妨害電波《ECM》の消滅によるものだった（だから彼は指向光通信《ビームライン》から肉声による会話に切り替えている)。

その彼に、アンディはせっつくように訊《き》く。

「どうだ?」

「ん。感じてる、、、、、、、不愉快だ」

「よおっし!」

アンディは回復したばかりの交信域から一つのチャンネルを開いた。

《マイ・スイート・エンジェル、聞こえるか?》

《そんな人はいません》

張りのある少女の声が、素《そ》っ気《け》なく返ってきた。彼ら、ディビジョン駆除《くじょ》商会の実戦部隊である突入要員『アンドロイド』アンディと『サイボーグ』ボギーを、この〈ゾーン〉に運んできた浮遊艇〈チャリオット〉の艇長からのものである。

《……キット》

《うん、二次標的確認。位置信号を送信》

普通に名前を呼ぶと、今度は澱《よど》みなく答えが返ってきた。必要なデータも一揃《ひとそろ》い、滞《とどこお》りなく添付《てんぷ》されている。

アンディはそんな少女のつれない態度に、フェイスガードの下で渋《しぶ》い顔を作った。が、それも受け取った情報を一瞥《いちべつ》した途端《とたん》、凶暴《きょうぼう》な笑みに豹変《ひょうへん》する。

「ボギー!」

「ん。近いな、今日は接触できるかも」

A／B《アンディとボギー》は強化服の両肩にある荷重力推進機《プロペラント・プラス》の出力を上げてからスラスターを一発噴射《ふんしゃ》、位置信号の指し示す場所に向けて飛び立った。

ボギーは、傍《かたわ》らを飛ぶアンディが、いつの間にか強化服の手に棒つきキャンディを握っているのに気付いた。ラインからくすねたものらしい。苦《にが》い顔を緩《ゆる》めて、からかうように訊《き》く。

「アプローチの方針を、ムチからアメに変えたのかい?」

「そのとーり。『どうか受け取って頂戴。そして俺と勝負を』……って結局同じか」

笑い飛ばしてアンディは、さらに速度を上げる。その飛翔《ひしょう》の内に、右脇《みぎわき》から伸びていた〈ドウー・イン〉特装《とくそう》機関砲を背部のウェポンラックに戻して、再び腹部の〈ジャックポット〉大口径プラズマ火砲を立ち上げた。機関砲は反動が大きすぎて、乱戦では使い辛《づら》いからである。

やや後方に付くボギーは、強化服の両目にあたる出力標識から開錠《かいじょう》信号を飛ばして、前方壁面にある資材搬入用の大型ゲートを開く。

分厚い鉄扉《てっぴ》に描かれた製菓企業の看板商品であるダイエット・クッキーのロゴが真っ二つに割れて、標識灯だけを点《とも》す殺風景な通路を奥に現す。このすぐ先にある倉庫の一室に、彼らの二次標的がいるはずだった。

彼らの本務は、改めて言うまでもなく〈ゾーン〉の害獣《がいじゅう》・グレムリンの駆除《くじょ》である。だから一次標的とは当然これを指す。むしろ当然すぎて、この言葉はほとんど使われない。対して二次標的というのは、〈ゾーン〉内に取り残された作業員の救助や重要区画の防衛、緊急の修復作業など、依頼に時折追加される副次的《ふくじてき》な物体や達成目標も含めて指す。

しかし今、彼らが目指すその二次標的は、顧客からの依頼によるものではなかった。ゆえに仕事外の余事《よじ》として後回しにしているのだが、実のところ彼らは最近、仕事を不備《ふび》なくこなす傍ら、この捕捉《ほそく》に大きく熱意と関心を振り向けている。

まさに意欲を表す猛スピードで、

「出会う前にトンズラってのだけは勘弁《かんべん》だぜ」

アンディが床面《ゆかめん》スレスレに、

「こっちもせいぜい、駆け足で急ごうか」

ボギーが天井《てんじょう》ギリギリに、静止した運搬車や放置されたコンテナなどをかわしながらすっ飛んでゆく。

向かう先にはなんの反応も出ていないが、キットが工場の中にばら撒《ま》いたネズミ大の小型ロボット、〈マウスフル〉自律偵察機《じりつていさつき》は、その姿だけをしっかりと捉《とら》えているらしい。彼らの求める二次標的は、光学的視認でしか存在を察知《さっち》できないのである。

ほどなくというも短い数秒で、二人は目的地、倉庫の開け放された入り口へと到達した。

ボギーは速度を上げて先行、天井沿いに倉庫内へと突入する。山積みになった資材と商品コンテナの陰《かげ》に入って反転、続く相棒《あいぼう》をフォローする態勢を取った。

アンディは倉庫に飛び込むと同時に、荷重力推進機《プロペラント・プラス》の出力を逆進に入れた。標的が正面に入る位置を取るや、踵《かかと》から出したフックで一瞬だけ床《ゆか》を打突《だとつ》、無理矢理《むりやり》速度を殺して静止する。

「ハロー、お菓子屋の怪人《ファントム・オブ・ザ・スウィートショップ》!!」

熱烈な歓迎の言葉、〈ジャックポット〉の砲撃体勢、グリップと一緒《いっしょ》に握りこんだ棒つきキャンディなどが、まとめて贈《おく》られる。

迷路《めいろ》のように積みあがったコンテナの間にいた人物が、一瞬で砲口に睨《にら》まれたことに驚き、探るようにコンテナに付けていた掌《てのひら》を離した。ゆっくりとアンディの方に振り向く。

それは奇妙な存在だった。

大きなポンチョを被《かぶ》った重々しい機械体で、微妙に人型から離れた体形をしている。強化ガラス製のフード内には、薄気味悪いガスマスクのような頭が収まっていた。

が、奇妙なのはその格好ではない。

体全体が、まるでピンボケしたカメラで見ているかのようにぼやけていることだった。

「ちっ、ハズレだ」

その姿を認めたアンディは、露骨《ろこつ》に舌打ちした。

「データは無駄《むだ》にならないさ」

ボギーは簡潔《かんけつ》に答えながら、コンテナの上にいる〈マウスフル〉自律偵察機《じりつていさつき》と情報をリンク

させ、二次標的……誰《だれ》が付けたか、駆除屋《くじよや》業界筋の通称『幽霊《ファントム》』を、自身の〈ブラックゴースト〉に備えられたあらゆる索敵《さくてき》手段で捉《とら》えようとする。

が、それを果たす前に、ファントムは消え始めた。

いつものように。

目視《もくし》確認しているアンディの目の前で、〈マウスフル〉越しに情報を受け取るボギーの知覚の中から、消えてゆく。

輪郭《りんかく》をよりぼやかし、滲《にじ》むように色彩を失い、煙に紛《まぎ》れるように薄れてゆく。

十秒あるなしのうちに、倉庫には彼らだけが取り残されていた。

眉根《まゆね》を緩《ゆる》めたボギーが、吐息《といき》に乗せて相棒《あいぼう》に告げる。

「やれやれ、スッキリした……いなくなったよ」

「ここじゃ言《い》い訳《わけ》できないよ、ミスター・アンドロイド?」

「……――」

「――ちっ」

衝動的《しようどうてき》な発砲への先手を打たれて、アンディは再び舌打ちした。

ここ二月ほどの間、駆除屋業界は一つ話題で持ちきりだった。

もちろん、ファントムについてである。

環太平洋区域西部の〈ゾーン〉内、自分たちがドンパチ明け暮らす戦場（というか職場）において、駆除屋《くじょや》たちは突然、部外者の侵入を受けた。正体《しょうたい》・目的ともに不明だが、何者かの関与のあることだけは明白という、まさに怪事件だった。

もっとも、この怪事件は、現象の不気味さとは裏腹《うらはら》に――連合政府が未《いま》だ調査や対策に本腰を入れない理由でもある――実のところ被害らしい被害を、まだ一件も出していない。

初遭遇《はっそうぐう》からしばらくの間、グレムリンを追っていた駆除屋たちを驚かし、避難中の作業員に目撃《もくげき》されて大騒ぎになり、業界筋の情報を求める好事家《こうずか》や研究者の間で注目を集めた、このファントムなる謎の存在……または現象は、しかしすぐセンサーの故障、科学的な根拠《こんきょ》を示した錯覚《さっかく》などの原因公表を受けて、日々の情報の中に押し流され、騒ぎも沈静化《ちんせいか》した。

もちろん、それら故障や錯覚などの原因は全《すべ》て、沈静化させるための方便《ほうべん》である。

その裏、というより少し深いところには、連合政府が詳細《しょうさい》な調査が終わるまではそう扱うようマスコミに指示を出し、マスコミも真相《しんそう》発覚の折には隠蔽《いんぺい》スキャンダルとして大々的に採り上げることを条件にこれを呑《の》んだ、という経緯《いきさつ》が隠《かく》されている（マスコミの仕事は真相の究明ではなく、人の耳目《じもく》を引き付けることだから、彼らの選択は間違ってはいない）。

政府は統治側の論理として、人類社会を支える屋台骨《やたいぼね》である〈ゾーン〉に関する情報が、善《よ》し悪しに関《かか》わらず広まることを好んでいない。グレムリンの関連事項についても、禁じてこそいなかったが、関係者や専門職以外の人間には極力触れられないようにしていた。駆除屋《くじよや》が現代の花形業種と言われながら一般への認知度が低い、これはその遠因《えんいん》でもある。

ともあれ、政府は当面の隠蔽だけを行い、実害がないことから動こうともしなかった。

結果、現在ファントムについて詳《くわ》しい調査と対処法を模索《もさく》しているのは、事態に直面する駆除屋たち、具体的には同業者組合たる［EX《エクス》ユニオン］だけとなっていた。

そんな彼らが、自身の体験を元に得た情報はというと、
①常に単体である、
②特殊技能者《レアタレント》の特殊移動要件とは異なる、
③視認以外の方法で捉《とら》えることができない、
④なにをするでもなく彷徨《さまよ》い歩くだけである、
⑤気付かれたり刺激を受けたりすると消滅する、
これだけだった。

以降、何件目撃例《もくげきれい》を連ねても、これ以上の確定情報は得られていない。

目撃される姿も、最初期における数件の例外を経て、今ではA／Bが見た、不気味なガスマスクタイプだけとなったいた。出没《しゆつぼつ》する一連の存在が同一人物かどうかすら分からない。足取りを追うにはあまりにか細い手がかりだった。

放っておくには現象が奇怪《きかい》すぎる。

しかし対処する方法が全くない。

そんな歯がゆい状況の下、駆除屋《エクスターミネーターズ》たちは今日も〈ゾーン〉でドンパチ明け暮らしている。

製菓工場の屋上、つまり〈ゾーン〉では境界面《ボーダーフェイス》に最も近いフロアにあたる駐機場に、〈チャリオット〉が砲弾のような機体を休めている。

その箱型のコンテナ内のハンガーで、A／Bは強化服を除装《じょそう》した。

「あー、疲れた――っと！」

「ふう――」

ハンガーに降り立った二人は、大柄と中肉中背、それぞれ体を大きく伸ばした。強化服の内で溜《た》まった心身の凝《こ》りが、快感とともに追い出されてゆく。

幾つかのブロックに分離して彼らを解放した二機の〈PSG∃2　ブラックゴースト〉全制空戦用強化服《ヴァリアブル・マンファイター》は、ハンガーの壁面で自動整備状態に入っている。その様《さま》は、死神を描いた壁画にも、悪霊《あくりょう》を刻んだ浮き彫《レリーフ》りにも見えた。

強化服から取り外した武装を持ってゆく作業用アームやそれらを収容するラック、各所を這《は》い巡るパイプやコード等で狭苦《せまくる》しいハンガーに、キットの声がスピーカー越しに響いた。

《おかえりー。やっぱり駄目《だめ》だったね》

彼女は操縦席で、〈マウスフル〉自律偵察機《じりつていさつき》の回収作業中である。

「ああ、ハズレの上にすぐ逃げられちまう。ったく、やってらんねえよ」

アンディは言って、インナースーツのフードを乱暴に取った。熱気とともに、硬《かた》そうな金髪が広がる。二十歳前後に見える荒削《あらけず》りな容貌《ようぼう》に、拗《す》ねた子供のような、陰《かげ》のない不機嫌さが浮かんでいた。

「まあ、そう簡単にはいかないさ。僕の方はスッキリしたけどね」

ボギーもフードを取る。焦茶《こげちゃ》のざんばら髪が、尖《とが》った顔の輪郭《りんかく》と鋭い目線にかかった。十六、七という歳《とし》の頃《ころ》に不釣合《ふつりあ》いな、荒《すさ》んだ雰囲気とこなれた態度に、底意地の悪そうな苦笑がよく似合う。

《二人とも、装弾《そうだん》のチェックと、服の過負荷検知《かふかけんち》だけやっといて》

事務的に指示するキットの声には、呆《あき》れの色がある。

ここしばらくの、ファントムに対する二人の態度へのものだった。

アンディは、ファントムが出没《しゅつぼつ》し始めた最初期に、通常出現する不気味なガスマスク面《づら》ではない例外と遭遇《そうぐう》した、数少ない突入要員の一人だった。全部で四、五種類しか目撃例《もくげきれい》のないそれを、彼がアタリと呼び、こだわっているのはなぜかというと、

「ケンカを売られたから」

これだけであるらしい。

キットでなくても呆《あき》れる理由だった。

とにかく彼の話によると、その事件は二月ほど前の、いつもの駆除《くじょ》作業中に起きた。場所は、とある発電所のリアクター基部。見る限り支持架《しじか》や鉄骨という、鋼材の林立する中においてだった。

ボギーがグレムリンを追い立ててくるところを〈ジャックポット〉大口径プラズマ火砲で狙《ねら》い撃《う》つべく待機していたそのとき、不意に視界の端を過ぎるモノを、彼は見出した。

「……?」

他のセンサーに反応は一切《いっさい》なかった。ただ、強化服の外部モニターに繋《つな》いだ融合視界《クロスサイト》の中に、動くものが映った。それだけの、しかしありえないことが、確かに起こった。

フェイスガードの内に満つ暗闇《くらやみ》の中——強化服は概《おおむ》ね融合視界《クロスサイト》に視覚を直結する方式であるため、ガードの内側に非効率な投影用モニターはない——、アンディは怪訝《けげん》な顔を作った。

彼はその名のとおりアンドロイド、人権を持つ『二次的誕生《ロボット》による人間』＝ニューロンドーマーではあるが、脳を人工物で再現しただけの存在であるから、情報総体《ものごとをしる》の収集手法は人間と変わらない。

その彼と〈ブラックゴースト〉が備える、あらゆるセンサーの、たった一つだけに、いきなり奇妙な闖入者《ちんにゅうしゃ》が現れたのである。怪現象と言ってよかった。

（歩いて、た？）

思いつつ融合視界《クロスサイト》の一角に映像を再生、その一部を拡大・補正して、自分の認識が正しかったことを確認した。

視界の端に発見してから、速度と時間に勘《かん》を一味《ひとあじ》加えた計算の結果を得るまで、半秒。得《え》も言われぬ胸騒ぎが体を衝《つ》き動かした。

強化服のバネと緊急発進用スラスターによる爆発的な跳躍《ジャンプ》で、上部の鉄骨に飛び乗った。同時に真下、標的を脳天《のうてん》から狙《ねら》う形で〈ジャックポット〉の砲身を向ける。

が、その先に標的がいなかった。

アンディの跳躍に合わせて位置を変え、別の鉄骨の陰《かげ》から危機感もなく悠々《ゆうゆう》と、彼を見上げていたのである。

（限定空間戦の技能者か！）

すぐ分かった。

彼の着装《ちゃくそう》する〈ブラックゴースト〉本来の用途である、開けた屋外での地空双方《そうほう》を占拠《せんきょ》対象とする『全制空戦』……それと逆の概念である、閉じられた屋内、あるいは地表のみを占拠《せんきょ》対象とする『限定空間戦』の、こいつはプロだった。

アンディは自分の強さを理解しているだけであって、過信はしていない。どんな相手にも、状況次第《しだい》でかわされることはあると分かっている。だからこのときまでは、意表を突かれたとしか思ってはいなかった。

怒る理由は、このあとに起こった出来事だった。

謎《なぞ》の技能者は上方にある彼を確認すると、まるで自分のその行動が誤りだったかのように体の力を抜き、鉄骨の陰から出てきたのだった。まるで、自分を狙う大砲が目に入っていないかのように。

姿を現したのは、大柄な外装機械式の戦闘サイボーグ、あるいはアンドロイドだった。鬣《たてがみ》のように膨《ふく》れ上がった頭髪、鋭角的《えいかくてき》なフォルムを持つ上半身、限定空間戦用機体の特徴であるスマートな足回り、全《すべ》てが純白。そして、同じく白い、無機質な造作《ぞうさく》をした顔が、牙《きば》を剝《む》き出して……笑っていた。

以降彼が見たファントムとは違う、はっきりと見える姿で、たしかに笑っていた。

（野郎《やろう》――）

アンディには、この不審者《ふしんしゃ》の回避《かいひ》行動が、持てる技能からの反射であると分かっていた。目の前に出てきたのが、自分を値踏《ねぶ》みし、その銃口の前に身を晒《さら》しても問題ない、と判断した結果であることも分かった。

なにかの間違いで迷い込んだ部外者、などという億分の一の可能性さえ否定できる、それは『敵の顔』だった。

その白髪《はくはつ》の敵の体には、目につく武装は見えなかった。が、限定空間戦の技能者は基本的にかさばる武器を好まない。外見で判断するのは愚《ぐ》の骨頂《こっちょう》だった。

そうして互いに見詰め合ったまま静止する僅《わず》かな間を経て、

互いに動きの気配が漂った瞬間、

二人の傍《かたわ》らにある鉄骨が折れ、それが支えていた壁が砕け散った。

轟音《ごうおん》と煙の中から現れたのは、駆除屋《くじょや》本来の標的たる怪物・グレムリン。

アンディは反射的に、白髪とグレムリン双方《そうほう》に不利、自分に有利な射角《しゃかく》を得られる位置に飛び、〈ジャックポット〉のトリガーを絞《しぼ》っていた。

「――っく」

その僅かな時の中、彼は見ていた。

白髪の不審者《ふしんしゃ》が、その身をぼやかし、消えゆく姿を。その笑いを。

スローモーションのようにはっきりと。

それが、

「そったれ!!」

突然、プラズマにぶち抜かれて倒れるグレムリンの巨体で隠《かく》され、またすぐ、折れて崩《くず》れる鉄骨と壁の建材の煙に紛《まぎ》れ、全《すべ》ては混乱のうちに消えた。

打ち合わせと異なる位置からの砲撃で、危《あや》うくボギーが撃墜《げきつい》されかけたのは余談《よだん》。

一方ボギーは、実はこの一連のファントム騒動《そうどう》において、あるいは明確な被害を被《こうむ》っているといえる、ただ一人の駆除屋《エクスターミネーター》だった。

どういうわけか、彼はファントムの存在を感じることができたのである。

しかも不快感という形で。

彼自身の表現によると、「脳を撫《な》でられるような気持ち悪さ」だという。

最初は、この万事抜かりのない少年らしからぬ体調不良と思われていた。それがやがて、数度にわたるファントムとの接触から因果《いんが》関係のあることを推測され、すぐ実体験による確信へと変わった。具体的には、目の前でファントムが消えた途端《とたん》、体調が快気《かいき》した例を数度、経験したのである。

騒動の起きた当初から、『ファントムの神出鬼没《しんしゅつきぼつ》ともいえる現象は特殊技能者《レアタレント》による変則的なテレポートである』という仮説《かせつ》は、唱えられてはいた。とはいえ、それでは説明のつかない状況も多く、特殊技能者《レアタレント》が同じ現象を起こした例が報告されていないこと、また推測を立証する方法もないことなどから、これは未《いま》だに数ある仮説の一つとして扱われている。

他の駆除屋にいる特殊技能者《レアタレント》に同じ症状が出ていないことなど、関連性に疑問のないわけではなかったが（最悪、ボギー個人の症状という可能性もある）、それでもディビジョン駆除商会としては、彼の変調が答えの一端《いったん》、特殊技能者絡《レアタレントがら》みである可能性が高い、と判断した。

特殊技能者《レアタレント》の力の根源、思念《しねん》による物理干渉《かんしょうりょく》力を生む脳の電気経路『モザイクパターン』は、解明の道筋さえはっきりしていない謎《なぞ》に満ちた領域である。なにがどう、彼に副作用を起こしているのか、現状では分からない。が、

「分からないものなら、くっつけて考えておくのがいい。まずは全肯定《ぜんこうてい》から始めて、現れる否定で切り取っていくんだ。そうすることで、全体の形が見えてくる」

とは、彼らの社長の弁《べん》、

「ホットケーキ切りながら言うの止めてくれませんか」

とは、その弁に対するボギーの返答である。

とにかく今は、事態に対する特効薬や解決法を見つけるどころか、その把握《はあく》すらできていないといった状況である。

一方的被害者たるボギーとしては、手がかりなり沈静化《ちんせいか》なりを求めながら、目の前のグレムリン駆除に励むくらいしかできなかった。

天頂部《てんちょうぶ》に境界面《ボーダーフェイス》を僅《わず》か削《けず》った球形をした〈ゾーン〉の内壁、『空間殻面《かくめん》』の発する淡い光の中、〈チャリオット〉が姿勢を変えないまま、垂直に浮上してゆく。

製菓工場の駐機場が遠ざかり、代わりに頭上、真円《しんえん》を描く虹色《にじいろ》の湖面が近づいてくる。この虹色の湖面が、〈ゾーン〉と外の世界〈ゲンセ〉——とある文化圏の古語から取られた呼称である——を結ぶ出入り口たる境界面《ボーダーフェイス》である。

操縦室左側前部の機長席で、キットが境界面《ボーダーフェイス》通過をカウントする。

「境界面《ボーダーフェイス》までヒト・マル。出るわよ」

「「どーぞ」」

A／Bがハモって答えた。アンディはキットの後ろにある自分の指定席、二人がけの椅子にどっかり足を広げて座り、ボギーはその反対側にある自分の、これまた二人がけの指定席で寝《ね》転《ころ》んでいる。

「ゴ、前」

機長席にあるキットは、昔の板金工が使うようなゴツい鉄の保護面で顔全体を隠《かく》していた。これは、無改造で融合視界《クロスサイト》を備えていない彼女のインターフェース機器である。その内側からくぐもった声が響く。

「境界面《ボーダーフェイス》、通過」

浮上を続ける〈チャリオット〉が虹色の湖面、境界面《ボーダーフェイス》を抜ける。この〈ゾーン〉は地階型であるため、基準重力方位は同じである。機の姿勢変更や重力方位の調整は必要なかった。

「〈ゾーン〉離脱《りだつ》」

出た場所は、閉塞感《へいそくかん》を漂わす、殺風景で薄暗い場所だった。

境界面《ボーダーフェイス》は、〈ゲンセ〉の側から見ると、地面にへばりつき、内側に黒々とした肌《はだ》を覗《のぞ》かせる天使の輪《ハイロウ》である。この光り輝く輪に沿って彼らを囲む壁が、太い円柱をなして上へと伸びており、力学の図式にも似た支柱を内側に幾重にも張り巡らせている。

典型的な地階型〈ゾーン〉の形態だった。

〈チャリオット〉は進路を微調整しながら、グレムリン発生に際して引き上げられた大型エレベーターシャフトに沿って上昇を続ける。

やがて行く先に、円柱の内壁から生えたビルのような建物が現れた。〈ゾーン〉発生機関を内蔵した、地階層管理ブースである。窓からは数人が、手を上げて彼らをねぎらい、帽子を振っていた。

キットはその外部映像を受け取りつつ、管制室に通信を入れる。

「ブロス・コントロール、こちらディビジョン・エクスターミネーターC。駆除《くじょ》作業完了。被害状況および付加《ふか》事項を転送する」

やや間があって、女性の声が返ってきた。キットと馴染《なじ》みの通信手である。

「ブロス・コントロール了解《りょうかい》。セントラルゲート・オープン。リミットは三十秒」

「ディビジョン・エクスターミネーターC了解《りょうかい》」

「今日は思ったより被害が少なくて助かったわ。また出たらお願いね、交信終了」

安堵《あんど》と苦笑を混ぜた通信手に、キットは営業用の朗《ほが》らかな声で答えた。

「はい、早くて確実、ディビジョン駆除商会を、これからも何卒《なにとぞ》ご贔屓《ひいき》に。交信終了」

手動で通信を切り、また機位を微調整。

〈チャリオット〉の上で、闇《やみ》が轟音《ごうおん》と共に割れた。地階層からの出口、セントラルゲートだった。天井《てんじょう》が真っ二つになる形で開くゲートを、リミットの三十秒を待つまでもなく浮遊艇は潜《くぐ》る。〈ゲンセ〉に出た、帰ってきた、その本当の開放感をもたらす大空へと、砲弾のような機体が舞い上がった。

空は、夕焼けに赤く染まっていた。

真下で、彼らの通過を確認したセントラルゲートが閉じていく。その表面は芝生《しばふ》に偽装《ぎそう》してあり、閉じると周囲の風景に溶け込んで見分けがつかなくなる。

その風景とは、見事すぎてかえってわざとらしい、風にそよぐ緑の草原に建つ素朴な丸木小屋、というもの。もちろんこれは、製菓企業としてはなにより重要な、イメージ戦略の一環《いっかん》である。今回のクライアントに限らず、大抵《たいてい》の企業は『建ち並ぶ大工場』という、前現代的な傲《ごう》慢《まん》さの臭《にお》う絵面《えづら》を好まない。

見えない場所に大規模な用地を確保できる〈ゾーン〉は、そんな企業の経営者たちにとっても渡りに船の、まさに理想郷なのだった（もちろんグレムリン問題を除いてのことだが）。

特に今日のクライアント〈ブロス製菓〉などでは、地階型〈ゾーン〉内の工場に、発電機関である〈カーソン・リアクター〉を併設《へいせつ》する方式を取っている。グレムリンの危険性とコスト節減の折り合いの上に成り立つやり方で、社としてはありがたいお得意様《とくいさま》の一つだった。

それら真下の打算を隠《かく》す『小さな大工場』は、日暮れの中にぽつんと建って、窓に明かりを点《とも》している、見る者に憩《いこ》いを求めさせる。シチューのCMでも作れそうな風情《ふぜい》だった。

キットはその外部映像を切ると、航空管制局とアクセス、目的地への空路申請《しんせい》、即時返信のあったデータを自動操縦装置に入力等、熟練ゆえの手軽さでこれら作業をこなす。

そしてようやく、

「ふあーっ、今日のお仕事終了、っと」

言って彼女はシートを倒し、大きく伸びをした。輸送艇艇長の仕事は待機状態が多い代わりに、渉外も含めて突入要員より長く煩雑《はんざつ》である。今がようやくの、仕事の切りだった。

「「おつかれ」」

A／Bがハモって彼女をねぎらう。

うん、と答えてから、キットは保護面を外して傍《かたわ》らに置いた。倒したシートから逆さに見上げる形で、自分の後席にあるアンディを見る。

荒削《あらけず》りだが、精悍《せいかん》と言えなくもない顔。それがお気楽にくつろいでいる……ように見せかけて、ふてくされている。口の端が僅《わず》かにひん曲がっているのが、その証拠《しょうこ》。

そんな彼を可愛《かわい》く思って、キットは逆さのまま、くすりと笑った。

「なに、まだ愛《いと》しのホワイト・ヘアとすれ違いでおかんむり？」

アンディは、組んだ腕をぴくりと動かした。平静を装《よそお》って答える。

「すれ違うもなにも、まず会えないんだよ」

「勝手《かって》な見当だけで自分に大砲向けるような非常識な男には、私も会いたくないけど」

私も云々《うんぬん》、のところで僅かに表情に動揺を走らせ、しかしアンディは口答えする。

「敵に大砲向けて何が悪いんだよ」

「敵、ねえ」

「敵さ」

確信を声にしたような断言に、キットは呆《あき》れの溜《た》め息《いき》を吐《つ》く。

「変なトコで自信満々なんだから、もう。会うとか敵とか言っても、どうせファントムはすぐ消えちゃうのに」

と、不意に、シートで寝転《ねころ》ぶボギーが口を開いた。

「ところがそうでもない、かも知れないのさ」

不愉快《ふゆかい》な口調で、

「不愉快なことにね」

と強調する。

「え？」

「見てみな」

訝《いぶか》るキットのために、アンディが眼球の出力子からデータを一つ、コンソールに送信した。操縦席唯一《ゆいいつ》の飾りである猫の人形の横、小さめのサブディスプレイに、一つの記録映像が映し出される。

キットはシートを戻してそれを見、仰天《ぎょうてん》した。

「!! ……これ、もしかして」

「ああ。手形だ」

ファントムの消えた場所に、それはくっきりと残されていた。

ボギーが情報を補足する。

「寸前の映像と立体構成を照合した。間違いなく、奴《やつ》のものだよ」

「そんな……物体と、接触を……?」

キットは戸惑《とまど》いに声を切った。

これまでファントムは、目撃《もくげき》されただけだった。ときおり姿を見せ、すぐ消える。行動に特別な意図《いと》を感じさせることも、まして周囲に痕跡《こんせき》を残したことも一度たりとなかった。それは実は、この怪《あや》しい存在に関《かか》わる人間たちにとって、密《ひそ》かな安心の保証でさえあった。

それが、この映像一枚で全《すべ》て覆《くつがえ》ってしまう。

(まるで、あの世から幽 霊《ファントム》が這《は》い出してきたみたい……)

キットは空恐ろしさに背筋を震わせた。

ところが、後ろの男ども《A／B》はといえば、

「まあ、スカってもただでは済《す》まさないのがアンディ様ってことさ」

「見つけたのは僕だよ」

「うっ」

「これを報告すれば社長も、［EX《エクス》ユニオン］にいい顔できる、って喜ぶだろうね」

などと軽く声を交わしている。全く、恐れを抱くことが馬鹿《ばか》らしく思えてくるほどのお気楽さ、明るさだった。

そう思わせてくれたことに、少女は感謝を込めて笑い、努《つと》めて明るい声を出す。

「社長って言えば、今日の仕事が上がったら〈ワン・フォー・ザ・ロード〉で奢《おご》ってくれるそうよ。実は今、そっちに向かってるの」

A／Bは声を揃《そろ》えて賞賛《しょうさん》した。

「「ブラボー」」

国家を統合して生まれた［連合《アライアンス》］が、人類社会に『権利兌換制《バーター・システム》』を布《し》いて長い。

これは、欲する権利に相応の義務を課すという、ひどく単純な原則からなる制度である（も

ちろん、全《すべ》ての法がそうであるように、実施においては複雑怪奇《かいき》の様相を呈《てい》するが）。

誰《だれ》もが食うに困らなくなる要生存剤培養槽《バイオメンテ・プラント》の開発や、〈ゾーン〉による生活空間の爆発的な膨張《ぼうちょう》などと合わせて、この制度は現代の人類社会を動かす動力源となっている。

人間《ヒト》と二次的誕生による人間《ロボット》は、生きる、それだけは無条件で保証されていた。しかし、それ以上のこと――物・地位・名声・充足感などは、課される義務と引き換えに社会へと参加し、自身の持てる知力を尽くしてもぎ取らねばならなかった。

意に染まぬ代償《だいしょう》を払ってでも『なにかをしたい』という生命の活力……野心や欲望を持っている者は、その心のまま、ときには休みつつ、艱難辛苦《かんなんしんく》の中を前進していた。

その活力を失った者、端《はな》から持たない者は、ただ生きていた。彼らの多くは偽装経験領域《イミテイブル》と呼ばれる架空《かくう》の電子世界で、無限に供給される娯楽の中、死までの時間を潰《つぶ》している。

現代社会はこの、基本的になにも強制してくれない制度の元、『去るを追わず、来るを拒《こば》まず』の格言、もっとくだけて『やりたいやつだけでてこい』の一言に拠《よ》って、運営されている。

こんな、人が欲し望むものを得ようと血道《ちみち》をあげる世界には、ときおりイレギュラーのように忽然《こつぜん》と、あるいはレギュラーのように平然と、すいすいすらすら気儘《きまま》に過ごす異常人が生まれることがある。

ディビジョン駆除《くじょ》商会にも、その代表者たる男が一人いた。

巷間《こうかん》『世間師《せけんし》の中の世間師』と呼ばれ恐れられる、しかし当人は飄々洒脱《ひょうひょうしゃだつ》に過ごしている、社のオーナーにして経営責任者、つまり社長。

名を『ディビジョン』という。


照明を抑《おさ》えた店内に、『アズ・タイム・ゴーズ・バイ《ときのたつまま》』が微《かす》かに流れている。

そのバー、〈ワン・フォー・ザ・ロード〉は、踏めば音撒《ま》く板張りの床《ゆか》、古い映画のポスターや外したダーツが開けた穴だらけの壁、端の削《けず》れも滑《なめ》らかなテーブルセットなど、店全体に骨董品《こっとうひん》のような歳月の煤《すす》けを表していた。

ただ、バーカウンターと、その奥壁一面を占める『酒場の顔』酒棚《バックバー》にのみ、見える形での、手入れが成されている。

今日の客は、カウンター席に並んでかけている四人きり。

貸切ではない。この店は普段《ふだん》からこんなものだった。

カウンターの内にある、落ち着いた雰囲気をまとう中年のマスターが、その客の前に、コースターに載《の》せたロックグラスを、す、と滑《すべ》らせる。

並んでかける男女、その中の一人がグラスを受け取り、目線と僅《わず》かな息づかいのみで礼を言った。マスターも目線だけを伏せて、洗い場に引く。

グラスを取ったのは、男。

スーツ以外の姿が想像できない、上品な四十がらみの紳士《しんし》である。

紳士は優雅《ゆうが》な仕草《しぐさ》でグラスを傾け、琥珀色《こはくいろ》の酒を一口、緩《ゆる》やかに咽喉《のど》へと流し込む。数秒、吐息《といき》に薫《かお》る風味に満足してから、ようやく感想を漏《も》らす。

「たまにはブレンデッド・ウイスキーも悪くないね」

風格漂う容貌《ようぼう》に、明るくも胡散臭《うさんくさ》い笑みを見せる男。

コードネーム『ディビジョン』である。

嫌う者は結構少ないが恐れる者は馬鹿《ばか》に多い、ディビジョン駆除《くじょ》商会の社長。訳《わけ》あり傷持ち腕利《き》きの面子《メンツ》を束《たば》ねあげ、その威力をもって世に知らしめる怪人《かいじん》にして粋人《すいじん》だった。

「それで、フォートラン君、どうだい」

その彼の、よく通る声の問いかけに、間に一人挟《はさ》んだ左側の席から、老人が答える。

「残念ながら、ご期待には添《そ》えんよ、社長。手形を見ても、武装の形式に特定の心当たりのない以上、儂《わし》に提供できる新しい情報はないな」

特別な素材と構造で補強された指定席に巨体を沈める、露骨《ろこつ》で無骨《ぶこつ》な機械からなる——おそらくは——老人である。

コードネーム『フォートラン』、通称《つうしょう》とっつぁん。

社の機器整備担当重役を務める、キットの上司《じょうし》にしてメカニックとしての師匠《ししょう》である。

「まあ、構造解析《かいせき》と設計思想の推測ならやっとるがね。特にあのホワイト・ヘアは、なかなか興味深い機体じゃしな」

頑固親父《がんこおやじ》の顔を映し出す古臭《ふるくさ》い二次元モニターの頭や、〈チャリオット〉から転送された写真をつまむ鋼鉄《こうてつ》の手、その他もろもろ、全《すべ》てチープな機械仕掛《じか》けだが、これでも歴《れっき》とした元・人間、サイボーグである。この社会では、アンディのように人間と変わらない体を使うことになんの制限もないのだから、これはわざとそうしているはずだった。

もちろん、誰《だれ》もその理由を尋《たず》ねたりはしない。互いの詮索《せんさく》をしない、というのは社の不文律《ふぶんりつ》である。彼は神がかった腕前の技術者である、それだけが分かっていれば、社員たちにとっては十分なのだった。

ディビジョンは、予想された老人からの回答に頷《うなず》く。

「ふむ。現象として面白くはあっても、正体《しょうたい》不明であるのは同じ、か」

伸ばした人差し指と中指に写真を挟《はさ》んで受け取り、胸元で翻《ひるがえ》し眺め直す。

その右隣から、年齢不詳《ふしょう》の細面《ほそおもて》にサングラスをかけた男が言う。

「ヤバい改造を請《う》け負《お》う人間なんざ、その筋には掃《は》いて捨てるほどいますからねえ。ここまで大掛《おおが》かりなことしてでかす連中が、装備品から足の付くようなヘマするとも思えないっスよ」

男は、インターフェース機器である幅広のサングラス、前も開けたよれよれのスーツに緩《ゆる》めたネクタイという、チンピラチックな格好をしている。

「シラガ野郎《やろう》も同じっスね。めぼしい限定空間戦の技能者を当たってみましたが、治安当局や

「［情報部］の要注意人物Aクラスだけでも、まあいるわいるわ。情報があの一回きりの遭遇しかないんじゃ、とても絞《しぼ》りきれませんや」

言って、苦笑《にがわら》いを見せる。

コードネーム『ゴシップ』。

社の事務全般を取り仕切る経理財務担当重役にして、危急の際、各種の情報収集と操作にあたる超級《ちようきゆう》のクラッカーである（もちろん、要注意人物《マーク》云々《うんぬん》の勝手《かつて》な情報閲覧《えつらん》は完全な違法行為である）。とっつぁんがハード担当なら、彼はソフト担当だった。

「……でも、その映像自体を利用する算段《さんだん》は、ついてんでしょう？」

力の抜けた笑いや、ついでと取り上げたショットグラスをかざす姿も、ディビジョンの優雅《ゆうが》なそれとは対照的なC調である。

「もちろん。エリー君？」

「はい」

ディビジョンととっつぁんの間に背筋を伸ばして座っていた、ショートの金髪に丸眼鏡《メガネ》の女性が、柔《やわ》らかくも毅然《きぜん》とした声を返す。

「すでに［EX《エクス》ユニオン］環太平洋地域本部にはアポイントメントを取りました。緊急総会を開くとの旨《むね》、評議委員会より返信も受けています」

スラスラと、なにを見るでもなく報告する。

コードネーム『エレメント』。通称《つうしょう》エリー。

社長付き秘書として、当意即妙《とういそくみょう》諸事的確にディビジョンを補佐《ほさ》する、非常な美人である。歳《とし》は二十代半《なか》ばに見えるが、本人の申告はない。有能ながら才知《さいち》に奢《おご》らない気さくな人柄から、社外の人気も高い。

ちなみに［ＥＸ《エクス》ユニオン］とは、駆除屋《くじょや》の同業者組合のことである。各地域に大きな本部を構え、連合政府にもそれなりの発言権を持つ、世界的な組織だった。

「地域で活動する加盟員の出席をできるだけ増やすとの主旨《しゅし》から、時間は環太平洋地域第一標準時で明日の１２００時にずれ込みましたが、同地域本部第二会議場にて執《と》り行われることは確定しています」

ディビジョンは笑って答える。

「結構。まあ、抜本的な対策があるわけでなし、いつも以上の『発表会』として議事を進めるしかないね」

「はい。でも、事前交渉や工作は不要ですから、楽ではあります。どうぞ」

エリーは社長の前に小皿を押す。

敷いた和紙の上に載《の》っているのは、上品な薄紅色《うすべにいろ》の御干菓子《おひがし》。

ちょうどいい、とばかりにディビジョンは御干菓子を取り、口に運ぶ。

「ありがとうボリ……ほう、和三盆《わさんぼん》か」

「はい」

社長の笑顔に、エリーもにっこりと満足げな笑みで答える。

（……ウイスキーに、干菓子？）

（二人とも、舌は確かだっつーのに、どーしてこう妙なチョイスばっかりすんだ？）

とっつぁんとゴシップは、この二人の相変わらずどこかズレた食事感覚に、両脇《りょうわき》から呆《あき》れ顔を作った。

彼らの社長とその秘書には、ロブスターの付け合せに羊羹《ようかん》、鰹《かつお》のたたきの箸休《はしやす》めに熱々《あつあつ》のココア、イカ五目飯《ごもくめし》のあとにシフォンケーキなど、出す方も出す方、食べる方も食べる方という、曰《いわ》く言い難い前科《ぜんか》が無数にある。

と、そのとき、

「儂《わし》も、ご相伴《しょうばん》に与《あずか》らせてもらえんかな？」

彼らの背後から、重く深い声がかけられた。

四人はそれぞれの仕草《しぐさ》で――ディビジョンは悠々《ゆうゆう》と、エリーは小気味よく、とっつぁんは首だけ正反対に、ゴシップは面倒《めんどう》くさげに――振り向く。

老人が一人、立っていた。

皺《しわ》を一つ一つ鑿《のみ》で刻みつけたような、古豪《こごう》と呼ぶに相応《ふさわ》しい面構《つらがま》えである。

細いサングラス越しに向けられる、銃口の暗さを持つ黒い相貌《そうぼう》。ロングコートの立《た》て襟《えり》の内

に覗《のぞ》く、獰猛《どうもう》な戦意を表す切れ上がった口の端。

その全身には、年の枯れどころか、むしろ迫る砲弾の如《ごと》き、野放図《のほうず》な迫力と破壊の予兆《よちょう》、煮《に》え滾《たぎ》るような活力が満ち満ちていた。

ゴシップは、その老人の撒《ま》き散らすあまりな強さに呑《の》まれて、彼が銃を構えてなどいない、ただのスーツにコート姿だと気づくのに数秒かかった。

顔自体に見覚えはない、しかし、いつかどこかで、これと似た気分を味わったような気がする……などと、思考《しこう》を整理する中で、とっつぁんが言った。

「——『ウィッシュ』!!」

驚愕《きょうがく》がその声に、頭のモニターに映った顔に、隠《かく》れようもなく表れていた。

とっつぁんはこの老人のことを知っているらしいが、ゴシップにはやはり、聞き覚えはなかった。しかし、全く知らないわけでもない。異様《いよう》な焦《あせ》りとともに思う。

(俺《おれ》は、こいつを知ってる……なんだ？　いつ、どうやって会った？)

思い出すことへの恐れと、思い出さねばならないという危機感を、同時に抱く。

バーの薄暗く落ち着いた雰囲気の中に、切り取ったように場違いな戦いの臭《にお》いを発散する老人・ウィッシュは、首をやや仰《の》け反《ぞ》らせるように、とっつぁんの方を向く。

「やあ、我が第二の父の一人、偉大にして愚《おろ》かな、愛すべき友よ。長き別れの時も、貴方《あなた》のメモリーから我が名を奪《うば》えなかったようだな。世捨《よす》て人《びと》が如き『棺《ひつぎ》』の居心地はどうだ？」

やけに複雑な言い回しによる挨拶《あいさつ》に、とっつぁんも複雑な成分からなる苦笑で答える。

「酒は飲めずとも、最高に酔《よ》っておったよ。たった今まではな」

ウィッシュは獰猛な笑みで答えつつ、肩をすくめた。

「そうか。酒の邪魔《じゃま》は悪い、と分かってはいたんだがな……まあ、無粋《ぶすい》は旧知《きゅうち》の間柄と用件の切実《せつじつ》さに免《めん》じて見逃してくれ」

用件、という単語に反応して、ディビジョンが椅子を回して体を向け、その前に立つ。

「久しぶりだね、ウィッシュ」

彼は誰《だれ》に対しても、等分の気軽さで声をかける。

「用件とは、公用、それとも私用かな？　それによって対応は当然変わるんだが」

いつの間にかエリーも、まるで自分の指定席のように社長の右後方に立っている。

ウィッシュはそんな二人に目を転じ、苦笑する。

「さて、どっちとも言えるが……」

と、考える老人の、やはり右後方から、か細い女性の声があがる。

「もとより、[redacted]の許可は出ておりません」

言葉がNGワードに触れて、自動消去された。

老人の後ろに誰《だれ》かが立っていることを、四人は初めて知った。気配の薄さが老人の迫力によって助長され、存在感を掻《か》き消していたものらしい。

そうなるのも無理はないと思わせる、小柄で痩《や》せぎすな女性だった。ほっそりした血色の悪い顔立ちを隠《かく》すように、ブルネットの髪を僅《わず》かに伸ばしている。

ただ、隠れていたのは単に結果であるらしく、声は細くても態度に怯《おび》えや萎縮《いしゅく》は見られない。

女性用のハーフコートは、鉄棒でも入っているかのようにすらりと伸ばされている。

「[redacted]、本件は独断専行《どくだんせんこう》ゆえに、またその内容ゆえに、私用と規定すべきです」

そんな女性に、ディビジョンはやはり軽く声をかける。

「やあ、ミス・『クエル』。あなたとも久しぶりに会うね」

「……」

クエルと呼ばれた女性は前髪の間からディビジョンを睨《にら》み、しかしやがて、それが柳《やなぎ》に風《かぜ》だと分かって、老人に話を返す。

「[redacted]、こうしてここにいるだけでも重大な[redacted]です」

ウィッシュは、そんな彼女に、僅かに困ったような顔をして見せる。

「しかし、儂《わし》は[redacted]のためを思えばこそだな」

「それを決めるのは、[redacted]ではありません。また……私も、賛成しておりません」

ようやく、感情らしきものが痩せぎすの面《おもて》に揺れた。

「そう言うな。永遠に味方たるを誓い合った仲だろう」

「だからこそ、です……」

クエルは僅かに顔を伏せた。それだけで、前髪に表情が隠れてしまう。

その沈黙の様《さま》を自分の勝利と見て、ウィッシュは再びにやりと笑い、ディビジョンに向き合う。

「すまんな。いい女だが、心配性が玉に瑕《きず》だ」

クエルはさらに顔を伏せた。

「さて、公私はともかく、用件といこう。分かっているんだろう？」

「……ふう、む」

ディビジョンは、顎《あご》に手をやった。

ゴシップは一人蚊帳《かや》の外なのが面白くない。サングラスの奥、横目でとっつぁんを睨み、融《ク》合視界《ロスサイト》内でチャンネルを開く。

《よう、とっつぁん、なんの話だ？》

《うーむ、これは言ってよいものかどうか》

《あん？　どういうこったい》

「返してもらおう、『恐怖《テラー》』という名の落とし物を。あれはもともと儂の――」

ウィッシュが言葉を切った。肩越しに入り口の方を振り返る。

その後ろにあるクエルも、やはりいつの間にか体ごと反転していた。腰をふと、低く落とす。

エリーが最初にそれを見、反応し、判断し、実行した。ディビジョンの腰を腕で抱え、とっつぁんの方に身を投げ出したのである。

《襲撃!!》

「むうっ!?」

「げえっ!?」

彼女の丸眼鏡《メガネ》から緊急信号が飛び、とっつぁんとゴシップは驚愕《きようがく》した。

途端《とたん》、入り口の扉《ドア》が発砲音と共にバシバシ穴を開けて揺れ、弾《はじ》けた。

機関銃の乱射だった。

続いてガン、とブーツの底で扉が蹴破《けやぶ》られ（鍵《かぎ》などかかっていなかったのだが）、どやどやと銃口を先頭にした集団が店内に雪崩《なだ》れこんできた。全員が都市迷彩《めいさい》の軍装をまとい、どういう理由からか、両の手に一丁ずつ銃を構えていた。

「あーっははははは！　こんばんわー！」

その中心に立って長物《ライフル》を振りかざす、背の高い女が甲高《かんだか》い声を上げた。

「ステキな夜ですわねえ、皆さーん!?」

そんな挨拶《あいさつ》をよそに、彼らによるものではない梱包粘着弾《こんぽうねんちやくだん》が二つ、それぞれ店の反対側の梁《はり》に撃ち込まれた。ゲル状の低速弾頭は無音で着弾、梁に張り付いて、中に込められた指向光《ビーム》通信用の中継器《ライン》が受光部を伸ばす。

《交信開通確認《テスト》》

《交信開通確認《テスト》・良好》
《良好》
　これらを撃ったのは、襲撃のあると同時に左右に分かれ、店の両の隅《すみ》、遮蔽物《しゃへいぶつ》の陰《かげ》に隠《かく》れたウィッシュとクエルである。
「そんな夜に、私たちからのプ・レ・ゼ・ン・ト――さあ、やっちまいなさい！」
　武装集団は、そんな二人の行動に全く気を払っていない。店の中央に広がって、銃口を店の全方位に向ける。装備はバラバラで、中には場違いなロケットランチャーを背負っている者までいた。
「ヤー！　全部ぶっこわしてやるぜ」
「へへ、よーし、見てろ」
　そんな騒ぎを無視して、ウィッシュとクエルは指向光通信《ビームライン》を介した会話を続ける。
《なんだ、妨害電波《ECM》の展開もないぞ？》
《そのようで。ただの間抜けのようです。発見が遅《おく》れたのは、この建物自体に防諜《ぼうちょう》対策が施してあったためかと。気付かなかったとは不覚《ふかく》でした》
《要注意人物《マーク》S－L（放置対象）『ディビジョン』行きつけの店だ、それくらいは愛嬌《あいきょう》として許してやるべきだろうさ。おかげでこのボックス席も》
「ターゲットは俺《おれ》がいただくぜ！」「させるか！」「そらそらぁ！」「いひゃひゃひゃ!!」

それには全く気づかず、武装集団は馬鹿笑《ばかわら》いとともに一斉《いっせい》に発砲した。古い内装が弾《はじ》けて砕け、火を撒《ま》いて飛ぶ。酒瓶《さかびん》は容赦《ようしゃ》なく割られ、高価なシャワーとなって散った。誰《だれ》も照準など合わせていない。彼らの方針は硝煙《しょうえん》の中に響く、
「あーっはっはっは！　そらそら、皆殺し、皆殺しよー!!」
この女の甲高《かんだか》い声によって示されていた。
銃声以上に耳障《みみざわ》りなその声に、お互い顔を顰《しか》めつつ、会話。
《見ろ、壁の中は防弾鋼板だ。あそこで飛び散っている酒も、まあもったいないが、大したものではなかろう。連中は無事だな？》
ウィッシュの確認に、カウンターにより近い位置にあるクエルが、その中に避難《ひなん》したディビジョン駆除《くじょ》商会の面々《めんめん》の状況を探る。
《はい。エレメントは流石《さすが》に良い反応をしています。即座《そくざ》に護衛対象《ディビジョン》を『ノスフェラトゥ』の方へと押し込んで、ともにカウンターの中に飛び込みました。『青い蜘蛛《くも》』は自分で逃げ込んでいます》
彼女はとっつぁんやゴシップのことを、古い方のコードネームで呼んでいた。犯罪記録のある方の名で呼ぶのが、彼女ら追う側の通例なのである。
《全員、マスターともども身を伏せています。音声、採取しました》
二人の通信に、ディビジョンらの声が入る。

《──「今日に限って別の酒を飲みたくなったのは、これを予感していたからだろうか」──》
《──「はい。おかげで貯蔵庫に置かれた、とっておきのシングルモルトは無事です」──》
《──「とうとうドアも破壊、か。これで改造できる箇所はなくなってしまうのう」──》
《──「あー、さらば愛《いと》しのスピリタス……半分も空《あ》けてやれなかったぜ」──》
ウィッシュの顔が愉快《ゆかい》げなものに代わる。
《ふん、相変わらずな連中だ。交渉相手としては最悪だが、もしものことがないというのは安心でもあるか。死んでしまっては、取り戻せるものも取り戻せん。下手《へた》すると奴《やつ》に逆恨《さかうら》みされ──》
《閣下《かっか》、それよりも》
《ああ。そろそろドンチャカやらかすのも飽《あ》きて、相手に構《かま》ってもらいたくなる頃《ころ》だろう》
《では》
《やり口からしてどうせ下《した》っ端《ぱ》だ、ろくな情報も持ってはいまい。皆殺していい、い、い》
《イエス・サー》
ウィッシュの言ったとおり、ほどなく武装集団は発砲をやめた。
その合図として上げていた、長物《ライフル》を持った手を女は下ろし、口を開く。
「どうしたのー？　誰も反撃しないわけー？　あ。穴だらけでできないとか？　それとも怖《こわ》くてチビっちゃった？　もしかしてパニック？　キャッハハハハハ！」

「キヒヒ、そりゃそうだ。これだけ食らってんだからよお」「楽勝《らくしょう》でクリアってねえ！」「たしかに。反撃もなしだ、こりゃちょろいぜ」「俺《おれ》なんか弾《タマ》まだ余《あま》っ――」

「おい」

ウィッシュは、どんなときでも深く響く声で、集団に声をかけた。

その、自分たちの軽薄《けいはく》さを吹き飛ばす強い声に、一瞬びくっとした彼女らは、一、斉、に声のした場所へと銃口を向けた。

「おまえたち、なにが目的だ」

女は一瞬気圧《けお》されて、しかしすぐ、戦況への打算ではなく、嗜虐心《しぎゃくしん》のみによって余裕《よゆう》を回復した。なぶる相手が生き残っていたことに、舌なめずりするような顔になる。手に持ったライフルに手をかけ、ボックス席に居るらしい獲物《えもの》に向き合う。

「交渉がしたい。いったいなにが目的――」

バン、

とウィッシュの話の途中で銃声がして、女が死んだ。

頭を、それ自体が爆弾となったかのように破裂炎上《はれつえんじょう》させて。

全員がウィッシュに注意を向ける、その間抜《まぬ》けさを突いた、クエルの〈イロコイ〉軽拳銃《けいけんじゅう》による一撃だった。

「な⁉」「？」「うわ、ジョコーソ？」「ひっ！」「え？」

次にクエルは、集団の中で事態を把握《はあく》して驚き、危機への対応措置を取ろうとした、『比較的切れ者』を撃つ。ヘルメットと防弾ジャケットの狭間《はざま》、首を狙《ねら》って（ジョコーソとか言うらしい女は、ヘルメットさえ被《かぶ》っていなかった）。

二人目の首が弾《はじ》け、首と頭が別々に燃え砕けた。

弾種は、通常は大口径の銃にしか使われない、しかも人に対して使うことを禁止されている対人爆弾だが、彼女らに、禁止事項は適用されない。なにも問題はなかった。

「ひいっ⁉」「うわ」「どうした」「落ち着――」

さらに次。周囲を一旦《いったん》冷静に戻そうとした者を殺す。

「くそっ！」「あそこだ！」「野郎《やろう》！」

位置に気づき、集団はまた一斉にクエルへと銃口を向ける。

その背中を、悠然《ゆうぜん》と立ち上がったウィッシュが、愛用の〈ジェイホーカー〉重拳銃《じゅうけんじゅう》でめった撃ちにする。無駄弾《むだだま》は一切《いっさい》ない。一発必中と一撃必殺の嵐《あらし》。

誰《だれ》も逃げられなかった。

武装集団は、左右から上がる銃火の中で、なすところなく、その全員が首の上下を爆発四散させて、死んだ。

銃撃戦、と言うほどの交錯《こうさく》もないまま数秒が過ぎ、気づけば壁土か天井《てんじょう》かの、パラパラ埃《ほこり》を落とす音だけが店内に残っていた。

「うひー……冗談《じょうだん》じゃねえぜ」

ゴシップがカウンターから、恐《おそ》る恐《おそ》る頭を出した。

「さすがに見事なものだね」

その隣から、合金製のサラダボウルを頭に被《かぶ》ったディビジョンと、それを被せたエリーが立ち上がる。

「はい。他《ほか》に来客もなくて幸いでした」

「災難だったのう、マスター」

さらにその隣、マスターをかばっていたとっつぁんが、いけしゃあしゃあと言いつつ機械の体を起こす。

マスターはなにも言わず、頷《うなず》くだけで済《す》ませた。

バーテンという職業は、客の事情を詮索《せんさく》しないものである……にしても程があろうというものだが、実際いつものことなのだった。破損した店の修復や酒の弁償《べんしょう》についても心配はない。ディビジョンという男は、こういうことについての金離れは良かった。金銭は迷惑料込《めいわくりょうこ》みで少少多く、新しい店はとっつぁんの手入れでまた無駄《むだ》に頑丈《がんじょう》になって帰ってくることだろう。

だからマスターは、グラスときれいな布巾《ふきん》があるかどうか、それだけを心配した。どうせ彼らはこの後も飲むのである。

そんな面々《めんめん》に向けて、

「妙な邪魔《じやま》が入ったものだ」

懐《ふところ》に重拳銃《じゆうけんじゆう》を収めたウィッシュがズカズカギシギシ、床《ゆか》を鳴らしながら歩み寄って、弾痕《だんこん》残るカウンターに、詰め寄るように手をついた。

真正面に立つディビジョンも、こちらはカウンターに軽く手を持たせかけるようにして、平然と対峙《たいじ》する。老人の圧倒的な強さを目の当《ま》たりにしても、全く動じた様子がない。こんな程度の荒事《あらごと》は歩く一踏みより容易《たやす》い男だということを、よく知っているのである。頭に被ったボウルさえなければ、映画の一場面と言っても通じるほどの決まりようだった。


その格好のまま、飄々《ひようひよう》とした調子で訊《き》く。

「どっちの客だと思うね、ウィッシュ？」

ウィッシュは鑿《のみ》で刻んだような笑みで答える。

「さあな、どっちでもいいさ。儂《わし》が狙《ねら》われたのなら、なんの問題もない。蹴散《けち》らすだけだ。おまえたちが狙われたのなら、より問題はない。儂には関係のないことだ」

ディビジョンも屈託《くつたく》なく笑い返した。

「ははは。なるほど、君らしい言い草だ」

「面倒《めんどう》だから、警察の事情聴取は任せるぞ。命を守られた代金としては安かろう。もしこじれたときは、儂の名を使ってもいい」

「分かった。せいぜい煙《けむ》にまいておくよ……もう、帰る気なのかい？」

ウィッシュは答えず、踵《きびす》を返した。

とっつあんが訊《き》く。

「肝心《かんじん》のお目当てを待ってはいかんのか？　そのために来たのじゃろう？」

「この有様《ありさま》を見て、奴に妙な深読みや警戒をされては元も子もないからな。長期的には急いでいるが、短期的にはそうでもない。また来るとしよう」

肩越しに手を振ったウィッシュは、不意に立ち止まり、店内を改めて見回した。

「ああ、そうだ。店長には、いずれ儂《わし》の方からも、見舞いをさせてもらおう」

その彼の前、扉《ドア》も吹き飛んだ入り口から、クエルが姿を見せる。武装集団のバックアップを始末《しまつ》していたのだろう、さっきから散発的に銃声が起こっていた。

通信し合うでもなくそれを受け取って、ウィッシュは最後にディビジョン一味にではなく、マスターに言葉をかける。

「そのついでに、儂のコレクションから店長個人の嗜好品《しこうひん》として二、三本贈《おく》らせてもらおう。儂はラムしか飲《や》らんが、構《かま》わんかな？」

マスターは僅《わず》かに頭を下げて頷《うなず》き、一言。

「また、お越しください」

ウィッシュは豪快《ごうかい》に笑って、クエルは影のように静かに、店を去った。

しばらく経《た》ってから、ゴシップが呆然《ぼうぜん》とした声を出した。

「嵐《あらし》のようなジジイだったな……」

「奴《やつ》はいつだってそうさ。旧知《きゅうち》が変わらぬ姿を見せてくれるのは嬉《うれ》しいことじゃよ」

とっつぁんが答えて、社長の頭からボウルを取った。

「抜け目のないところも変わらないね。彼は『儂ら』が狙《ねら》われた場合については何も言わなかったよ。さて」

ディビジョンは言って、カウンターを指で一つ、トンと叩《たた》いた。

「今日の事件について小会議でも始めるとしようか。この事態を、今後の利益にどう繋《つな》げるべきか……ああ、そうだ。エリー君、さっきはどうもありがとう」

ディビジョンは律儀《りちぎ》にお礼を言った。

エリーもにっこり笑って腰を折る。

「はい。全員無事でなによりでした。ウィッシュさんには、今日のお菓子を折詰にして贈《おく》っておきましょう」

と、そこへ、警察よりも早く三人が姿を見せた。

「ちょっと、なにこれ？　あのサイレン、まさかここに向かってんの？」

うんざり顔のキットに続いて、A／Bが呆《あき》れ顔を見せる。

「おや、まーた派手《はで》にぶち壊しちまって、まあ」

「今度はなんです？」

ディビジョンは、埃《ほこり》まみれの姿でも、涼《すず》しげに明快に答える。

「さあ？　とりあえず、一杯やりながら皆で考えよう」

マスターが、黙って人数分のコップを出した。

2　少女の夢は

輝くような純白のシャッターが、両開きにスライドして開く。

「ラーラーン、ルララーラー、ラーンラーランラー♪」

その向こうに広がるのは、壁の全面を占めるモニターの群れだった。それらは今、眩《まぶ》しい寸前の光沢《こうたく》を放つ純白の床《ゆか》と天井《てんじょう》の間で、黒く沈黙している。

「ララララーンラーラ、ランラーラ、ラーンラララーン♪」

埃《ほこり》一つない床をきゅっきゅと小気味よくブーツで擦《こす》って、背の高い女が部屋に入ってきた。

「ラーラーン、ルララーラー、ランーラーランラー♪」

ひどい音痴《おんち》だが楽しさだけは伝わってくる、そんな鼻歌を鳴らしながら。

「ララララーンラーラ、ラーンラーラーラー♪」

垂れ目で愛嬌《あいきょう》のある顔立ちだが、その全体にはどこか暗い、粘《ねば》りつくような殺気を漂わせている。胸に赤い唇《くちびる》をペイントしたパイロットスーツをまとい、小脇《こわき》にはやたらと接続ソケットの多いヘルメットを抱えていた。

「ラーンラーラーン、ラーンラーラー、ラーンララー♪」

「やかましいぞ、ボランテ」

部屋の中央、コンソールの前にある大きな椅子から、女とは逆の、抑制の利《き》いた低い男の声が投げかけられた。

ボランテと呼ばれた女は鼻歌をやめ、

「いやーん、リゾルートちゃん、怒らないでー？」

身をくねらせて甘えるような仕草《しぐさ》を取り、

「俺様《おれさま》に指図《さしず》すんじゃねえよ、このドサンピン」

と続けた。

部屋に一瞬の沈黙が下りる。

が、すぐにボランテは弾《はじ》けるように馬鹿笑《ばかわら》いを始めた。

「あっはははは！　なーんちゃって、なーんちゃって、びっくりした⁉　あははははは！」

「やかましい、と言った」

椅子の向こうから、再び男の変わらない声。

「もー、つーれないのねー、リゾルートちゃん」

つまらなそうに唇を尖《とが》らせ、ボランテは椅子の傍《かたわ》らに立つ。ヘルメットをポンポンと両手で玩《もてあそ》びながら、コンソールに目を落として軽く言う。

「ジョコーソが返《かえ》り討《う》ちにあったってさ、どーしようもない無能よねー」

「なに？」

ようやく興味を引かれたように、男・リゾルートは答えた。

「昨日の任務は、我々が出るまでもない。その無能で十分こなせる容易《たやす》さだと、トランクイロ殿《どの》は言われたはずだが」

「そーなんだけどねー。セクションごと全滅しちゃったのよ、これが」

ボランテは十数人からの死者が出たことに対して、特に負の感情を込めるでもなく言う。

「ポリスメーンは全体状況を調査中で、実地検分とかがまだだから、さすがのトランクイロちゃんでも詳《くわ》しいことが分かんないみたい」

ボランテは言いながら、椅子にもたれかかる。

「で～、ポリ公どもへの工作はなんとかするから、私の方はとりあえずジョコーソの馬鹿の尻《しり》拭《ぬぐ》いをやれって」

「トランクイロ殿が、貴様《きさま》に出撃命令を出したと？」

その声に過《よぎ》った不安の色に、ボランテは凶暴《きょうぼう》な笑みで答える。

「なーによ、いーじゃん。たまには実戦もくぐらないと、腕なまっちゃう」

リゾルートは頬《ほお》の部品を動かして嘲笑《あざわら》う。

「いくら気を遣う必要がないとはいえ、演習で十人は殺していようが。よくそんなことを言えたものだ」

「んもー、野暮《やぼ》なツッコミしないの。張っ倒すぞ、このタコ」

鋭く指摘した男の硬《かた》い頭を、ボランテは甘い声とともにヘルメットで、ガン、と叩《たた》いた。

叩かれた方は当然のように動じず、その作り物の目からコマンドを出力する。

「……それで、トランクイロ殿は何セクション引き連れてゆけと言われたのだ」

彼らの前面にあった無数のモニターが一斉《いっせい》に点《とも》った。

が、ボランテはそちらには目もくれず、体をくねらせて文句《もんく》を言う。

「いやーん、ノリ悪いわねえ、リゾルートちゃん。そういうときは」

空いた方の手の人差し指と親指で唇《くちびる》の両端を広げ、座る男の口真似《くちまね》をする。

「──『もう叩いているではないか、このカワイコちゃんめ』って言うのよー？」

「何・セクション・だ？」

いつものやり取りにもいい加減苛立《かげんいらだ》って、リゾルートは訊《き》きなおした。

ボランテはその首に腕を回して抱きつき、白髪《しらが》に唇をつける。

「もーう、クソったれなくらい真面目《まじめ》なんだからー、十セクションよん」

「多いな……装備は」

「さっそくポンポーソのスルメ爺《じじ》いが運び込んでたわ。全制空戦用で、いつもどーりにピッカピカの密造品。まー、中身が［ストック］のヘッポコピーどもじゃ、私の援護《えんご》が精一杯だと思うけどねー」

「……用心してかかれ」

その言葉に、ボランテはヘルメットを上に放り出して顔を輝かせた。

「キャー!! なになに、今の!? もしかして私のこと、ド愛してる!?」

落ちてきたヘルメットを、頭上に真っ直ぐ振り上げた足に曲芸のように乗せ、白髪《しらが》に包まれた金属の顔に頬擦《ほおず》りする。

「あーんもう、なによこの鉄面皮《てつめんぴ》鬱陶《うっとう》しいわね痛いったらありゃしない、ス・テ・キ」

「トランクイロ殿《どの》の拳《きょ》を気取られるな、と言っているのだ」

素《そ》っ気《け》ない答えとともに、メンバーの選抜を終了した旨《むね》、情報が伝達される。

「ぶー、なーによそれ、フッザケんじゃないわよ、このムッツリスケベのロリコン野郎《やろう》」

ボランテはギャーギャー言いながら一撃、頭突《ずつ》きして顔を離した。しかし、そこには満面の笑みがある。もちろん、粘《ねば》りつくような殺気も匂《にお》わせている。

「じゃ、私は可愛《かわい》い可愛い〈ワイルドギース〉と出っかけまっすよー、んーーー」

彼女の唇《くちびる》が再び近づき、胸にあると同様の印《しるし》が、無機質な造作《ぞうさく》の顔に刻まれた。刻まれた方は部品一つ、ピクリとも動かさない。

そういう態度に慣れているボランテは、ヘルメットを肩にかけ、自分の用事へと軽快に歩き出した。と、思い出したように振り向き、

「あ、そーだ。トランクイロちゃんがねー、襲撃用のメンバー選定が終わったら顔出して、ってさ」

「どんな用件だ」

「自分で聞きなっさーい。ぬふふふ、あの子ったら、柄《がら》にもなく楽しそうな顔してたわよー」

「トランクイロ殿が楽しげ……？」

リゾルートは怪訝《けげん》な声を出した。一連の作業の中で、たまに儚《はかな》げに微笑《ほほえ》むことくらいはあったが、楽しげと呼べるほどに明確な感情を彼女が見せることはなかった。不思議に思い、僅《わず》かに機械仕《じ》掛《か》けの顔を動かす。

それを声から感じ取ったボランテは、イーッと忌々《いまいま》しげな顔を作り、また言う。

「もーひとつ」

「なんだ」

「今週のお花が届いてたから、ついでに持ってってたげなさいよ」

「……なぜ、それと気付いたときに持って行かんのだ」

垂れ目が、今度は軽い嘲笑《ちょうしょう》に歪《ゆが》んだ。

「んもー、このボケナスの超弩《ちょうど》級朴念仁《ぼくねんじん》野郎が。女の子の部屋にお花持ってくのは、男の役目だろうがよー!?」

ニヒヤヒヤ、と笑い置いて、ボランテは部屋から出て行った。

リゾルートはしばらく、その愛嬌《あいきょう》たっぷりの罵《のの》りについて考え、

「……ふん」

やがて鼻で笑うように、あるいは溜《た》め息《いき》を吐《つ》くように言って、外装機械式の巨体を起こす。

花を携《たずさ》えて、雇《やと》い主《ぬし》を訪《おとな》うために。

純白の髪と鋭角的《えいかくてき》な体のフォルムが、部屋の照明の中で照り輝いた。


環太平洋地域の西端に位置する島嶼《とうしょ》区画、その主要都市の郊外であるこの場所に、ディビジョン駆除《くじょ》商会はあったりなかったりする。

より正確に表現すると、社の借りている広大な土地はあるが、そこに建っているべき社屋がない、という状況だった。

数ヶ月前、とある騒ぎで、丘の上に建っていたコンクリ二階建ての社屋は、その真下にあった広大な地階型〈ゾーン〉内の地下部もろとも全壊してしまったのだった。

より正確に表現すると、地上部を全壊させたのは騒ぎを起こした部外者で、地下部を全壊させたのは社の連中である。

よって今現在、彼らディビジョン駆除商会の社員七名は、社員寮も兼ねた仮社屋《かりしゃおく》を使って日常生活を送り、各種業務に勤《いそ》しんでいた。

より正確に表現すると、丘の上に着陸させた複合戦闘爆撃機〈王者の一撃必殺《ロイヤルストレートフラッシュ》〉の下やら周囲やらに野営用のテントを張り、そこに必要な機材を運び込んで仮住まいしていた。

薄灰色の敷石を敷いた道の行く先、木々立つ緑の丘の上に漆黒《しっこく》の戦闘爆撃機が佇《たたず》み、それを牧歌的《ぼっかてき》な白いテントが囲んでいる……なんともシュールな光景ではあった。

バー〈ワン・フォー・ザ・ロード〉襲撃から一夜明けた朝。

その光景の中に、ディビジョン駆除商会の面々《めんめん》が混じっている。

丘の中腹、春も過ぎて緑の色と匂《にお》いも濃くなった芝にシートを敷いて、車座になっていた。

エリーが、サンドイッチ全滅の証拠《しょうこ》であるきれいなレースペーパーを畳《たた》んでいる。

その横では、例によって一分の隙《すき》もなくスーツを着こなすディビジョンが、胡坐《あぐら》をかいて水筒《すいとう》の蓋《ふた》に注《つ》いだホットコーヒーを賞味《しょうみ》していた。芳香《ほうこう》も含めて楽しみつつ、話を切り出す。

「さて、朝食も終わった所で、昨日の話になるが……ゴシップ君？」

「はいさ」

眠たげに肩を落とす、よれよれスーツのゴシップが、座の中央に置いた大皿のような丸型ディスプレイ付き情報端末（さっきまでは実際にサンドイッチを置いた皿だった）に、警察の事件調書を転送する。映し出された各種情報には、不明を示す赤の項が多い。

「ケーサツの方では、なにも分かってないようっスね。あれだけ人を押し止めてしつこく訊《き》き出しといて……ま、最初からあてになんざしてないっスけどね」

薄く嘲笑《ちょうしょう》しつつ、次の情報を転送。

「あの爺《じじ》いが撃ち殺した突入部隊、女が始末《しまつ》したバックアップ要員、みんな身元不明っス。バックアップは店の前と通りの南北の角に一台ずつ、計三台で、他《ほか》には逃げた痕跡《こんせき》もなし。車はレンタカーですが、市民パスはレトロな形での偽造品で、痕跡《アシ》は追えそうにないっス」

続いてとっつぁんが皿から情報を引き出す。融合視界《クロスサイト》内で、自分の興味ある項目を軽くチェックし、顎《あご》に手をやる。

「検死報告は……脳組織の完全焼却か。いかに対人爆弾でもここまではいかんな。自壊装置で証拠《しょうこ》を消したということか……妙じゃな」

「なにがです、親方？　証拠を消す周到《しゅうとう》な準備をしてたってことでしょう？」

その隣で作業着のキットが訊《き》いた。彼女は自分の上司《じょうし》であるとっつぁんのことを『親方』と呼び慕《した》っている。

「だからこそ、じゃよ。戦闘経過は読んだじゃろう？」

「あー、ひってーのな。素人《しろうと》どころじゃねえ、ただの馬鹿《ばか》だな、アング」

今度はさらに隣、上下ジャージのアンディが答えて、サンドイッチを頬張《ほおば》った。両手にはまだ確保したサンドイッチが二つほど残っている。

またさらに隣、だらしない寝癖《ねぐせ》の髪と寝巻き姿のボギーが、底意地の悪い笑みで断罪《だんざい》にも似た評価を下す。

「あんまり戦い方が馬鹿すぎて、結局その二人連れと社長たちの、どっちを狙《ねら》ったのか分かんなかったくらいだよ」

「あ、そうか。戦い方が下手《へた》くそなのに、後始末《あとしまつ》だけ手際《てぎわ》がいいってことね」

キットは皿のボタンを押して、検死報告書を確認する。

「ふーん、おまけに全員、ニューロンドーマーじゃなくて自然脳保有者かあ。訳《わけ》わかんない」

言って、可愛《かわい》らしく首を捻《ひね》った。

普通、どんな非合法武装組織であっても、こういう荒事《あらごと》において自然脳の持ち主=人間を使い捨ての戦闘員とすることはない。その手の役割を担《にな》うのは、概《おおむ》ねニューロンドームの持ち主=ロボットのはずなのである。

これは差別云々《うんぬん》ではない（今時そんなことを言うのは霊魂原理主義者《ソウル・ナチュラリスト》くらいのものである）。単に、大きな組織ならその内部で、基本的な動作や戦闘に関する機能だけを備えた簡易型ニューロンドーマーを製作できる、その方が万が一の足もつかず使い捨てにできる、という利便性からの話である。

しかし、人間を使い捨てにするほどの真性《しんせい》馬鹿の集団、というには、後始末の手際がよすぎた。どういう意図《いと》を持っているのか、とにかく人間の使い道が無茶苦茶《むちゃくちゃ》すぎるのである。

「ウィッシュと我々、どちらを狙ったかについての推測は簡単にできるよ」

考え込むキットに、ディビジョンはあっさり言った。

「……」

「――」

キットが顔を曇《くも》らせ、それにアンディが眉根《まゆね》を寄せるのを無視して続ける。

「あんな戦力で、あの二人を狙《ねら》うわけがない。謎《なぞ》の連中の標的は我々だよ」

事情を知らない、詮索《せんさく》をよしとしない、興味もないゴシップが、その断言に訊《き》き返す。

「じゃあ、ウチが狙われた理由はなんなんスかね」

「心当たりがありすぎて分からんのう」

同じくとっつぁんが、画面の中に映った顔だけで首を捻《ひね》る。

ディビジョンも、

「私は万能じゃないし、千里眼《せんりがん》も持っていない」

と困ったように笑って見せる。

「正直、戦闘があんな手際《てぎわ》だったから、もっと容易《たやす》く足がついたりネタが割れたりすると思っていたんだよ。この調書で見るとおり、少し裏をかかれた気分だね」

「相手の無能と不手際に足を取られる、か。やれやれだな」

溜《た》め息《いき》を吐《つ》いてコーヒーをすするボギーに、アンディがからかうように言う。

「それでなくてもファントムの件でこっちは頭が痛いってのにな」

その下手《へた》なジョークでキットは笑みを取り戻し、社長に訊く。

「どっちにしろ、あれで終わりじゃないんでしょう？　どうするんですか？」

「ふむ……」

ディビジョンは物思いに耽《ふけ》るときの癖《くせ》として、顎《あご》に手をやって口元を隠《かく》す。

「……エリー君、今日は駆除《くじょ》の要請《ようせい》は来ていなかったね？」

「はい。警備契約は一週間前に、定数即応《そくおう》出動の待機契約は昨日で満了、公団との定期巡回契約は更新《こうしん》手続き期間中です。現在時間を拘束《こうそく》されている依頼はありません」

エリーは、なにを見るでもなくスラスラと答える。

ディビジョンは頷《うなず》くと、意外な相手に顔を向ける。

「結構。フォートラン君、二つばかり頼まれてくれないか？」

「む、なんじゃ？」

「まず、航空管制局に掛け合ってほしい。次に、少し片付けを頼みたい」

「……？」

「ちょっと騒がしくなるが、まあ自衛のためだ、ごり押ししてもらおう」

とっつぁん始め、怪訝《けげん》な顔をする面子《メンツ》の中、一人例外たる社長付き秘書が、可愛《かわい》い小箱を社長の前に差し出す。

「はい。どうぞ、社長」

「ありがとう」

言って、ディビジョンはその中のものを受け取り、口に入れる。

他の面々《めんめん》は、とっつぁんへの頼みの内容ではなく、

（……だから、なんでコーヒーのあとにハッカ咽喉飴《のどあめ》をつけるんだ……？）

ということの方に、より深刻《しんこく》な疑問を持った。


淡い陽光に、薄手の白いカーテンが揺れて混じる。

病室のように素っ気《そけ》ない内装の部屋に、切り取られたように大きな窓が開いている。

青い空と一対の湖、白い砂浜から青々と茂る草原までを高みから見下ろせる、その窓枠に一人、パジャマ姿の少女が座っていた。

肩までの黒髪がカーテンとともに風に玩《もてあそ》ばれる中、十代半《なか》ばと思われる繊細可憐《せんさいかれん》な容貌《ようぼう》が、立てた片膝《かたひざ》に頬《ほお》を乗せ、眠るように目を閉じている。

声をかけるのを躊躇《ためら》われるその姿に、リゾルートはドアのない入り口に数秒立って待つ。

少女はその気遣《きづか》いに向けて、吐息《といき》のように言葉を紡《つむ》ぐ。

「……ああ、リゾルートさん」

「お休みのところ、邪魔《じゃま》を」

重たげに瞼《まぶた》が開き、謹直《きんちょく》に返す純白の巨体を黒い瞳《ひとみ》に映すと、花のほころぶような微笑が生まれた。

「いえ、呼んだのは私ですから」

少女は窓枠から降りてスリッパを履《は》くと、部屋の真ん中に進んだ。ダブダブのパジャマを着た少女と厳《いかめ》しい機械体が、陽光と風の中で対峙《たいじ》する。

リゾルートは、ボランテに対するときとは打って変わった労《いたわ》りの声を、少女にかける。

「花は、いつものように、外に置いておきました」

「ありがとう、いつもすいません」

僅《わず》かに頭《こうべ》を垂《た》れた少女は、歳《とし》に似合わない落ち着いた声で尋《たず》ねる。

「ポンポーソは、よくやってくれていますか？」

「は。身体機能は高いレベルで安定しています。実働試験についても期待値をクリア。『飼い猫』の世話の方も、とりあえず許容レベル範囲内に収まっています」

「報告書は読みました。うん……あれなら、いけるでしょう」

自然な理性を表す少女の容貌《ようぼう》の中に、僅かにいたずらっ子のような稚気《ちき》が見えた。

リゾルートはなにを言われたのか分からず、訊《き》き返す。

「……は？」

少女は歩み寄って、小さな拳骨《げんこつ》でリゾルートの硬《かた》い腹を叩《たた》いた。

「〈アプラクサス〉の、連続運転を開始します」

「!!」

無機質な機械仕掛《じか》けの顔が、出来うる限りの驚愕《きょうがく》の表情を作った。

その様子に満足げな顔を作って、少女は言う。

「一週間ほど前に、ポンポーツからパーツ・ライン整備完了の報告が入っていたので、その機会を窺《うかが》っていたのですが……昨日の件で、決めました」

「ジョコーソ・セクションが返《かえ》り討《う》ちにあった件ですか。なにか、関連が？」

今度は隠《かく》さず、少女は愉快《ゆかい》げに笑った。

「ええ。突入要員でもない、事務方であるバックアップ要員程度に蹴散《けち》らされたでしょう？妙だと思って調べてみたら、思わぬ顔に巡り合えたんです……我々の戦闘準備が整った、この時期に。一つだけなら偶然《ぐうぜん》で片付けたでしょうが、二つとなれば、必然と言っていいでしょう」

「昨日の標的に、知友の顔があったと？」

「ええ。バックアップ要員に、私の。突入要員に、あなたの」

「私の？」

「最初期出動で、あなたに〈アプラクサス〉を実体験してもらったときのことです。帰ってから言われたでしょう？『面白そうな敵に出会った』、と」

「……！」

リゾルートの顔が再び、僅《わず》かに動く。

ただし、今度のそれには──喜びの色も同時に宿っていた。

少女もおかしげに言う。

「みんな、これから忙《いそが》しくなりますよ。リゾルートさんには、標的座標近くに時空震《じくうしん》発生を検《けん》知《ち》し次第《しだい》、［ストック］十セクションを率《ひき》い、打って出てもらいます。いよいよ、本格的な戦闘実験に入りますが、よろしいですね？」

「無論《むろん》です」

白髪《はくはつ》の機械体は、重々しく直立拝命の姿勢を取った。期待を込めて、付け加える。

「しかし、奴《やつ》は来ますか、トランクイロ殿《どの》？」

「罠《わな》というのは、獣《けもの》の習性を理解した上で張るものですよ」

少女・トランクイロは、少し意地悪そうに言った。


低く機関が駆動する暗闇《くらやみ》に、陽気な声が木霊《こだま》する。

「やい、ポンポーソの爺《じじ》い」

非常灯の中に浮かぶ吊《つ》り橋《ばし》のようなキャットウォークを大股《おおまた》に歩くボランテは、前をゆく老人に声をかける。

「ここのシャワー、お湯になるのに時間かかりすぎよ」

坦々《たんたん》と歩を進める老人・ポンポーソは、汚れた作業服とゴツい安全靴、照明・センサー付きのヘルメットなど、技術者というよりは現場監督のような格好をしていた。顔にも横一線覗《のぞ》き窓を入れた大きなゴーグルをつけていて、老境《ろうきょう》は顔下半分の髭面《ひげづら》にしか見えない。

その髭《ひげ》を動かして、歩みのペースは緩《ゆる》めず、振り向きもせず、ただ、

「それは温水器と部屋が離れているからだ。ブリーフィング時に転送した船体構造図5—3—1の配管構造を、透視《とうし》立体D式で融合視界《クロスサイト》に表示しろ。説明する」

と、まるで説明書を音読するような声を背中越しに放った。

ボランテはイーと忌々《いまいま》しげな顔を作って言う。

「しないわよ、面倒《めんどう》くさい」

「そもそもおまえは、雑菌の繁殖《はんしょく》に比して、洗浄《せんじょう》の頻度《ひんど》が高すぎる」

これは、風呂《ふろ》に入る回数が多い、という意味である。

ボランテはそれを鼻で笑う。

「出撃前に限らず、入浴ってのは女の嗜《たしな》みなの。枯《か》れた爺《じじ》いにゃ分かんないでしょうけどね」

「リゾルートには性交《セックス》のための機能は付属していない。生物学的な興奮を誘引《ゆういん》する行為にはなんの意味もないぞ」

二人の歩くキャットウォークの真下、薄明かりの中には、自動車大の金属製カプセルが多数、居並んでいる。

「やーん、ポンポーソの爺いったら。それ、セクハラ発言よー？　人の恋路《こいじ》に皺首《しわくび》突っ込んでんじゃねえよ、てめえは黙って武器揃《そろ》えてりゃいいんだ」

ボランテは例によって、脈絡《みゃくらく》のない罵《のの》りとともに軽く老人の背中を叩《たた》く。

「もちろん、揃えているとも」

それを気にする風もなくポンポーソは答え、僅《わず》かに首を上げる。その目を隠《かく》すゴーグルからコマンドが発信され、二人の行く先に照明を点《とも》した。

カプセル群の上に一枚、ステージのようなデッキがライトアップされた。

鋼板《こうはん》の舞台でスポットライトを浴びているのは、バイクのような前傾搭乗式《ぜんけいとうじようしき》のコクピットを開けた、一機のガンビークル。

素形《そけい》は一人乗りの超小型グライダーに似た機種らしかったが、その全体には過多なまでの武装が施してあった。折り畳《たた》まれた翼の前面には、エア・インテークに並んでやたら多種多様な射出口や弾頭が並び、翼面や機体の上下にも飛行や戦闘を危《あや》ぶませるほどの装備がゴテゴテとくっついている。機能美を通り越した『やりすぎ感』が、その全体には漂っていた。

「うーん、今日も最強に美人ねえ、私の〈ワイルドギース〉ちゃんは」

ボランテは愛機の、尖《とが》った嘴状《くちばしじよう》の前面装甲《そうこう》にペイントされた深紅《しんく》の唇《くちびる》に、チョンと指を突いた。

「前回の演習結果に則《のっと》り、ロールにおける荷重力推進機関《プロペラント・プラス》とスラスターの姿勢制御比率を77対23に調整した。慣熟《かんじゆく》飛行は緊急出撃のため間に合わなかったが——」

説明するポンポーソの前に、接続ソケットの穴だらけのヘルメットが押し付けられた。

「私の要望どおりなんでしょ、だったら問題なしよ。無駄口《むだぐち》グダグダ抜かしてっと口をワイヤーで縫《ぬ》いつけっぞ、あ・り・が・と」

「……」

ムチャクチャなお礼にポンポーソは沈黙した。

構《かま》わずボランテは操縦席を跨《また》ぎ、ヘルメットを被《かぶ》る。

「んーなことより、私たちの離脱後の脱出、しくじるんじゃないわよ？　リゾルートちゃんから『ばれちゃダメですよ』って念《ねん》押されてんだから」

「問題はない。港湾管理局の監視網は、衛星含めてトランクイロ殿《どの》のものだ。自沈弁《キングストンバルブ》は既《すで》に抜いてあるし、湾に着底した時点で分解する。ブリーフィング時に転送した船体構造図――」

「あーあーあー、うるさいっつの、このスルメ爺《じじ》い。そういう時は『大丈夫』って言えばいいのよ」

言いながら、ボランテはヘルメットの接続ソケットに次々と配線を繋《つな》いでゆく。見えない部位の作業にもかかわらず遅滞《ちたい》がない、熟練の手つきだった。

ポンポーソは、その起動準備を自分のゴーグルでチェックしながら言い返す。

「私の方は事を起こす前だから、どうとでも脱出はできる。それよりもおまえの方が心配だ。誰一人連れ帰る必要がないとは言え、肝心《かんじん》のおまえがしくじっては話にならない」

「ふん、誰《だれ》に言ってやがる。撃ち殺すぞ爺い」

キュイ、と翼面の機銃が一つ、老人を指向した。

「ロクな支援戦闘機も連れてないデカブツ相手に、どうやって苦戦しろってのよ」

「撃墜《げきつい》は間違いないだろう。その後のことを言っている」

二つ目の銃口が動く。

「回収地点にてめえがきっちり仕《し》掛《か》け作ってりゃ問題ねえ話だ。抜かるなよ、クソ爺ぃ」

平然と老人は返す。

「おまえがきっちり帰ってくれれば問題ない話だ。抜かるな、小娘《こむすめ》」

「うっひょー、言うわねえ」

ボランテは肩をすくめて、操縦席を閉じた。気密の圧搾音《あっさくおん》と接続の機械音を経て、彼女は鋼《こう》鉄《てつ》の鳥と一体化する。

ポンポーソは各部の駆動チェックを終えると頷《うなず》き、踵《きびす》を返してデッキから降りる。

「ハッチ開放、作戦開始だ」

降りがけに彼が発した声を受けて、天井《てんじょう》のハッチが無音のまま割れた。貨物船内に作られた秘密格納庫の中に強い陽光が射し込み、きつい潮風が吹き込んでくる。

「あい、あーい。ボランテ・セクションは作戦領域に到達後散開《さんかい》、リゾルートちゃん・セクションのタイムスケジュールに合わせて待ち伏せ《アンブッシュ》に入りまーっす」

今度はボランテの陽気な声を受けて、デッキ下方にずらりと並ぶカプセルが、次々と開放された。

隙間《すきま》から噴《ふ》き出し、格納庫内に立ち込める水蒸気の中、一斉《いっせい》にデッキアップされたのは、巷間《こうかん》『ファントム』と称される機械体からなる、戦闘集団だった。

薄気味悪いガスマスク型の頭部を始め、全体のフォルムは同じだが、ポンチョはまとっていない。代わりに、背部に一対の荷重力推進機関《プロペラント・プラス》と旗指物《はたさしもの》のように長く伸びる機関砲、両腰のミサイルポッドなどの武装を備えた、全制空戦仕様《しよう》となっている。

「そーら、起きろ野郎《やろう》ども、新ステージの開幕よ！」

号令を受けて、全員の両目の出力端子に、起動灯《きどうとう》が点《とも》る。同時に、それらを従える鋼鉄《こうてつ》の鳥〈ワイルドギース〉が、荷重力推進機関《プロペラント・プラス》の唸《うな》りを上げていく。

「んじゃま一発、ブチッ殺してくるわよー」

「幸運《グッドラック》を」

ガン、と爆発のようにスラスターを噴射《ふんしゃ》して、ボランテは直上の蒼穹《そうきゅう》に飛翔《ひしょう》した。

それを追って、ファントムの群れが次々と舞い上がってゆく。

砲火交わす饗宴《きょうえん》の始まりに相応《ふさわ》しい、それは不吉《ふきつ》で凶悪《きょうあく》な光景だった。


同時刻、別の場所で、もう一つの作戦が開始されていた。

とあるリアクターの機関中枢部《ちゅうすうぶ》に、銃火が爆《は》ぜる。

《くそ、なんで、効かない……!?》
強化服の突入要員が、突撃銃《アサルトライフル》を乱射しながら叫んだ。
彼に向かって、真っ白な化物《ばけもの》は、ガスマスク面《づら》の一団を引き連れ、進んでくる。
倒れ伏した突入要員の一人を無造作《むぞうさ》に踏み越えて、進んでくる。
突撃銃《アサルトライフル》による銃撃を全く意に介せず、進んでくる。
《うわあああ!!》
半狂乱になって打ちまくる、その後方からもう一人の突入要員が、射撃体勢を整えた大口径砲を構《かま》えて怒鳴《どな》った。
《離れろっ、スキャンメル!!》
指示が実行されるギリギリ、壮絶《そうぜつ》な発砲音とともに、グレムリンなら一撃で爆裂《ばくれつ》させられる焼夷徹甲弾《しょういてっこうだん》が真っ白な化物の腹に叩《たた》きつけられた。
《つしゃー! やったぜ!》
《は、早く、レイを手当て――》
ズン、と白煙の向こうから。
《――無《む》、傷《きず》っ!?》
《……うそ、だろ》
受け入れ難い現実が再び、ズン、と足音を響かせる。

三歩目からは、引き連れられた一団の歩が無数、合わさる。

彼らの目の前には、無傷《むきず》の——

「ど、どうしたの⁉」

リアクター上空に浮かぶ輸送艇の中で、通信手が叫んだ。

「ねえ、返事して、ベッドフォード⁉」

グレムリン出現に伴う妨害電波《ECM》の氾濫《はんらん》から、通信は中継器越しの指向光通信《ビームライン》のみで行われている。戦闘の余波による途絶《とぜつ》は珍しくなかったが、今回はどうも様子がおかしかった。

「この数を発砲して、まだ活動だと……どうなってんだ？」

その席にのしかかって音声を受け取っていた艇長が、強張《こわば》った顔でコンソールをいじる。

「ちょ、勝手《かって》にいじんないでください、艇長」

「バッカ野郎《やろう》、おめえが——」

不意にノイズが途切《とぎ》れ、

《出た、白い奴《やつ》、出た、攻撃を受けて、こっちのが効かない、出たあ‼》

混乱しきった突入要員の叫びが入る。

「スキャンメルか！　どうした、な——」

なにが出た、という艇長の問いを先取りして、最後の絶叫《ぜっきょう》が迸《ほとばし》った。

《ファントムだ‼》

郊外に広がる緑地帯の中、薄灰色の敷石延《の》びる木立の向こうに、絵画めいた春の丘がある。

ディビジョン駆除《くじょ》商会の社長室は、その上に、ドンと駐機してあった。

漆黒《しっこく》の巨大戦闘爆撃機〈王者の一撃必殺《ロイヤルストレートフラッシュ》〉の内部に、社の頭脳中枢《ちゅうすう》であるコンピューター〈ポーカーハンド〉ともども設置されているのである。

この機体は、航空師団を指揮管制するために作られたフィリップスV／F／B―2〈バルトロメオ〉複合戦闘爆撃機の改造型で、本来の仕様《しよう》であった司令室区画を社長室に改装してある。もちろん社屋が壊される前からで、他《ほか》にもいろいろとつっぁんの手によって、カタログスペックが参考程度にしかならない改造を施されている（普段《ふだん》は、私室を含むディビジョンの生活空間として、非常～に無駄《むだ》な使い方をされているのだが）。

その社長室は今、社長用の柔《やわ》らかな椅子とマホガニーの机、背後の壁一面を占める名画、という常の装《よそお》いから、物々《ものもの》しく各種機器を展開する操縦室へと変貌《へんぼう》していた。

左右の壁が、部屋の奥にある社長席の方へと折れ曲がり、その壁から現れたコンソール前の椅子には、それぞれとっつぁんとゴシップがかけている。

「さてさて……思いもよらぬことになったのう。これは偶然《ぐうぜん》なのかどうか」

右側の、機関調整と操縦を兼ねるコンソールを操作《そうさ》して発進態勢を整えるとっつぁんが、頭部モニターの中で眉根《まゆね》を寄せて言った。

左側で通信網を移動方式に整備し直しているゴシップも、肩をすくめて答える。

「たしかに気持ち悪いわな。昨日今日で事が起こりすぎだぜ」

その二人の背後では、社長の椅子が机ごと大きな円形に床《ゆか》を一段せりあがらせて、司令区画を形作っている。

椅子自体は変わらない機長席にあるディビジョンが、深く溜《た》め息《いき》を吐《つ》いた。

「せっかく我々がリードできるはずだった会議も、さっきの一報で意味のないものになってしまったし、行ったところで新しい何かがつかめるとも思えない、とはいえ［EX《エクス》ユニオン］の緊急召集を断るわけにも行かない……なんとも、そそられないお出かけだね」

ちなみに、彼の背後で明度を落とし、大型ディスプレイとして各種情報を表示している今日の名画は、ドガの『楽屋の踊り子達』である。

「はい。しかし、例の襲撃の件もあります。とりあえずは万全の態勢を取れたことを喜ぶべきでしょう」

社長席の右後方に立つエリーが、ボード型の情報端末に目を走らせながら答える。その後ろには副官用の席が用意されていたが、彼女はまだ座っていない。

「そう言ってもらえると、航空管制局にかけあった甲斐《かい》もあったというものじゃよ」

とっつぁんが苦笑した。

社長が彼に要請《ようせい》したのは、まず航空管制局にかけあって、この緑の丘から［EX《エクス》ユニオン］地域本部までの、〈王者の一撃必殺《ロイヤルストレートフラッシュ》〉の飛行許可を取り付けることだった。道中はさておき、会議場自体は当然、都会のど真ん中にある。こんな戦闘爆撃機を飛ばせる場所ではない。

それをとっつぁんは、

「こいつは社屋だ。社の営業許可を得ている以上、その一、、、、、、、、時的な引越しと営業活動にとやかく言われる筋合《すじあ》いはない」

などと管制官に堂々言い放って、押し通してしまったのだった。

いちおう、この成功の背景には、エリーが警察と連絡を取り合い、昨晩に襲撃を受けた事実から揺さぶりをかけて、自衛のための武器の携行《けいこう》許可を取り付けたことも大きく働いている。

無論《むろん》、警察は自分たちの許可した武器が戦闘爆撃機だとは考えてもいない。

もともと駆除屋《くじょや》というのは、その役割上、世間に武装を黙認されている向きもある。彼らの無茶《むちゃ》も、押しどころを心得てさえいれば、それなりに通るのだった。

「昨日の手際《てぎわ》から考えて、それなりの武装さえしていれば問題はないだろうと思った、それだけの、安全策のつもりだったんだがね……どうも事件というのは、起こるときにはまとめて起こるものらしい。それとも――」

そこまで言って、ディビジョンは口元に手を当てて黙った。

と、代わりに、

《――『分からないものなら、くっつけて考えておくのがいい。まずは全肯定《ぜんこうてい》から始めて、現れる否定で切り取っていく』――ですか？》

ボギーの声が通信で入った。

ディビジョンは笑って答える。

「ははは、私の言ったことを暗記するほど心に刻んでいてくれるなんて嬉《うれ》しいね」

《純真な少年としては、巧言令色《こうげんれいしょく》に誑《たぶら》かされないよう、日々の勉強は欠かせませんよ》

裏稼業《うらかぎょう》の経験も豊富な少年は、大それた詐称《さしょう》と露骨《ろこつ》な皮肉《ひにく》を同時に飛ばした。

飛ばされた方は当然これを無視して、後ろのエリーに言う。

「ところで、ホットケーキが食べたくなったんだが、エリー君」

「はい。今は粉を切らしていますから、帰りに［せみ屋］に寄って行きましょう」

ショッピングセンターの駐車場に強行着陸する戦闘爆撃機――という光景を思い浮かべてゲンナリするゴシップが、焼き方の相談に入った二人に代わってボギーに言う。

「よお、それより外の片付けは終わったのか？」

《ん。終わったよ。これから機体上部の待機ポケットに入る》

同じくゲンナリした声でボギーが答える。

彼はとっつぁんの指示で、〈王者の一撃必殺《ロイヤルストレートフラッシュ》〉の周囲に張られていたテントの撤収《てっしゅう》作業に当たっていたのだった。もちろん、〈ブラックゴースト〉B号機を着装《ちゃくそう》しての作業である。砲身のかさばる〈ジャックポット〉は外して、代わりに小さな三角形で組んだ鎧《よろい》のような〈ブルーチップ〉多弾倉《たださんそう》ミサイルポッドを前面装甲《そうこう》にマウントしている。

仮社屋《かりしやおく》の機材を格納するスペースはそこここに隠《かく》してあるため、手順さえ分かっていればさしたる苦労はない。社長が頼んだもう一つの要請《ようせい》は、この撤収の指示なのだった。今や仮社屋のあった緑の丘には、頂《いただき》に地肌《じはだ》を覗《のぞ》かせる広場（無論《むろん》、擬装《ぎそう》である）と、漆黒《しっこく》の戦闘爆撃機のみとなっていた。

《まさか、本当にお供《とも》させられるわけじゃないだろうね》

「どうなるにせよ、おめえが自分で残るって決めたんだから、自業自得《じごうじとく》だろ」

《……はあ》

ディビジョン駆除《くじょ》商会に、［EX《エクス》ユニオン］からの驚くべき報せが非常用緊急回線《エマージェンシーライン》によってもたらされたのは、ほんの二時間ほど前のことである。電文に曰《いわ》く、

『緊急事態。不確定存在ファントムの実体化、および襲撃によると思われる、突入要員三名の遭難《そうなん》が発生』

この、恐れつつも備えていなかった事態の急展開に慌《あわ》てた［EX《エクス》ユニオン］の評議委員たちは、ややヒステリックな追伸《ついしん》を電文に付け加えていた。つまり、

『付近で余剰《よじょう》の突入要員を擁《よう》している駆除屋は、その総員を早急《さっきゅう》に該当《がいとう》〈ゾーン〉へと派遣《はけん》されたし』

というものである。

もちろん、連合政府にも報告を行っていたが、その方面の即応《そくおう》能力を、駆除屋《くじょや》たちは全く評価していない。硬化《こうか》した組織で調査・報告・検討・協議・調整・妥結《だけつ》の段階を経ている間に、助けられる人間も助けられなくなってしまう。

要救助者の生存を楽観的に、残された時間を悲観的に捉《とら》える駆除屋たちは、『他者を頼らず自分を頼る。頼る他者でも同業者』との行動原則を持っている。

そもそも［EX《エクス》ユニオン］とは、衆を頼んで人を脅《おど》す労働者の組合ではない。〈ゾーン〉内での突入要員遭難《そうなん》や、一人・一社だけでは対処《たいしょ》しきれない緊急事態（もちろん、戦闘だけとは限らない）に備えるため発足した、最も直接的な意味での『互助《ごじょ》』組織なのである。

自社に危難が降りかかった場合の保険として、遭難への協力は無条件で行うのが暗黙《あんもく》のルールだった。また、この逸《はぐ》れ者揃《ものぞろ》いの業界は、あるいはそれゆえにこそ、義理人情や信義に厚い人間が多いということもある。打算を持ち出すべきとそうでないときの見極めができない人間は、どんな場所であれ、渡っては行けない。湿《しめ》っぽい馴《な》れ合《あ》いではない相互扶助《ふじょ》なら、駆除屋たちはこぞって駆けつけるのだった。

ディビジョン駆除商会も、そんな駆除屋気風の例外ではない。当然、突入要員を派遣《はけん》した。

ただし、三人いる実戦部隊のうち、アンディとキットの二人だけを、である。

襲撃を受けた直後であることを理由に、ディビジョンは突入要員を一人、自分たちの護衛につけるという要求を［EXユニオン］に呑《の》ませている。彼はボギーの考えたように、両事件の関連を疑ってかかっていた。自衛の手札《てふだ》は多く持っているに越したことはない。いつものことだが、反対意見は出なかった。

A／Bのどちらを向かわせるか、ということについては即決した。

《出た、白い奴、出た、攻撃を受けて、こっちのが効かない、出たあ!!》

この途絶《とぜつ》寸前の通信を聞いたアンディが、断言したのである。

「来たな。俺《おれ》の『敵』だ」

キットはそんな彼に納得《なっとく》ずくの苦笑を向けつつ、社長に訊《き》いた。

「直接情報を得る前進基地が必要ですよね？」

ディビジョンは当然、この二人に快諾《かいだく》で答えた。

ボギーは、不快感の嵐《あらし》に苛《さいな》まされるファントム――今度はすぐ消えてくれない、しかも部隊規模の出現だという――絡《から》みの〈ゾーン〉に入らなくていいことから、これも当然、反対しなかった。

（とはいえ、［せみ屋］のお供《とも》だけは勘弁《かんべん》願いたいな）

思いつつ、黒光りする上甲板にある手動コックを捻《ひね》って、強化服戦闘員の機外待機用ポケットを開ける。中に滑《すべ》り込んで、再び通信。

《機外乗員待機完了》

《うむ》

とっつぁんが答え、機体が鈍《にぶ》く重く振動を開始した。

巨大なものが動き出す予感に連れて、たまらない快感が湧《わ》き上がる。

《チェック・オールグリーン、航空管制局から進路受信、一次推進機関予備稼動《かどう》開始、FCS高度計に連動、地対空防御から制空戦闘に切替え、荷重力推進機関《プロペラント・プラス》——作動《さどう》》

とっつぁんの溜《た》めを置いた号令一下、機関の大きな唸《うな》りだけを鳴り響かせて、逆巻く風も噴《ふん》煙《えん》もなく、漆黒《しっこく》の戦闘爆撃機は直上へと浮かび上がってゆく。

ボギーは上甲板中央に設置された待機用ポケット内で、長砲身の〈スクリーマー〉連装機関砲を二門、背部の武装ラックから両脇《りょうわき》を通して引き出した。銃《じゅう》身を直上に向けられるよう、銃床《しょう》の可動部を体の線からやや前方でロック、空戦に備える。

そうしてからようやく、空を見上げた。

雲が、蒼穹《そうきゅう》を白く彩《いろど》る棚引《たなび》きが、ゆっくりと大きくなる。近づいてくる。

舞い上がっているというのに、空は狭《せま》くなるどころか、巨大な戦闘爆撃機を包み込むようにどんどん広がってゆく。

やがて、予定高度を得た機体が上昇を終える。特に急いでいるわけでもないので、推進剤を噴射しての初期加速は行わない。荷重力推進機《プロペラント・プラス》の、ゆっくりとした加速が、本来進むべき方向に向けての力を蓄《たくわ》えてゆく。

《さあ諸君、少々予定とは違ったが、パーティーに出かけよう》
ディビジョンが、無邪気《むじゃき》に弾《はず》む声で、高らかに格好よく、宣布《せんぷ》する。
《――〈王者の一撃必殺《ロイヤルストレートフラッシュ》〉、発進！》
ズン、と僅《わず》かな始動の衝撃《しょうげき》を走らせるも半秒、
漆黒の戦闘爆撃機は、巨大な矢のように流星のように、蒼穹を滑《すべ》り貫《つらぬ》いていった。

駐機場の広さばかりが目立つ、その低く小さなビルは、街中《まちなか》に建つ発電所である。その地下に広がる地階型〈ゾーン〉には、大型の超高効率発電機〈カーソン・リアクター〉が内蔵され、周囲の都市に膨大《ぼうだい》な電力を供給していた。

しかし、今そこは〈ゾーン〉にはびこる謎《なぞ》の害獣《がいじゅう》・グレムリンの出現によって機能の阻害《そがい》を受け、ほぼ停止の状態にある――だけではない。駆除屋《くじょや》たちを薄気味悪がらせてきた、それだけだったはずの不気味な影・ファントムの侵攻《しんこう》に晒《さら》されていた。

からかいをもって呼ばれた職場では、もうなくなっている。

明白な敵意を持つ者を奥に潜《ひそ》ませる、ここは戦場だった。

「来たぞ。連絡があったのは、あと二つか？」

境界面《ボーダーフェイス》を潜《くぐ》って、その〈ゾーン〉内部にディビジョン駆除商会の小型浮遊艇〈チャリオッ

ト〉がゆっくりと降下してくる。

向かう先、リアクターの上空には、直径三十メートルほどの広く薄い丸盆《まるぼん》のような物体が浮かんでいた。［EX《エクス》ユニオン］が駆除屋《くじよや》たちの臨時集会場として提供した、簡易敷設式《かんいふせつしき》プラットホームである。

「お、ディビジョンだ、こりゃありがてぇ」

「ふふ、連中もとことん騒ぎに好かれてるわねぇ」

プラットホームの円周部や上空には、二十に余る浮遊艇が係留《けいりゆう》されている。いずれもこの付近に居を構える駆除屋たちのものだった。浮遊艇から下りた面々《めんめん》はプラットホームの中央、情報総合用の机型ディスプレイを囲んで、新たな来援《らいえん》を見上げている。

やがて、円周部がいっぱいであることに気づいたのか、〈チャリオット〉はプラットホームの上空五メートルほどで静止した。ボン、と圧搾《あっさく》空気の抜ける音とともに装甲扉《そうこうとびら》が開き、降下用のロープが垂《た》らされる。

その途端《とたん》、

「ぎゃー！　なにすんのよ、この痴漢《ちかん》！」

中から、ディビジョン駆除商会の浮遊艇艇長・キットの叫びが上がった。

「おわっ、いや、折角《せっかく》だから抱いて飛び降り――」

答えるのは、明るく無邪気《むじやき》な男の声。当然これはアンディのものである。

「だ、だから放してってたら、みんな見てんのよ！」

「んー、それはそれでっ！」

全員が呆《あき》れ顔で上を注視する中、少女を下から両手で抱え上げる、いわゆる『お姫様抱っこ』の格好でアンディが飛び降りてきた。

「ひやっ!?」

着地の衝撃《しょうげき》で思わずアンディの首にすがりついたキットは、次の瞬間、自分の行為と周りの視線に気がついて真っ赤になり、そのまま腕に力を込めた。

「ちょ、キ、ぐ、ぐるじ」

「こ・の・エ・ロ・ボット〜〜〜!!」

「チョ、チョークチョーク、ちょ、マ、マジで……」

「マジで、締めてん、だから、当然、でしょ」

その二人に、笑いながら進み出た一人が声をかける。

「ほ〜らご両人、妬《や》かす抱擁《ほうよう》はあと、あと」

「あっ、ヴァンプ！」

「はいはい、ヴァンプですよー」

締めていた腕を放したキットを、ヒョイと軽く痴漢からさらって地に下ろしたのは、クズ鉄の塊《かたまり》——のように見える馴染みのハンター、ヴァンプだった。

穴一つ開いた鍔広《つばびろ》帽子とボロ布のようなマントに身を包んだ、棒のように細いフレームの外装機械式サイボーグである。

とっつぁんのように、形式は古くても手入れの行き届いたタイプではない。そこここに錆《さび》が浮き、緩《ゆる》んだネジやグルグル巻いた補修テープ、針金で結《ゆ》わえつけた装甲板《そうこうばん》など、いい加減《かげん》な手入れが……というより手入れをしていないのが目立つ、本当のポンコツである。

背中にかけた二世代ほど古い型の〈ネイル&ピック〉狙撃銃《そげきじゅう》、ゴツくてダサいガンベルトに収めた破壊力だけの超イロモノ兵器として有名な〈ハードヒット〉重拳銃《じゅうけんじゅう》、ともに並みでない使い込まれようで、その全体はまるで野ざらし案山子《かかし》のガンマンだった。

「ヴァンプ、あなた［EX《エクス》ユニオン］に入ってたっけ？」

キットの質問に、彼はひび割れた方のアイカメラを点滅《てんめつ》させるウインクで返す。

「いやなに、たまたま近くを通りかかったもんでね。ギリとニンジョのハンター稼業《かぎょう》、黙っていられず推参《すいさん》、というわけ」

ハンターとは、通常の駆除屋《くじょや》では受けない小口・格安の依頼や表沙汰《おもてざた》にできない裏の仕事を個人で請《う》け負《お》っている『ちょっと物騒《ぶっそう》な何でも屋』である。

普通ならこういう組織主導の作戦行動に参加することはないはずだが、すぐ人に馴染《なじ》む気のいい彼（？）は、この業界でも顔が広い。参加していても特に違和感を抱かれなかった。もちろん、腕が立つことは言うまでもない。ここにいる大前提の話である。

「おいらも〈ゾーン〉での仕事は多く受けるから、ファントムには個人的な興味があるしね」

「ふう、ん……ま、そういうことでいいか」

「そうそう、そういうことでいいの」

悪戯《いたずら》っぽい笑みを交わす二人に、露骨《ろこつ》に面白くない顔をしたアンディが言う。

「ほら、くっちゃべってないで仕事だ、仕事」

折りよく頭上に、最後のものらしい浮遊艇が二機、降下してきていた。

キットは笑って答える。

「はいはい、もう」

「やーねえ、ミスター・アンドロイド。男のジェラシーって、みっともなくてよ?」

「変な言葉遣《づか》いすんな!」

ほどなく、要請《ようせい》に応《こた》え集《つど》った駆除屋《くじょや》たちが全員、プラットホームの中央、情報総合用の机型ディスプレイを囲んで立った。

皆、一様《いちよう》に表情が硬《かた》い。ここしばらくの心配の種《たね》がとうとう芽吹《めぶ》いたのだから無理もなかった。報告の内容もそれに追《お》い討《う》ちをかけている。

ディスプレイに〈ゾーン〉とリアクターの全体構造図を示しながら当時の状況を説明するのは、遭難《そうなん》した突入要員三名の上司《じょうし》にあたる輸送艇艇長である。駆除屋たちの間には上下関係がないので、事故などの場合は当事者が音頭《おんど》を取ることになっていた。

大まかな説明が終わると、一人が訊《き》いた。

「気になってたんだけどさ、このプラットホームは安全なの？　グレ公ならともかく、ファントムにもその法則は当てはまるわけ？」

その言うとおり、グレムリンは普通、餌《えさ》となるエネルギーのない場所には、追い込まれでもしない限りやってこない。大型の〈ゾーン〉なら、まず上部は安全といえた。しかし、今度のファントムは、初めて現れた相手である。この、宙《ちゅう》に浮く的《まと》同然のプラットホーム上にいることは、彼女ならずとも心配になるところではあった。

中年男の艇長は、その疑問はもっともと髭面《ひげづら》を頷《うなず》かせる。

「ああ、待ってくれ。これから説明する」

いつもは陽気な男だと言われているが、さすがに同僚が三人も行方《ゆくえ》不明になっている今は、顔色も優《すぐ》れない。手動のリモコンで情報を切り替える。

「？」

質問した者だけでなく、居並ぶ全員が怪訝《けげん》な顔になった。

説明に不要な部分は消え、通路だけが浮かび上がった形になる。その各所には、火災事故やグレムリンからの避難《ひなん》の際、通路に流し込まれ、硬化《こうか》することで封鎖《ふうさ》する質量充塡剤《じゆうてんざい》の表示が出ていた。

「見ての通り、ファントムどもは各通路に質量充塡剤を流し込んで通路を封鎖している。外に通じているゲートは一つきりだ。今、そのゲートには五名、先行して警戒線を張っている」

「ちょっと待てよ」

さっきとは別の男が訊《き》く。

「連中が並みじゃない防御力を持ってる、触れるようになったらイキナリ無敵《むてき》になっちまった、ってことは、途絶《とぜつ》前の通信で確認したんだろ？」

「ああ。〈ナインボール〉の直撃弾を受けているはずだ」

事前の報告は受けていたが、それを当事者から改めて断言され、駆除屋《くじよや》たちは蒼然《そうぜん》となる。〈ナインボール〉滑空砲《かつくうほう》は、駆除屋が強化服に装備する中でも最大級の破壊力と貫通力を誇る大砲だった。彼らは驚くだけの無能ではないから、どう戦うかをすぐ考え始めたが、それにしても分《ぶ》の悪い勝負には違いなかった。

男は確認を終えて、当然の疑問を口にする。

「……じゃあ、なんでどんどん前進してここまで攻めて来ねえんだ？」

艇長は首を振った。

「分からん。とにかくファントムどもは、外部との遮断《しやだん》には不要な通路にまで充塡剤《じゆうてんざい》で封鎖《ふうさ》して、中はまるで迷路《めいろ》のようになっている。遭難《そうなん》した三名の予想行動範囲は、こう――」

艇長が再び、立体図に黄色い色合いを加える。

「ファントムの出現地点と予想展開範囲は、こう――」

それと約半分、赤い色が重なる。

「そこに抜ける最短ルートは、ここだ」

質量充填剤で作られた迷路を通って、白く曲がりくねったルートが示される。

「他《ほか》にもルートを幾つか空《あ》けてあるな」

「けど、どれも狭《せま》いぞ」

「誘ってるんじゃないの」

「もしかして罠《わな》か？」

「なんのためだよ」

「知るかい」

ざわざわと騒ぐ駆除屋たちに構《かま》わず、艇長は続ける。

「今回の遭遇《そうぐう》は駆除を行う前に起きたため、まだグレムリンも活動中だ。当然、妨害電波《ECM》も継続しているから、各人、連絡網の整備には特に注意を払ってくれ。それと」

声に真剣さを感じ取って、全員が静まる。

「チームを編成する前に言っておく。今回の作戦目標は要救助者の確保であって、お化《ば》け退治《たいじ》なんかじゃない」

利害打算義理人情、いずれであっても、自分の同僚を助けるために集《つど》ってくれたという事実に対して、艇長は感謝の声を贈《おく》る。

「だから、無駄《むだ》に戦って、死んでくれるな」

ありがとう、よりもあるいは厚い声だった。

その場の全員に、不敵《ふてき》に乾いた、声なき笑いが広がる。

誰《だれ》も感傷への返事はしない。ただ、仕事にかかる。

アンディが口火を切った。

「最短ルートには俺《おれ》が行こう」

周囲の笑いが収まる。

「ここには確実に待《ま》ち伏《ぶ》せがある——でも、他《ほか》を行く連中の道を空けるために、できるだけ大勢を引き付けておく必要がある——だろ？」

人情は人情として感じ、仕事は仕事として計る駆除屋《くじょや》たちは、言いだしっぺが担《にな》うことになるだろうこの危険な役割を、どういう形で議題に乗せるか、水面下の駆《か》け引《ひ》きに備えていた。

そこにこの志願である。誰もが驚嘆《きょうたん》した。

彼の隣にあるキットは平然としたものである。彼の目的を思えば、これは当然の選択で、危険も元より承知《しょうち》だった。ただ、少し困ったように笑う。

駄目《だめ》を押すように、アンディは言う。

「実んとこ俺は、ファントムのシラガ野郎《やろう》に個人的な用があるんでね。奴《やつ》が待ち構えている場所で囮《おとり》になれるんなら、願ったり叶《かな》ったりなんだよ」

「ふうん……じゃあ、今日はおいらが、寂《さび》しい独《ひと》り身《み》の背中を守ってやろうかな」

キキ、と首を軋《きし》ませて、ヴァンプがアンディに目を向ける。

どうにかして彼に頼もうと思っていたキットが、その粋《いき》な先手に顔を喜色に輝かせた。

再び点滅《てんめつ》ウインクを少女へと送るボロサイボーグに、アンディは意地悪く礼を言う。

「おまえに背中を、ね。おっかねえ」

「撃つときは前もって言うよう、心がけるよ」

艇長は頷《うなず》いた。

「ふむ、反対する理由もない、か……あと何人要る？」

アンディは軽く手を上げる。

「この二人だけでいい。俺たちは最低、交戦だけしていればいいからな。これ以上の人数を割《さ》くのは、それこそ無駄《むだ》ってもんだ」

「やーれやれ、ボギー並みのフォローは望めないって分かってて、そういうこと言うかねえ」

「とりあえず背中以外を撃っといてくれりゃいいさ」

二人のやり取りに、艇長は躊躇《ためら》いがちに頷く。

「ううむ。一番の難所だが、たしかにおまえたちなら……よし、残りはルートで辿《たど》れる捜索《そうさく》範囲の広さで人数を割り振る。装備に限定条件のある奴は言ってくれ」

あとは簡単だった。

駆除屋《くじょや》たちは次々に武装や人員構成の都合《つごう》、たまには好き嫌いでチームを組み、突入のタイムスケジュールを調製する。誰《だれ》にも遅滞倦怠《ちたいけんたい》は観《み》られない、それはプロの姿だった。

やがて彼らは、強化服を着装《ちゃくそう》するためにおのおのの浮遊艇へと散ってゆく。

キットは〈チャリオット〉のハンガー内で、〈ブラックゴースト〉全制空戦用強化服《ヴァリアブル・マンファイター》A号機の起動準備をするついでと、アンディをからかった。

「カッコつけちゃって。ボギーがいたら、皮肉《ひにく》の二つ三つは食らってるところね」

アンディは分離待機状態で壁に埋まる強化服の中央に体を据《す》え、笑い返す。

「ふふん、頭痛持ちにそこまでできるかね。それより、そのカッコつけ、、、、」

「?」

怪訝《けげん》な顔をするキットに、アンディは最高に自惚《うぬぼ》れた台詞《せりふ》を飛ばす。

「カッコよかっただろ?」

「馬鹿《ばか》」

〈ブラックゴースト〉が収縮《しゅうしゅく》合体して、憎《にく》たらしいアンドロイドを閉じ込めた。


ほぼ円形の湾を横切って、〈王者の一撃必殺《ロイヤルストレートフラッシュ》〉が空を突き進んでゆく。

ボギーはその上甲板の待機。ポケットから、のんびり太陽を見上げていた。

速度に連れた風が容貌魁偉《ようぼうかいい》な〈ブラックゴースト〉全制空戦用強化服《ヴァリアブル・マンファイター》の表面を流れてゆく。
誰も見る者がないのを幸いと、少年は表情を歳相応《としそうおう》に緩《ゆる》めて、
（あー、今頭の上に卵落としたら程よく焼けるかなー）
などと、くだらないことを思う。
と、そこに、
《ボギー》
とっつぁんが不審《ふしん》げな声を入れた。他者の妨害《ぼうがい》と傍受《ぼうじゅ》を受けない指向光通信《ビームライン》である。
その声色《こわいろ》を感じ、通信手段を知った瞬間、少年の姿は跡形《あとかた》もなく消えた。荒《すさ》みこなれた千軍《せんぐん》万馬《ばんば》の突入要員として、返事を短く返す。
《なに》
《〈ブラックゴースト〉のレーダーを入れろ》
《……異常が？》
訊《き》きつつ、強化服の全身に塗布《とふ》された超薄型の〈スマートスキン〉コンフォーマル・レーダーを立ち上げる。が、
《ジャミングがかかってる》
融合視界《クロスサイト》内に帯域妨害《たいいきぼうがい》の表示が出ている。
《しかも広帯域妨害《バラージ・ジャミング》じゃ》

これは、相手のレーダー周波数の変動に合わせて妨害電波の周波数帯を変える掃引妨害《スイープ・ジャミング》と違い、大出力で全周波数帯を撹乱《かくらん》する方式である。奇襲速攻に多用される手《E》《C》《M》だった。

《こりゃ、社長の心配がドンピ――》

《ミサイルだ!!》

ボギーの言葉を切って、ゴシップが絶叫《ぜっきょう》した。データリンクしているため、方位は既《すで》に融合《クロス》視界《サイト》内に映っている。

直下、海面から大型のミサイルが数十。敵機はまだ見えない。

これは、ボランテが航空管制局から得た情報に従い、その予定航路の海面下に敷設《ふせつ》しておいた沈置式《ちんちしき》発射管からの直接射撃だった。先制攻撃によって主導権を奪い、想定空域内に獲物《えもの》を追い込むのが目的である。

《くそっ――制空戦闘に入るよ!》

それにはディビジョンが答えた。

《ボギー君、ミサイルはこっちで対処するから、君はその出所《でどころ》だろう潜水艦か、上空からの戦闘機を警戒してくれたまえ》

《了解《りょうかい》! 任せるよ、とっつぁん》

《誰《だれ》に言っとる……少々ぶん回すぞ!》

《ひええ、お手柔《てやわ》らかに頼むぜ》

《エリー君、シートに》
《はい》
とっつぁん、ゴシップ、ディビジョン、エリーら、自分の同僚たちのいつもの調子に、ボギーは思わず苦笑する。並行して、冷静に火器管制を立ち上げ、両腰から砲身を伸ばす〈スクリーマー〉連装《れんそう》機関砲の照準器との同調をチェック。それが終わると無造作《むぞうさ》に、回避《かいひ》運動を始めた〈王者の一撃必殺《ロイヤルストレートフラッシュ》〉上甲板から黒い死神を解《と》き放《はな》った。
《ディビジョン・エクスターミネーターB号機、発進する》
《幸運《グッドラック》を、お互いに》
声を返す社長らを乗せた〈王者の一撃必殺《ロイヤルストレートフラッシュ》〉が、推進機関の轟音《ごうおん》を上げて巨体を斜め下方に滑《すべ》り落としてゆく。回避コースとしてはそれしかない。これは相手の行動範囲を絞《しぼ》る、全制空戦の基本戦術だった。
ボギーはその機動をデータだけで感じ、視線は上に向ける。回避する相手を効率的に狙《ねら》える位置、それは後方。降下する飛行機の後方は即《すなわ》ち――
（上から来る）
確率が一番高いからこそ、セオリーは生まれる。
その理屈《りくつ》と全く異なる、非論理的な戦場勘《かん》も告げる。
敵が、そこに――

(——来た!!)

見上げて向かう直上の蒼穹《そうきゅう》、輝く太陽の中から、猛烈な速度のブレを起こして、黒い点が近づいてくる。

両翼のやたらと膨《ふく》れた小型戦闘機——否《いな》、

(ガンビークルか!!)

全速降下するその両翼に、発砲炎《はっぽうえん》が閃《ひらめ》いた。

同時に全速上昇するボギーも機関砲を撃発。

曳光弾《えいこうだん》の輝きを周囲に撒《ま》いて、両者、凄《すさ》まじい相対速度ですれ違う。

(外した!?)

僅《わず》かな驚きを感じながら、飛ぶ方向はそのままに体勢だけを反転、銃口をすれ違ったばかりのガンビークルに振り向ける。強化服ならではの姿勢制御であり戦闘法。互いの速度がありすぎてよく分からなかったが、敵機は戦闘機《ファイター》タイプらしい、この攻撃に対応はできな——

「!?」

振り向いたボギーの視界一面が真っ白な光で埋まった。

自身の航跡《こうせき》を隠《かく》すためか、ガンビークルは空域一体に閃光弾《せんこうだん》をばら撒《ま》いていたのである。

融合視界《クロスサイト》が焼け付き防止のため光量を自動補正して、視界が一気に暗くなる。

「——っく!!」

ボギーは両肩の荷重力推進機《プロペラント・ブラス》と緊急用スラスター、自身への念動力《テレキネシス》まで作用させて、全くの勘《かん》だけの回避《かいひ》行動を取る。

そのかわした場所を、数十発はあろうかという弾丸の雨が走り抜ける。今度は曳光弾《えいこうだん》が混じっていない。視認《しにん》を妨害《ぼうがい》しておいての追《お》い討《う》ち、並みの戦闘要員ならまともに食らって、一撃で落ちているだろう、意表《いひょう》を突いた攻撃だった。

（どうやって撃った!?）

さすがのボギーが驚いた。あの速度ですれ違ったのだ、ガンビークルはとっくに精密射撃を行える射程圏外《しゃていけんがい》にいるはずである。

抜け目なく〈王者の一撃必殺《ロイヤルストレートフラッシュ》〉の追撃《ついげき》に入っているだろう（ボギーとの交差《こうさ》は、そのついでである）ガンビークルを追撃するボギーは、降下機動の途中で銃撃の種明《たねあ》かしを見つけた。

ゆっくりと落下してゆく、浮遊式のガンポッド——装弾数《そうだんすう》もほとんどなく、自身での高速機動も不可能な、ただの浮かぶ機銃である。

あのガンビークルはすれ違い様《ざま》、この玩具《おもちゃ》のような兵器を切り離し、置いて行ったのだった。

分かれば馬鹿馬鹿《ばかばか》しい、しかし効果的な騙《だま》し討《う》ち。

（くそ、武器の使い方が分かってる、厄介《やっかい》な相手だぞ……もし単独でなかったら）

こういう場合、考えることで実現するように、懸念《けねん》というものは的中する。

レーダー以外の索敵《さくてき》に当たっているゴシップが叫んだ。

《──ボギー！》

広帯域妨害《バラージ・ジャミング》を受けているため、精度と情報量、ともに心許《もと》ない指向光通信《ビームライン》での交信しかできない。通信媒質《ばいしつ》の都合《つごう》上、その減衰《げんすい》の激しい大気中では距離もあまり取れない。

《敵機編隊、海面から……うげっ⁉》

声自体は、あくまで注意を促《うなが》すための補助である。同時に送信されてくる情報こそが本命。それを元に融合視界《クロスサイト》が三次元立体把握図《ソリッドグラスパー》を補正、展開する。

（つな⁉）

海面から射出された大型ミサイル群を回避するため、その旋回許容範囲外《せんかいきょよう》へと急速降下していた〈王者の一撃必殺《ロイヤルストレートフラッシュ》〉の行く先を塞《ふさ》ぐように、敵機の一団が現れていた。その数、およそ三十。同時に、ミサイルを追うような形で後方から、言うまでもなく敵機のさらなる一団が群がりたって上昇している。その数も、およそ三十。

その全部が、全制空戦用強化服《ヴァリアブル・マンファイター》だった。

「ちっ、どうも貧乏籤《びんぼうくじ》引いたみたい──ま、いつものことか」

不満を中途で笑いに変えて、ボギーは『空飛ぶ社長室』のフォローに向かう。

《とっつぁん、ヤバいのが一機いる！　他《ほか》にはどの程度対処できる？》

《試してみたいのを片っ端《かたぱし》から積んどるからな、戦力査定《さてい》はでききん》

あーもう、とボギーは頭を抱える衝動《しょうどう》に駆られながら、ようやく答える。

《やってみるしかないってことか》
《どうせ世間は万事《ばんじ》が万事、そういうものさ》
この期《ご》に及んで平然と、ディビジョンが言った。
《それよりもボギー君、非常に興味深い報《しら》せがあるよ》
（報せ？　こんなときに？）
訝《いぶか》るボギーの元にデータが一つ、送信されてきた。〈王者の一撃必殺《ロイヤルストレートフラッシュ》〉から超望遠で撮《と》られたものらしい、解像度の低いピンボケ画像。が、
《っこ⁉　これは――‼》
ボギーはそこに写っているものがなんであるかを、むしろピン、、、、、、ボケだからこそ、一目《ひとめ》で看破《かんぱ》できた。そう、酷似《こくじ》したものを、何度も見ていた。薄ぼやけた、その姿を。
神出鬼没《しんしゅつきぼつ》の彼らは、ここにまで現れた。
強化ガラス製のフード内に収まった、不気味なガスマスク面《づら》――
《そう、ファントムだ》
「やってみる……とはいえ、試す博打《ばくち》のカタが自分の命じゃ、簡単に張るのも考えもんだと思うんスけどね。しかも、〈ゲンセ〉にはみ出してきた幽霊《ゆうれい》相手に」

俄《にわか》に稼《か》動音《どうおん》の増す〈王者の一撃必殺《ロイヤルストレートフラッシュ》〉の操縦室で、ゴシップがぼやいた。よれよれのスーツが、慣れないシートベルトで一段ランクアップして、くしゃくしゃになっている。

逆に、社長席にあって指を組むディビジョンのスーツは、糊《のり》の効き具合から、同じベルトでもほどよく引き締まっている印象を与える。その身だしなみ同様、落ち着き払った声で言う。

「安くないからこそ、研《と》ぎ澄《す》まして勝利に賭《か》ける判断が快感になるんじゃないか。それで、他《ほか》の通信手段はどうだい？」

「もう湾岸の指向光通信網《ビームライン》に引っかかるでしょう。そうなりゃ、すぐにでも手近な通信網を開いて、治安当局でも軍でも、お好きなやり方で出動を要請《ようせい》、万事《ばんじ》解け——ん、なんだ？」

突然、目の前でくるくると回った。

「無理ですよ」

鮮《あざ》やかな赤いパラソルが。

「私が邪魔《じゃま》していますから」

回るパラソルの下からは、同じく鮮やかな赤い長靴が除いている。

今の自分の前に、あるはずのない光景を、見ている。

「!!」

（偽装経験領域《イミテイブル》か！）

何者かのクラッキングによって、意識モードを『偽装経験領域《イミテイブル》』＝『脳の入出力に電子的な擬装《ぎそう》を行うことで、実感を錯覚《さっかく》させる操作環境《そうさ》』に、強制移行させられているのである。

脳の入出力障害に反応して身体制御システムに強制リセットをかける、対クラッキング用の防衛プログラムが作動《さどう》——しない。どころか、そのプログラムのブロックが次々と破られ、ゴシップの融合視界《クロスサイト》は危険を示すレッドマークで占《し》められてゆく。

(ヤべえ!　身体機能を守れるか!?)

彼のように、電子機器と直結した脳を持っている人間は、その制御系を乗っ取られると、乗っ取った人間の操《あやつ》り人形と化してしまう。今その体は、戦闘中の操縦室という、腕一本で戦況をひっくり返せる場所にある。それだけはなんとしても避けねばならなかった。

(くそっ、たれ!)

意識の爆発とともに、普段《ふだん》のC調の仮面《かめん》に隠《かく》された、プライドの高い仕事師としての本領が発揮される。

並みのクラッカーなら肉体との連携《れんけい》を断絶された時点でパニックを起こすだろう状況下、無数のストックの中から凄《すさ》まじい勢いで抗体《こうたい》プログラムを選別、干渉《かんしょう》への防御線を即興《そっきょう》で組み立て、片《かた》っ端《ぱし》から起動してゆく。

(ぶっちめて、止めろ!!)

意識のみの操作《そうさ》とは思えない、恐るべき精密作業が、干渉を食い止めた。

その怒りと集中力で狭《せば》められる意識の中、少女の感嘆《かんたん》だけが鮮明に響く。

「操り人形はお好みではありませんか……かなり念入りに作ったこのプログラムで、意識の強制シフトがせいぜいとは。機を乗っ取る方にまで手を伸ばさなかったのは正解でした」

「くそったれ」

今度は明確に、偽装経験領域《イミテイブル》で声を出す作業を行う。

「こっちが通信網に開いた緊急用チャンネルに、複数のラインから一斉《いっせい》攻撃を仕掛《しか》けやがったな……広帯域妨害《バラージ・ジャミング》も、俺《おれ》から接触する道筋を絞《しぼ》らせる罠《わな》だったってわけか」

目の前でくるくると、まだ遊びのようにパラソルを回しながら、少女の声が答える。

「その通りです、さすがに理解が早いですね」

「どこのどいつか知らねえが、湾上とはいえ首都圏で空戦なんかやらかしやがって。今に治安軍がすっ飛んでくるぞ」

回っていたパラソルが止まって、少し上下に揺れた。くすりと笑ったのである。

「それまで、ご自慢《じまん》の飛行機が保《も》つでしょうか」

「う……」

痛いところを突かれた。

いかにとっつぁんが強化し、ヘンテコ兵器を山ほど詰め込んでいるといっても、〈王者の一撃必殺《ロイヤルストレートフラッシュ》〉の巨大な図体《ずうたい》は、それだけで現代の空戦における不利な材料となる。

小回りが利《き》き、大火力を携行《けいこう》する全制空戦用強化服《ヴァリアブル・マンファイター》の大集団と、相当に腕利きのガンビークル（なによりの証拠《しょうこ》として、ボギーに初手《しょて》で撃墜《げきつい》されていない）が一機。

ボギー一人だけの援護《えんご》で、これらを相手に立ち回るのは至難《しなん》の業《わざ》と言えた。

パラソルの向こうの少女は、全《すべ》てをお見通しの上で、さらなる駄目《だめ》を押す。

「それに当分は、通報自体が当局まで届きません。周囲の監視《かんし》・通信網は今、衛星も含めて私の制御下にあります。この戦闘に関する監視は利《き》かず、通報はネット上で偽装姿態《ダミーポーズ》によって処理され、なかったことになりますから」

「なんだと……？」

ゴシップも俄《にわか》には信じられなかった。彼でも、社の中枢《ちゅうすう》コンピューター〈ポーカーハンド〉の助けを受けてようやくできるかどうか。まさに驚異的《きょういてき》と言っていい、大規模クラッキングなのである。

「偶発的《ぐうはってき》な機会と、物理的な手段の連動……たまたま見かけて、足で伝えて、初めて気付かれるでしょうが、飛行機がそれまで飛んでいられるとは思えませんね」

「おまえ、いったい何者だ？」

ようやく、ゴシップは根本的な質問をした。

彼の正体《しょうたい》……というより前身は、連合政府に対してシステムジャックを挑《いど》んだスーパークラッカー集団［五色《ごしき》の蜘蛛《くも》］の一人、『青《ブルー》』である。その彼をここまで手玉に取る手腕は、並みのものとは思えなかった。

しかし無論《むろん》、少女はゴシップが求めた意味での答えを返さなかった。

「私ですか？　今は『トランクイロ』と名乗っています」

ただゴシップの、質問の形をとった驚嘆《きょうたん》に、嬉《うれ》しそうに笑うのみである。

笑われた方は、これ以上ないくらいに不機嫌な声で言う。

「心穏《tranquillo》やかに……？　これだけの騒動《そうどう》起こしといて、ふざけた名前だ」

「騒動、ですか……この掃討《そうとう》作業は危険因子《いんし》を摘《つ》んでおく、単なる予防措置《そち》なのですけれど。今のこれも、同じクラッカーとして少しあなたに興味を引かれたので、死ぬ前に一度お目にかかっておこうと思っただけですし」

ゴシップはさらにさらに不機嫌になり、未《いま》だパラソルの向こうに顔を隠《かく》す少女・トランクイロに言い返す。

「お目もなにも、顔さえ見せねえじゃねえか」

「今どき顔なんて、どうとでも作れるでしょう。合わせる価値がありますか？」

ゴシップはその、当然とでも言うような彼女の口調に、超級《ちょうきゅう》クラッカーとして、あるいはこの世界に暮らす人間として、一つの臭《にお》いを嗅《か》ぎつけた……が、それを相手に問い質《ただ》すような馬鹿《ばか》な真似《まね》はしない。

「そう言うあなたの方こそ、空疎《くうそ》な意識総体だけで、仮《かり》の体ひとつ、私の前に映し出していないではありませんか」

少女の声に少しずつ、確信を深める。

あとで目が覚めたとき、この臭いは、ディビジョンという『この世にある本当の化物《ばけもの》』によって姿と形を与えられ、事態の本質という姿を表すだろう。それまでは、臭《にお》いが気のせいでないかどうか、確かめるべきだった。

自分がファントム部隊の攻撃で死ぬ心配はしない。ないのではなく、しない。

(どうせ今の俺《おれ》には手出しなんかできねえんだ、不利だろうがなんだろうが、ボギーととっあんに命を預《あず》けとくしかないわな)

せいぜい自分にできることをしておく――これは、呑気《のんき》で厳《きび》しい仮《かり》の宿・ディビジョン駆除《くじょ》商会で居場所を保つための、資格の一つだった。

「そもそも俺は、この偽装経験領域《イミテイブル》ってのが大っ嫌いなんだ。とっとと出しやがれ」

ゴシップは言いつつ、それでも少女の指摘を受けて領域内に自分の姿を形作る。現実と寸分違わない、出来損《できそこ》ないのギャングのような、自分の姿を。

「つれないことを、言うのですね」

トランクイロは、その行為に応《こた》えるように、赤いパラソルを背に回した。

そこに現れたのは声のとおり、どこか憂愁《ゆうしゅう》を感じさせる、十代半《なか》ばの可憐《かれん》な少女だった。

肩までの黒髪と黒い相貌《そうぼう》、灰色の着流しに、抜けるような白い肌《はだ》という、不思議なモノトーン。そこに、背のパラソルと長靴の鮮《あざ》やかな赤が加わって、いっそ幻想的《げんそうてき》とさえ言える姿態《したい》を見せていた。

もちろんゴシップは、他《ほか》でもない少女自身が言ったように、そんなどうとでも作れる容姿《ようし》には興味を持たない。サングラスの奥で不快気に眉根《まゆね》を顰《ひそ》めて、無愛想《ぶあいそう》に言う。

「幽霊《ゆうれい》一味と話すってのに、どうやって愛想《あいそ》よくしろってんだ」

「……」

少女は僅《わず》かに、悲しそうな顔をした。

自分の言ったどの部分がその反応を引き起こしたのか、冷徹《れいてつ》に考える――途中で気づいた。

(俺並みのクラッカー?)

(ファントムの一味?)

(今日の襲撃?)

(昨日の襲撃?)

(昨日の?)

思いがどんどん遡《さかのぼ》り、一つの推論が組み立てられる。

この事件における発端《ほったん》が、いったいなんだったのか。

「……手形の写真、か」

苦虫《にがむし》を嚙《か》み潰《つぶ》したようなゴシップの表情を見て、トランクイロは仕返しのように悪戯《いたずら》っぽく笑った。

「正解です」

トン、とそこにない地面を赤い長靴で蹴って、後ろにふわりと浮き上がる。

と、二人の間にファントムが現れた。タイムカウントが傍《かたわ》らに点《とも》っていた。表示は昨日、アンディとボギーが遭遇《そうぐう》した時刻を示している。

記録映像である。その証拠《しょうこ》に、

「昨日は、いよいよ本格的な実働試験を始める……その前段階として、あなたたちの言うファントム実体化の仮《かり》試験を行っていたんです。気付かれなければ放っておくつもりでした」

映し出されたファントムが、何かに驚いたようにびくりと振り向いた。おそらく、アンディに砲口を向けられたのだろう。

「ところが、気付かれてしまった。普通の駆除屋《くじょや》なら、取るに足りない手形など見過ごすか、こちらに攻撃をかけて自ら隠滅《いんめつ》してしまっていたはずなのに。それが、目敏《めざと》く見つけられて、写真まで撮《と》られて、それを駆除屋の組合で採り上げる手筈《てはず》まで整えられて……やりすぎだ、と昨日は皆して笑ったり困ったりしましたよ」

「なるほど、その写真を転送したラインが筒抜《つつぬ》けだった、ってことだな」

社でこの手のセキュリティを担当するのは、言うまでもなくゴシップである。いささか以上にプライドが傷ついていた。

トランクイロはそんな彼の様子を無視して、宙《ちゅう》に浮いたまま続ける。

「ええ。おまけに、調べれば調べるほど、この［ディビジョン駆除商会《くじょ》］なる組織が危険だと分かったので、先手を打って、まず戦闘の後方支援に当たるバックアップ要員を皆殺しにしておこうと思ったんです」

ゴシップは僅《わず》かに苦笑を浮かべる。

「で、人が飲んでるとこを邪魔《じゃま》した上に返《かえ》り討《う》ちの皆殺しか。大した腕だぜ」

まるで自分が全滅させたかのように言うゴシップに（もちろん、実際はカウンターの中で丸まっていただけである）、なにも知らない少女は困った顔をして見せた。

「だから少し本腰を入れて、あなたたちの戦力を別途《べっと》の襲撃で分散させたり、私たちの側でも大掛《おおが》かりな部隊を組んだり、主力戦闘員を一人割《さ》いたり——」

彼らの間に浮かんでいたファントムの映像が消えた。

変わって今度は、現在行われている空戦の様子になる。空戦用ファントムの一機から得ているものらしい。大型ミサイルに追い立てられる漆黒《しっこく》の戦闘爆撃機が遠く、他人の融合視界《クロスサイト》の中を飛翔《ひしょう》している。

「こうして大きな手間《てま》を取ったというわけです。これがあなたの、死への過程《プロセス》です。納得《なっとく》がいきましたか？」

「なるほど、これで心置きなく死ねる……なんて言えるわけねえだろ」

ゴシップは、その格好に相応《ふさわ》しいチンピラっぽく、ケッと笑った。

「だいたい、死への過程《プロセス》だと？　俺《おれ》たちの社長室はまだ墜《お》ちてねえし、おっとろしいガキんちよも元気いっぱい飛んでるし、俺だって体を乗っ取られちゃいない。勝負はまだ全然、ついてねえよ」

トランクイロは——本当に若いらしい、とゴシップに推測させたように——その言葉を余《よ》裕《ゆう》、あるいは希望的観測からのものと勘違《かんちが》いした。

「突入要員を一人欠《か》き、来援《らいえん》の見込みもなく、外部への干渉《かんしょう》を行えるあなたも封《ふう》じられて、それでも助かると……？　お仲間をそれほど信じているのですか？」

「ふん、俺がどう思っているかは関係ないだろ。まだ終わってねえ、そう言っただけだ。こんな有様《ありさま》じゃ、俺《おれ》はなにもできねえからな。俺自身のためにも、せいぜい応援しながら高みの見《けん》物《ぶつ》といくさ」

「…………」

サングラスの奥に浮かんだ薄い苦笑を、少女はただ訝《いぶか》しげに眺めていた。

二人の間では、群がり立つ数十ものファントム部隊が、戦闘爆撃機を包囲の輪のうちに捉《とら》えつつあった。

3　乱痴気騒ぎ

ファントム襲撃による遭難者《そうなんしゃ》の救出、その作戦開始までのカウントダウンは、あと数分を残すのみとなっている。

アンディとヴァンプは自分たちの担当部署《ぶしょ》である、遭難区域への最短ルートの入り口に立っていた。

リアクターの奥へと続く通路は、グレムリン駆除《くじょ》のときと同じように、暗く静かである。白い非常灯が奥に点々と続いていく、引き込まれるような寂《さび》しい眺めだった。

アンディはいつもと同じ、〈ブラックゴースト〉全制空戦用強化服《ヴァリアブル・マンファイター》の重突撃装備である。腹から伸びた〈ジャックポット〉大口径プラズマ火砲や背の武装ラックに積まれた武器も物々《ものもの》しい。

対するヴァンプは簡素なもので、見える武装は背中に背負った〈ネイル＆ピック〉狙撃銃《そげきじゅう》と腰のガンベルトに収めた〈ハードヒット〉重拳銃《じゅうけんじゅう》のみだった。

ただ、行動自律式《じりつしき》のガンビークルを一騎、連れている。名前は〈メタルリュウセイゴー〉。一騎という数え方なのは、その形態が馬型だからである。主人であるヴァンプ同様に酷《ひど》いボロで、自律飛行能力を持っていない彼の、空にかける足となっている。

その、表面の光沢《こうたく》も剝《は》げた手綱《たづな》を取って立つヴァンプが、傍《かたわ》らで腕を組むアンディに訊《き》く。

「さっきから、いったいなに悩んでんだい？」

「ああ、リアクターの封鎖《ふうさ》状況を確認したんだが、どうも変な感じだ」

「変って、どんなふうに？」

「さて、俺《おれ》たち駆除屋《くじょや》の利害的見地から見て、これは言ったもんかどうか」

答えを暗示しておきながら、アンディは意地悪くもったいつける。〈ブラックゴースト〉の無表情なフェイスガードを向け、傍らに佇《たたず》む、ボロを装《よそお》う影に言う。

「俺と二人っきりなら、仕事がやりやすいと思ったんだろ？」

ボロの体が、キシ、と鳴った。帽子の鍔《つば》に目線を隠《かく》して、ヴァンプはあっさり答える。

「もちろん」

このボロサイボーグ、実は政府の密偵《みってい》、世に言う［クールフェイカー］の一人である。とある事件で、アンディたちディビジョン駆除商会にその正体《しょうたい》を知られることになったが、それ以前と、特に付き合い方が変わったわけでもない。両者、互いに事情がある、と理解しているからである。いつもの陽気さを装って、淡々《たんたん》と答える。

「政府だって、本当に何もしてないわけじゃない。そうでなくても〈ゾーン〉は世界政策の根幹だ、ファントムについてもそれなりに探ってるよ」

「今のおまえみたいにか？」

「まあ、ね。静観してるように見えるのは、動くための情報を自分や他人を使って集めてるからさ。君と白いファントムとの接触では、いろいろ面白いことが分かりそうだな」

アンディは気軽に笑う。

「ふふん、まあ、俺《おれ》がやることに変わりはねえか」

「おいらだってそうさ。それより、さっき考えてたこと、教えてくれよ」

アンディは言われて、数秒なんのことか思い返してから、

「ああ……キットも加えよう。いいな」

「もちろん」

ヴァンプは、さっきと同じ言葉とは思えない明るさで答えた。

二人の後方にいる〈マウスフル〉自律偵察機《じりつていさつき》を中継器として、リアクター上空の簡易プラットホームに係留《けいりゅう》している〈チャリオット〉と指向光通信《ビームライン》を開く。

《なに、男同士のヒソヒソ話は終わり？》

「あ、それはひどいなあ、キットちゃん」

キットも、ヴァンプが［クールフェイカー］であることは知っている。

が、知られている方は、より知られたくない、と思っているらしかった。

それが、熟知《じゅくち》しても絶対に得《とく》になる話ではない、という配慮《はいりょ》以上に、この少女の前ではできるだけ陽気な友人でいたい、という気持ちからだということが、アンディにはよく分かった。

「ファントムどもの占拠《せんきょ》の仕方がおかしいって話だよ」

《ふうん……ま、そういうことでいいわ。それで？》

（お見通しかな、こりゃ）

アンディは苦笑しつつ、融合視界《クロスサイト》内にリアクターの全体図を表示、二人に同期させる。

「どうも、封鎖《ふうさ》の状況がおかしい」

「奥に待《ま》ち伏《ぶ》せてるんだろ？　通路を迷路《めいろ》状《じょう》に組みなおすのは当然じゃないのか？」

ヴァンプは至極真《ま》っ当《とう》なプロの見方をする。

しかしだからこそ、思考の罠《わな》がある、とアンディは睨《にら》んだ。

「そんな小手先《こてさき》の戦術で戦力差を埋めなきゃならないようなら、最初から襲撃なんか企《くわだ》てるもんか」

《ふうん……封鎖した場所も、全体容積の三分の一しかないね……地歩を占《し》められて困るような場所もない、なんの変哲《へんてつ》もないリアクターだけど》

キットが言って、表示した場所のうち、開いた通路から遭難《そうなん》区域まで侵入できる場所を点滅させた。迷路となって駆除屋《くじょや》たちを誘っている場所は、全体に比して意外に小さい。

ヴァンプが首をギイ、と捻《ひね》った。

「だとすると、通路を限定して、おいらたちの侵入してくるルートを絞《しぼ》り込む必要性は、どこにあるんだろうなあ？」

「どうせ消えて逃げられるからか……？　なら、逃げ道のない場所に立て籠《こ》もっていても、とりあえずは不思議じゃないが、打って出てこない理由にはならないな。限定空間戦のデータ収集が目的なら、通路を埋めて陣地戦《じんちせん》をする必要はどこにもない。リアクターの内部は元から迷路《めいろ》みたいなもんだ。誘い込む罠《わな》なら通路は一本で十分。要救助者って餌《えさ》は向こうにある」

「なんというか、どうも半端《はんぱ》な連中だなあ？」

うーんとヴァンプはマントの中で腕を組んで唸《うな》る。

アンディは迫る作戦開始のタイムカウントを見つつ、言う。

「そう、しかも武器が利《き》かないって証言まである。連中は、もっと無茶苦茶《むちゃくちゃ》でいいはずなんだよ。逆に言えば、好きなように戦えない理由がある、ってことだ」

「なんで作戦会議ではそのことをなにも言わなかったんだ？」

「他意はないさ。これは確証のない推論に過ぎない。それに、作戦の方針や目的ってのは単純な方がいいんだ。余計《よけい》な事情の詮索《せんさく》なんかを加味すると、作戦は無駄《むだ》に膨《ふく》れ上がって動きが鈍《にぶ》くなるからな。ただ、おまえさんにだけは、話しといた方がいい……だろ？」

キットが通信機の向こうで苦笑するのが分かった。

ヴァンプは、最後の一文を無視して感心する。

「さすが、軍人崩《くず》れは言うことが違うね」

「ふん、せめて軍隊上がりと言えよな」

タイムカウントが、三十秒を切った。

「さて」

と鐙《あぶみ》に足をかける仕草《しぐさ》も危なっかしく、ヴァンプは愛馬のガンビークル・メタルリュウセイゴーに騎乗《きじょう》した。

ブヒヒン、と安っぽい合成音で鋼鉄《こうてつ》の馬はいななき、浮上のためにガタピシ震え始める。

「スキャンメルの奴《やつ》には、カードの貸しが結構あったんだよね。あそこの不幸がここの幸運に繋《つな》がってりゃいいけど」

帽子を深く被《かぶ》り直して言うヴァンプに、アンディは明るく答える。

「大丈夫、無事さ。救出作戦ってのは、その楽観から始めるもんだ」

その両肩の荷重力推進機《プロペラント・プラス》が飛行出力を得た瞬間、タイムカウントが、ゼロに。

同時にキットが言う。

《幸運《グッドラック》を！》

「はいよ」

「いってきまーす！」

軽いものと陽気なもの、二つの返事は薄暗い通路の中に吸い込まれていった。

真昼の空を、漆黒《しっこく》の鏃《やじり》のような巨大戦闘爆撃機〈王者の一撃必殺《ロイヤルストレートフラッシュ》〉が驀進《ばくしん》する。まっすぐにではなく、機体を横に傾けて、下方へと滑《すべ》り落ちるように。

空気を引き裂く轟音《ごうおん》も後方に置き捨てる、落下の位置エネルギーと荷重力推進機《プロペラント・プラス》の推力を合わせた壮絶な速度は——しかし、足りない。

数十もの大型ミサイルが、その後方から追いすがっていた。じりじりと、互いの相対距離を縮めつつある。

機関の振動と駆動音《くどうおん》に晒《さら》される〈王者の一撃必殺《ロイヤルストレートフラッシュ》〉の操縦室で、とっつぁんがモニターの頭だけを九十度回転させて隣席を見る。

「やれやれ、修羅場《しゅらば》を年寄りに任せて居眠りとはいい気なもんじゃな」

隣に座っているサングラスの同僚は、外部との接触を試みた途端《とたん》、意識を失った。

外部からのクラッキングを受けたことは、その身体制御系から機能凍結《とうけつ》信号が山のように検出されていることで容易《たやす》く分かった。

この一筋二筋の縄《なわ》では触れることもできない男をここまで追い込んでいる敵への驚嘆《きょうたん》は、今は感じている暇《ひま》がない。とりあえず今は、そういう事態を想定して作っておいた、圧搾《あっさく》空気入りの恐ろしく硬《かた》いクッションで全身を固定する『特製牢獄《ろうごく》シート』（とっつぁん命名）を作動《さどう》させて、その中に閉じ込めている。眠れた餅《もち》に押し潰《つぶ》されているような哀《あわ》れな姿を見て、

（これからのことを思えば、体を固定されていた方がいいに決まっておるからの）

と、本人の意識がないのをいいことに、勝手《かって》に納得《なっとく》する。

さらに九十度、頭を回して後方の社長席に声をかけた。

「社長、『少々』ぶん回す、と言ったが訂正じゃ」

いつもと変わらず悠然《ゆうぜん》と、デイビジョンは答える。

「それは、エリー君に言うべきだね」

「はい。『結構』、ですか？」

くすりと笑って答えるエリーは、手馴《てな》れた仕草《しぐさ》で自身の座る副官用の椅子とシートベルトのハーネスを点検、合図として真ん中をポンと軽く叩《たた》く。

対してとっつぁんはにやりと画面の中で笑い、宣告する。

「いや、『かなり』じゃ」

頭を再びコンソールに向けなおし、今まで予備起動のみにしていた噴射型《ふんしゃがた》推進器……いわゆるジェットエンジンのスロットルレバーを、ガン、と始動位置に入れた。

この職人気質《かたぎ》の機械老人は、計器類の把握《はあく》については融合視界《クロスサイト》と直結しているが、機器の操作《そうさ》にはなぜか手動を用いる『レバーとボタンは浪漫《ロマン》』という持論の持ち主なのである。

「エリー、相方《あいかた》がこうじゃ。ミサイルの回避《かいひ》後、できる範囲でいいからサポートを頼む。傾注《けいちゅう》感覚C以下を明度《めいど》強調する」

「分かりました」

軽く頷《うなず》くと、エリーは副官用椅子に付属している簡易《かんい》コンソールを手元に引き寄せる。

コンソールの画面上には、とっつぁんが意識を向けている順に暗く、つまり不注意な部分はど明るく、《王者の一撃必殺》全体のデータ諸元が表示されていた。とっつぁんが不注意な所に エリーが注目できる仕掛《しか》けである。

有能なる社長付き秘書は緊急時に備えてその全体をざっと把握《はあく》してから、丸眼鏡《メガネ》のレンズ縁《ふち》に触れて視線入力をオンに。あとはシートに背筋を押し付けて、回避《かいひ》を待つ。

巨大戦闘爆撃機による、ジェットコースターよりも恐ろしい失敗即《そく》死の急降下が、最高潮を迎える。大型ミサイルからの長々とした逃避行《とうひこう》も、ようやく終わりだった（まあ、そろそろ相対距離が詰まってきているからでもあるのだが）。

機首の向かう先、見る見るうちに海面が近づいてくる。この速度で海面に激突すれば、水はコンクリートよりも硬《かた》くなる。いかに〈王者の一撃必殺《ロイヤルストレートフラッシュ》〉といえども爆発四散は免《まぬか》れ得ない。

（さて、やるか……）

とっつぁんは、融合視界《クロスサイト》の中に展開した三次元立体把握図《ソリッドグラスパー》を元に、予定軌道《きどう》の算定をより精密に始める。

後方から迫るミサイル群にやや距離を開けて、三十はいようかという全制空戦用湯強化服《ヴァリアブル・マンファイター》を装着《そうちゃく》したファントム部隊が追いすがり、ほぼ同数が前方の上空から覆《おお》い被《かぶ》さってくる。前後から〈王者の一撃必殺《ロイヤルストレートフラッシュ》〉を海面に向けて追い立てている、といった状況だった。やや遠方、ボギーが厄介《やっかい》そうなガンビークルを近づけないよう、頑張《がんば》っているのが分かる。

（計算では楽勝《らくしょう》）

これらを数値で表すデータ諸元は、未《いま》だ電波妨害《ECM》を受けているため、レーダーではなく光学測定を元にしたものだが、明るい真昼のことでもあり、不都合《ふつごう》はない。

(実践《じっせん》は……まあ、やってみるさ)

古臭《ふるくさ》い機械体の中で行われる緻密《ちみつ》な計算が、頭部モニターに不敵《ふてき》な笑みとなって映る。

スロットルレバーに添《そ》えた手に力を入れる。この、自分の腕(と機械体の彼は考える)による操作《そうさ》は、あるいは一千分の一秒以下の誤差《ごさ》しか生じない脳と操作系の直結をも上回る、と彼は信じている。もちろん、信じているので、実際に比較研究をするつもりはない。

(さあ行くぞ、儂《わし》の〈王者の一撃必殺《ロイヤルストレートフラッシュ》〉!!)

とっつぁんはいきなり、今まで機のメイン推進力を担《にな》っていた荷重力推進機関《プロペラント・プラス》の動作《どうさ》ベクトルを姿勢制御に回した。

進行方向に先端を向けていた機首が上に跳ね上がり、車で言うウイリーのような状態になった。そのまま海面に突進する。推進力が姿勢制御に回されたため、また前方投影面積を広くして空気抵抗が増したため、当然速度は落ちる。

ミサイル群との距離が詰まる。

海面との距離も詰まる。

(今じゃ!)

荷重力推進機関《プロペラント・プラス》の推力を直上に指向すると同時に、伝わる意志と動く体、絶妙のタイミングでスロットルレバーが最大出力《パワーマックス》に入る。

ウイリー状態で落下していた〈王者の一撃必殺《ロイヤルストレートフラッシュ》〉、その機尾のほぼ全《すべ》てを占《し》める大噴射口《だいふんしゃこう》が、爆発のような炎の塊《かたまり》と莫大《ばくだい》な推力を吐き出した。海面に叩《たた》きつけられたこの噴射炎は、海面を沸騰《ふっとう》、攪拌《かくはん》、さらには破裂させる。

落下の慣性が殺され、漆黒《しっこく》の巨体が再び上昇に転じるまで数秒。

ミサイル群が迫る。

（飛べ!!）

己《おのれ》を愛する者に応《こた》え、〈王者の一撃必殺《ロイヤルストレートフラッシュ》〉は飛び上がった。

海面に津波《つなみ》と水蒸気爆発を巻き起こし、光そのもののような噴射炎と白煙を引いて。

ミサイル群が、その上昇を追尾《ついび》する前に次々と上がった水柱に命中する。その全弾が、持てる速度によって粉々に砕け、あるいは爆発、また誘爆《ゆうばく》した。

水蒸気と炎、対照的な光を撒《ま》き散らす爆発を後に、〈王者の一撃必殺《ロイヤルストレートフラッシュ》〉は再び空へと舞い上がる。

「ヤ――ッハ!!」

ガン、ととっつぁんがコンソールを鋼鉄《こうてつ》の腕で叩いた。

その興奮の軽さで首を回し、

「社長、エリー、なんともないか」

と後ろに聞く。

さすがのディビジョンが、凄《すさ》まじい機動でシートに体を押さえつけられたため、僅《わず》かに上を仰《あお》いでいる。感想は一言だけ、

「いやはや、大したロデオだ」

エリーの方も似たようなもので、

「はい。ちょっと……こたえました」

と、彼女には珍しく気の利《き》かない台詞《せりふ》。

「はっは、許せ。あとはもう少し楽にやる」

とっつぁんはからりと笑い、景気よく叫ぶ。

「――さあ、今度は儂《わし》の番じゃ！」

驚くべき回避《かいひ》運動を取り、そのまま上昇する〈王者の一撃必殺《ロイヤルストレートフラッシュ》〉を、前後から挟《はさ》み撃《う》ちにすべく、ファントム部隊が襲いかかる。

全制空戦用強化服型《ヴァリアブル・マンファイター》のファントムは、背中から大型の機関砲を一門生やし、両腰にミサイルポッドを取り付けた空戦仕様《しよう》である。首は上に向けず、背中から生えたセンサーが全感覚を代行していた。

そのセンサーが、追撃《ついげき》対象である戦闘爆撃機から多数の低速弾が複数、射出されたのを捉《とら》えた。彼らはバラバラな編隊飛行の中、おのおの生意気な反撃を打ち落とそうとする。

と、
弾丸が先に、呆気《あっけ》なく爆発した。

濛々《もうもう》と煙が膨《ふく》れ上がって機体の影を隠《かく》す。

レーダーが効かないのを逆利用しての他愛《たわい》ない攪乱《かくらん》か、とファントムたちはランダムに交差《こうさ》しながらこの煙を突っ切ろうとして、衝突した。

クッションに高速で飛び込んだように、ボフッ、ボフッ、とと間抜《まぬ》けな音を次々鳴らして減《め》り込んでいく。

「はっは、見たか！　空気に触れると劇的に発泡《はっぽう》して大容積の繊維《せんい》雲《うん》を形成する〈イージーベッド〉膨脹《ぼうちょう》液体弾！」

とっつぁんの哄笑《こうしょう》が〈王者の一撃必殺《ロイヤルストレートフラッシュ》〉操縦室に響く。

「しかも可燃性で、遅《ち》発信管《はっしんかん》付きじゃ」

言う間に煙が炎に変わった。その中で機関砲弾やミサイルの誘爆《ゆうばく》が起こる。

「どれくらい落とせたかね」

問うディビジョンには、とっつぁんのサポートをしているエリーが答える。

「はい。追撃《ついげき》の先頭集団を、五名です」

その傍《かたわ》ら、彼らに向けて傾く形で大スクリーンとなっていた天井《てんじょう》に、映像を映し出す。

黒煙を噴《ふ》いて、ファントムがたしかに五機、バラバラと落ちてゆく。

（さて、これで焼け焦《こ》げて落ちる連中を救助に向かう者を入れて——なに!?）

健在なファントム、その全員が無視した。零《こぼ》れ落ちる者たちを、まるで障害物であるかのように無視、回避《かいひ》して、そのまま〈王者の一撃必殺《ロイヤルストレートフラッシュ》〉を追ってくる。

とっつぁんは豪語《ごうご》したが、実のところ〈イージーベッド〉膨脹液体弾の燃焼力はさほどの高温にならない。この兵器は、無数に射出して追撃者（言うまでもないが、この兵器は攻撃には全く向いていない）の速度を殺し機動を乱すのを主眼に開発された、チャフとフレアの発展型……というより変種だった。装甲貫徹力《そうこうかんてつりょく》などもちろんなく、相手兵器の誘爆とセンサー部の破壊が、狙《ねら》えるせいぜいの戦果なのである。

ミサイル群の迎撃時《げいげき》にこれを使わなかったのは、海面からの上昇機動を得るためと、大型ミサイルの多重誘爆による被害が懸念《けねん》されたためだった。追ってきたファントム部隊にこれを使ったのは、相手が攻撃耐性《たいせい》の少ない兵器・強化服だったからである。撃墜《げきつい》はできなくても負傷者を出すことができれば、その救助人員を割《さ》かせることによって被害以上の無力化もできる。

そのあてが、見事に外《はず》れた。

ファントム部隊は誰《だれ》一人として落ちてゆく同僚に手を伸ばさず、追撃してくる。

「なんて奴《やつ》らじゃ」

とっつぁんが言葉を漏《も》らしたのは、人道的な怒りからではなく、理解の埒外《らちがい》にある相手への驚きからだった。

フィクションに出てくる、悪を強調するための悪役とは違って、実際の組織は戦力と士気《しき》からなる存在基盤を維持するために、人員を使い捨てになどしない……というより、できない。常識だった。中身が自然脳保持者でないニューロンドーマーだとしても、育てる手間隙《てまひま》は、無為《むい》に浪費《ろうひ》するにはあまりに莫大《ばくだい》である。こういうことに使える人間の命は、現実問題、安くはないのである。

そんな、とっつぁんと同じ不審《ふしん》を抱いたらしいディビジョンが、シートベルトに縛《しば》られながら口元に手をやった。

「エリー君、定点観測を一つ二つ、敵戦闘員に設定しておいてくれたまえ」

定点観測というのは、特定の対象を継続して観測する方式をいう。

エリーはその理由を問わず即答する。

「はい」

「次にかかるぞ」

とっつぁんは大きな旋回《せんかい》の中、なんとか〈王者の一撃必殺《ロイヤルストレートフラッシュ》〉の姿勢を水平に戻した。後方から依然追撃《いぜんついげき》をかけるファントム部隊は、不用意な密集で損害を受けたことを考慮《こうりょ》してか、互いの距離を大きく開け、散開《さんかい》している。

連中の機関砲による攻撃も、効果的とはいえなくとも数が当たっている。各所に爆発の破孔《はこう》ができ、火花が飛び散っていた。ここにあのガンビークルがやってきたら、損害も冗談《じょうだん》や楽しみのレベルではなくなる。

　と、後方ではまた追撃コースの変化によってか、敵の戦列が乱れていた。味方の射線《しゃせん》に不用意に入ったり、また単なる誤射《ごしゃ》で、彼らは次々と同士討《どうしう》ちをしていた。そしてまた、誰《だれ》も墜落《ついらく》する味方を助けには行かない。

　ディビジョンはそれを自分の前にあるディスプレイで確認しながら呟《つぶや》く。

「……原始的な、機械式人工知能でも搭載《とうさい》しているのかな?」

「さてな。それより儂《わし》にはやることはいくらでもあるわい」

　とっつぁんは推測には関《かか》わらず、今の楽しみに没頭《ぼっとう》する。鉄の腕を伸ばして、またスイッチを次々入れてゆく。

「よし、これを試してみるか」

　呑気《のんき》なものである。

　その操作《そうさ》を受けて、下面へと次々、煙を引いて大型の砲弾が落下していった。

　操縦室内にも重い射出音が連続して響く。

　ディビジョンがディスプレイで諸元を見れば、今度の砲弾は〈王者の一撃必殺《ロイヤルストレートフラッシュ》〉から遠く、全く敵のいない方向に向かって……というより、ただただ落下していた。

　ファントム部隊も、自分たちの軌道《きどう》との交差《こうさ》線上から離れすぎているためか、この砲弾を無視する。やがて下方も限界、海面にぶち当たり、大爆発が起こった。

「あれは……なにかのトラップかね？」

不思議そうなディビジョンの問いに、とっつぁんはこの危難《きなん》の中、あっさり答える。

「海中に敵がいないとも限るまい」

全く、呑気《のんき》なものである。


アンディとヴァンプは、最も意外な形でファントム部隊と遭遇《そうぐう》していた。

彼らは狭《せま》い通路内に、遺棄《いき》された資材でバリケードを作り、そこに立て籠《こ》もっていたのである。もっと手の込んだ不意打《ふいう》ちや待《ま》ち伏《ぶ》せを警戒していた二人は、正直拍子《ひょうし》抜けした。

真正面にパイプやワイヤーで組んだ網《あみ》を張り、鋼鉄《こうてつ》の板やらコンテナやらでその奥を固めている。はっきり言って、この程度のバリケードは、現代兵器の前ではなんの役にも立たない。

「どーするんだい？」

メタルリュウセイゴーの上から、ヴァンプが呆《あき》れ声で言った。

アンディも不審《ふしん》というより不満の声で返す。

「どーするもこーするも、突破するしかねえだろ」

バリケードの中、ところどころに開けられた銃眼《じゅうがん》から、ファントムたちの見慣れた、今日ははっきりくっきり見えるガスマスク面《づら》が覗《のぞ》いている。

「なんだかよくわかんないけど、とりあえず始めるか」

ヴァンプは背中から〈ネイル&ピック〉狙撃銃《そげきじゅう》を取り上げて構《かま》えた。まるでジュースの缶でも開けるように、なんの気負いも力《りき》みも感じさせない自然な仕草《しぐさ》で、撃つ。

バッ、と開放と爆発相半《あいなか》ばする発砲音とともに、銃眼の一つが開いた。どちゃっ、と物が落ちる音、しかしすぐまた起き上がる音。数秒前と全く同じ、覗き込む姿。

「へへえ……どーやら、話は本当みたいだね。消える消えないだけでも厄介《やっかい》な話なのに、当たるようになったら今度は不死身《ふじみ》か。お化《ば》けってのにも程があるな」

人のことは言えそうにない、ボロボロ幽霊《ゆうれい》のようなヴァンプは気楽に言う。言いつつ、銃の出力を手動ダイヤルで捻《ひね》って上げなおす。

「無傷ってだけならなんとでもなるがな……キット、他《ほか》は接敵《せってき》してるか?」

アンディは後方に距離を取って追尾《ついび》するネズミ大の〈マウスフル〉自律偵察機《じりつていさつき》を中継して後方と連絡を取る。

何十台ものネズミ人形もどき(キットがわざわざ工作して作ったものだ)を通して、少女の声が返ってくる。

《まだみたい。全員、順調にルートを進行中》

「そうか……じゃ、俺《おれ》たちも遅《おく》れるわけにゃいかねえな」

「荒っぽいのは任せるよ。おいらはボギーみたいに涼《すず》しい顔で乱暴なことはできないんだからさ」

「よく言うぜ」

言い合って、二人は突破のための推力を貯《た》める。

《戦闘が始まったら、中継器は遅《おく》れるから……声、途切《とぎ》れちゃうね》

「なに、おいらの声が聞けないと寂《さび》しい？」

「俺《おれ》の台詞《せりふ》を取るな！」

怒鳴《どな》られたヴァンプ、怒鳴るアンディ、双方《そうほう》にキットは笑いかける。

《二人とも、気をつけてね》

その痺《しび》れる声を胸の奥に響かせてから、二人は目に見えない部分で、変わる。

「行くぜ！」

アンディの叫びを受けて、〈ブラックゴースト〉両肩の荷重力推進機《プロペラント・プラス》が吼《ほ》えた。スラスター一瞬の噴射《ふんしゃ》で加速、突撃を開始する。

「続け、リュウセイゴー！」

ヴァンプも手綱《たづな》を打って愛馬のガンビークルを発進させる。滑《すべ》るような飛行の傍《かたわ》ら、外《はず》れかかった外板がガタガタ揺れて不安感を与える。

両者の突進の先触《さきぶ》れとして、アンディの腹から伸びた〈ジャックポット〉大口径プラズマ火砲が、猛烈な光量と空気の爆発音を伴《ともな》って空間を駆ける。

プラズマ火弾《かだん》は粗末《そまつ》なバリケードを一撃で撃砕《げきさい》、その周囲にいた不気味なファントムを数体吹き飛ばし、通路の壁や床《ゆか》に叩《たた》きつけた。二人の作戦目的は、ファントムの打倒ではない。他《ほか》に回る戦力を軽減させることだった。とりあえず突破して、敵の前衛だけではなく本隊も引き寄せてしまうつもりだった。

アンディはその開いた穴のまずは右、次に左に向けて、さらに発砲。穴を埋めるべく飛び出そうとしたファントムらの機先を制し、さらに穴を拡大する。

狭《せま》い通路はたちまちのうちに炎の巷《ちまた》に変わった。

燃え上がるバリケードからしぶとく立ち上がる不気味な影数体を、今度はヴァンプが狙撃《そげき》、当座の時間稼《かせ》ぎと打ち倒す。その銃声の反響も消えない間に、もう二人は揃《そろ》ってバリケードを抜けていた。

炎を潜《くぐ》ってとっとと進もう、と思った二人は驚いた。

少し距離を開けた奥に、また同じようなバリケードが築かれている……が、驚いた理由はそっちではない。

一つ目を貫通したプラズマ火弾を食らい、すでに燃えている二つ目のバリケード。

その前に、炎で白髪《はくはつ》をなびかせる巨体が仁王《におう》立《だ》ちしていたからである。純白の、鋭角的《えいかくてき》な限定空間戦用の機体が、焼灼《しようしやく》の色を受けて神秘的に輝いている。

無機質な造作《ぞうさく》の顔が、牙《きば》を見せて、笑っていた。

「……出やがったな? やっぱ、ファントムの大将格だったのか」

アンディは風を受けるフェイスガードの奥で凶暴《きようぼう》な笑みを作った。

「あれが噂《うわさ》の白髪君《しらがくん》か」

ヴァンプは射撃体勢のまま、アンディの発砲を待つ。

二人は速度を緩《ゆる》めない。

と、なにを思ったか、白髪《はくはつ》は二人に向かって突進を開始した。それは巨体を感じさせない猛烈な速さではあったが、逃げ道のない通路で前からの敵を迎え撃つという状況下では、自殺行為に過ぎない。

「っ!?」

意図《いと》のつかめないまま、アンディは〈ジャックポット〉でこれを狙《ねら》い撃った。バゴッ、と空間を押しひしゃげて飛んだプラズマ火弾《かだん》が、その巨体のど真ん中にぶち当たった。

が、常の、ぶち抜いて爆発、の快音は聞かれない。

どころか、その光輝《こうき》のうちから全く無傷《むきず》の、突進の姿が再び現れた。

純白の体にはかすり傷一つ、白髪《はくはつ》には焦《こ》げた一本もない。

「っははあ!」

そのことを誇ってか、牙の間から轟音《ごうおん》のような哄笑《こうしょう》があがった。

二人は思わず急停止する。

ヴァンプが仰天《ぎょうてん》に連動する反射として、狙撃銃《そげきじゅう》による追い討《う》ちをかけた。狙い違《たが》わず、その両目に続けて着弾。

「うわおっ？」

が、やはり損傷を与えられない。

そこにある存在が、まるで絶対のものであるかのように、揺るがない。

「どーなって……んのっと！」

マントを翻《ひるがえ》して、ヴァンプは腰の〈ハードヒット〉重拳銃《じゅうけんじゅう》を抜き、振り向き様《ざま》に撃った。

後方、燃える一つ目のバリケードの中から起き上がっていたファントムが、再び吹っ飛んだ。

ヴァンプの〈ハードヒット〉重拳銃は、相当な破壊力を持つ、プラズマの爆発放射である。当たれば吹っ飛ぶ必殺の武器……なのだが、ファントムらの表皮にはかすり傷一つつけられていない。

彼らは、衝撃《しょうげき》を受けてひっくり返っただけだった。頑丈《がんじょう》などというレベルではない。

さらに前方、燃える二つ目のバリケード、その炎の中からも、新手《あらて》のファントムたちがゆらゆらと不気味な姿を立ち上がらせている。

そうする間に、白髪《はくはつ》は不死身《ふじみ》の突進を止めた。

まるで見えない壁でもあるかのように。

前後合わせて百メートルほどの通路両端にファントムたちを置いて、その中央で二人と一人は対峙《たいじ》する。

白髪《はくはつ》が、その無機質な顔が、口を動かさずに声だけを発する。

「我が名、この任にある間の名を『リゾルート』。ディビジョン・エクスターミネーターA『アンディ』、我らが行いの礎《いしずえ》となれ」

アンディは、前後を塞《ふさ》ぐファントムたちに気を払いつつ、静かに訊《き》く。

「……それだけか？」

ヴァンプはその声に、怒りが満ちているのを感じた。

（うわ、怖《こわ》……）

白髪《はくはつ》・リゾルートは言われた意味が分からない。

「なんだと？」

アンディは訊き直す。

「あのとき俺《おれ》の前に出てきたのは、ファントムだから無敵《むてき》で、いざとなったらトンズラできるから……そういう間抜《まぬ》けな、命の保障があったからか？」

「……」

ようやくリゾルートも、自分が猛烈な怒りを向けられていることに気づいたらしい。その声を聞くために、僅《わず》かに巨体を前に傾けた。

アンディは同じ作り物の顔に、こっちは激しい怒りを表して言った。

「だとしたら、期待外れもいいトコだぜ」

リゾルートはまた背筋を伸ばして胸を張った。再びの笑いが牙《きば》を見せ、開戦の辞《じ》を贈《おく》る。

「安心しろ。どうせ当たらん」

「‼」

アンディは〈ジャックポット〉を再び発砲した。

リゾルートは前へ進む。いつの間にか膝《ひざ》を沈め、火線の下を這《は》うような低さで跳ぶ。

「っちい！」

アンディはスラスターを噴射《ふんしゃ》して宙《ちゅう》に回避《かいひ》、こっちもいつの間にか、床《ゆか》に〈ホットビーンズ〉小型散布爆雷《さんぷばくらい》を一つ、土産《みやげ》に置いていた。

「っわ、馬《ば》」

鹿《か》！　とヴァンプは叫ぶ間も惜しんでリュウセイゴーを浮上させる。

ガン、と轟《とどろ》く一発だけの爆発の範囲に、白い巨体はない。

「なに⁉」

アンディの前に、逆さに飛び上がっていた。〈ブラックゴースト〉の肩には、鋭い鉤爪《かぎづめ》のある白い指先がかかっている。無表情に戻った逆さの顔が、流れる。

「うおっ⁉」

腕にこめられた力、通路の天井《てんじょう》にかかっていた足のバネ、その双方《そうほう》によって、アンディは壮《そう》絶《ぜっ》な勢いで床に叩《たた》きつけられた。

「うがっ！」

しかし、叩きつけられると同時に、その衝撃《しょうげき》を受ける部位を調節している。片膝をついた発砲の体勢。〈ジャックポット〉が再び天井の白い巨体を撃つ。

「つりゃ!!」

が、かわされた。恐るべき体捌《たいさば》きで天井から壁、壁から床へと飛び跳ねて距離を取る。

「くそっ!!」

無駄《むだ》だと分かっていても、アンディはまた発砲した。

リゾルートは、今度は仁王《におう》立《だ》ちで受け、かわさない。プラズマのエネルギーが爆発して周囲に飛び散った。それだけだった。白髪《はくはつ》が、僅《わず》かに振られる。

「こっちこそ、期待外れと言わねばならんか？」

アンディは、撃鉄《げきてつ》を起こした拳銃《けんじゅう》の静かさで、短く答えた。

「安心しろよ、これからさ」

（やあれやれ、熱烈なやり取りだこと）

二人の対決に手を出しても意味がないと分かったヴァンプは、周囲のファントムの動きを抑《おさ》えることにした。

ファントムたちはリゾルートと違い、動作《どうさ》は稚拙《ちせつ》そのものである。数こそ多いが、どれも銃器らしき武装はしておらず、古典ホラー映画に出てくるゾンビのようにワラワラと群がってくるだけである。部隊の統制も見えず、リゾルートもこれらを指揮しているようには見えない。

とりあえずヴァンプは阻止線を空間認識内に仮定設置して、それを越えてくるファントムを片っ端《かたっぱし》から狙撃《そげき》することにした。馬上から〈ネイル&ピック〉狙撃銃を左右に撃ち分け、タイミングによっては〈ハードヒット〉重拳銃《じゅうけんじゅう》との両手撃ちでぶっ倒す。

左右連携《れんけい》を取るでもない攻撃はいい加減《かげん》で、その前進は彼一人でも十分に阻止《そし》できた。しかし、不死身《ふじみ》のファントムたちに決定打は与えられない。当たっても倒れて吹っ飛ぶだけで無傷《むきず》、いくらでも起き上がってくる。ただ時間を稼《かせ》ぐことしかできなかった。

(にしても、なんで役にも立たないバリケードなんか……ああ、そうか)

ふと、気がついた。

一つ目のバリケード。

二つ目のバリケード。

その間に待ち構えていた、リゾルートという大物。

周りを押し包み襲いかかってくる、ファントム部隊。

(ここは、不死身の壁が囲んでる檻《おり》ってわけね)

なんのことはない、二人は見事に相手の罠《わな》にはまっていたのだった。

(ま、作戦における囮役《おとりやく》としては、大将に張り付いてるだけでも十分か)

そしてもちろん、こっちも作戦通り。

現代の兵器は、矛《ほこ》＝攻撃の時代という。攻撃兵器の発達によって、盾《たて》＝防御は大抵《たいてい》の矛に敗れてしまうほどに、その存在意義を凋落《ちょうらく》させていた。強化服という、従来のものから見れば薄紙のような防御装甲《そうこう》しか持たない兵器が現れたように、兵器体系は『武器を運ぶ物』に主眼を置いて組み直されていた。

ガンビークルも、その新体系において発生した類別の一つである。

戦闘機《ファイター》と強化服の中間に位置するとされるこの機動兵器は、広義には乗り物全《すべ》てを指し、狭義《きょうぎ》には個人が身につける武装の発展型を指す。『人型でなくなった強化服』という例えもあるが、機種によって戦闘機《ファイター》や強化服、または車両などに類別を割り振られる中間的な兵器であるため、厳密な区切りはない。

戦闘力の面で言うと、強化服と比べて汎用性《はんようせい》がない分、武装の積載量《せきさいりょう》が多い。

ボギーが着装《ちゃくそう》する最新鋭の機密武装、〈ブラックゴースト〉全制空戦用強化服《ヴァリアブル・マンファイター》にとっても、空戦では難敵と言えた。

そのガンビークルが、翼端《よくたん》で空気を切ってすっ飛ぶ。

ファントムの群がる〈王者の一撃必殺《ロイヤルストレートフラッシュ》〉に近づけない、ようやくそれだけをボギーに許すほどの、圧倒的な機動力だった。両翼を膨《ふく》らせるほどにやたらと武装をくっつけたアンバランスな形態は、しかし恐るべき推力と旋回《せんかい》性能を持っている。

ボギーの両腰から真上に向けられる形で突き出された〈スクリーマー〉連装《れんそう》機関砲による砲撃も、ことごとくかわされていた。

特殊技能者《レアタレント》たる彼の特異芸・念動力《テレキネシス》も、今は使えない。『意志による明確な産物』である念《テレ》動力《キネシス》は、猛烈な速度で飛び、互いの相対位置を頻繁《ひんぱん》に変える空中戦においては、作用させる空間をイメージしきれない。自身への作用による回避《かいひ》にしか使えなかった。

あるいは相手が無能で、単調な機動を取っていれば、僅《わず》かでも物理干渉《かんしょう》を行えたかもしれなかったが、このガンビークル乗りはそれどころではない。全くの逆である。

（——ちっ）

ボギーは舌打ちしつつ、両肩の荷重力推進機関《プロペラント・プラス》と姿勢制御用のスラスターを操《あやつ》って、憧《あこが》れさえ感じさせる優美《ゆうび》な翼を広げるガンビークル、その旋回する円の中に飛び込んだ。

念動力《テレキネシス》による最高効率の姿勢制御、

その終点で敵機が照準ど真ん中に、

握った両手のトリガーを絞《しぼ》り込む、

水の低きに流れ落ちるような自然さで、二門の〈スクリーマー〉を掃射《そうしゃ》する。

が、

ガンビークルは信じられない、蛇《へび》ののたうつような無茶苦茶《むちゃくちゃ》な機動を行って、その全《すべ》てを回避した。それどころか、晒《さら》す面積も最小限に反転して、いつの間にかこちらに銃口を向けている。おまけに発砲してくる武器が毎度違う。

「っくそ！」

ボギーが速度をできるだけ落とさず回避する、その航跡《こうせき》を次々と、白煙を引くロケット弾が鋭い飛翔音《ひしょうおん》をあげて貫《つらぬ》いてゆく。

（こいつ……やっぱり、やる）

さっさと撃ち落として〈王者の一撃必殺《ロイヤルストレートフラッシュ》〉の救援に向かうつもりだったボギーは、望まぬ空中戦に苛立《いらだ》ちを感じていた。それで操作《そうさ》を誤るほど未熟ではない少年だが、それでも付かず離れず、互いの尻尾《しっぽ》を追いかける犬の戦い《ドックファイト》を続けるには全体状況が悪すぎる。

相手がそれを分かってやっていることは明白だった。

ボギーが〈王者の一撃必殺《ロイヤルストレートフラッシュ》〉をあわよくばフォローできる位置に〈ブラックゴースト〉を飛ばそうとすると、必ずガンビークルがその間に割って入る。あるいは、甘い脇《わき》を見せて誘ってくる。見逃せば有利な位置を取られるという、非常にいやらしい誘いだった。あざ笑う相手のパイロットの顔が目に見えるよう……

（……？）

融合視界《クロスサイト》内に、指向光通信《ビームライン》の新規通信が入っているとの表示が出た。各種予防措置《そち》を試してみるが、特に反応はない。ただ、会話を求めているらしい。

ガンビークルが。

(どういうつもりだ?)

ボギーは数秒、目の前を軽快に飛ぶガンビークルを見て考え、

(いいさ、せいぜい喋《しゃべ》らせてやる)

苛立ちの突破口を作るつもりで通信を開いた。

《フフフーフーン、フフフーフーフーフーフフーン♪》

「……」

女の声による、陽気な鼻歌が入ってきた。音痴《おんち》である。

《フフフーフーン、フフフーフーフーフーフフーン♪》

「…………」

《フフーフーフフフーフーフーン♪》

「…………おい」

逆に苛立ちを募《つの》らせて、ボギーは声をかけた。

《あ、いやーん! 盗《ぬす》み聞き!? ひどいわー、てめえ金《カネ》取るぞコラ》

「切るぞ」

《あ、嘘嘘《ウソウソ》、ちょっと歌がいいトコだっただけじゃなーい、んもう、イ・ジ・ワ》

切った。
目の前で、いきなりスラスターを吹かしてジャンプするように天頂《てんちょう》へと向かうガンビークルを追う。融合視界内《クロスサイト》に、再び通信が入る。数秒考えて、入れる。
《なになに、ひどいじゃない、女の電話を先に切るなんてサイテー！》
「また切られたいのか」
言いつつ、ボギーはトリガーを絞《しぼ》る。
ガンビークルは翼を折り畳《たた》むと、くるくる錐《きり》もみ状態で踊《おど》るように回避《かいひ》、翼を再展開してスラスター一発、さらに急上昇。
そんな機動の中にあると思えない、陽気な声が伝わってくる。
《せーっかくお話しようと思ったのにい……あなた、ディビジョン・エクスターミネーター B『ボギー』ちゃんでしょ？　私はねえ、『ボランテ』っていうの。今だけのコードネームだから、個人《パーソナル》アドレス探しても無駄《むだ》よん？》
「どうでもいい。本拠地《ほんきょち》と襲撃の理由だけを教えてくれ」
《やあん、クールねえ》
身をよじる音まで聞こえてきそうな、妙ちきりんな声色《こわいろ》だった。
《本拠地は、ヒ・ミ・ツ。理由はねえ――》
天頂で太陽を過《よぎ》るガンビークルは、翼に光を煌《きらめ》かせながら、再降下を始める。その機動は全《すべ》て、ボギーの機関砲による攻撃を避けながら行われている。尋常《じんじょう》な腕ではなかった。

しかも、会話までしている。

《——利害の一、衝突《しょうとつ》よおっ!!》

翼の一端で光が弾《はじ》け、灼熱《しゃくねつ》の散弾《さんだん》が撒《ま》き散らされた。

ボギーは危《あや》うくこれを避《よ》けてすれ違い、互いの態勢を入れ替える。

「そりゃ、クールだ」

言いつつ、二の腕に備え付けられた簡易《かんい》ランチャーから、真下に向かうガンビークルに向けて、ボン、とクルミ大の砲弾を射出。自分への影響ギリギリ外、ガンビークルへの爆圧《ばくあつ》を与えるギリギリ内、その距離で撃発させた。

砲弾を起点に、巨大な伏《ふ》せたおわんのような白いエアゾール雲が、一瞬で形成される。

(くたばれ!)

《あら》

間抜《まぬ》けな声を一瞬で途切《とぎ》れさせる、壮絶《そうぜつ》な爆発が起こった。

可燃性・爆発性を有する液体を気化《きか》させてから点火、高圧高熱の爆風で広範囲を破壊する、〈パニッシャー〉気化燃料炮弾《ほうだん》。いかにガンビークルの高速機動といえど、至近でこの広範囲にわたる爆風を受ければひとたまりもない……少なくとも、相当な損傷は受けるはずだった。

「よし」

言ってボギーは、〈王者の一撃必殺《ロイヤルストレートフラッシュ》〉へのフォローと、そのついでのガンビークル撃墜《げきつい》のルートを降下し始める。

と、そのセンサー内に、驚愕《きようがく》すべきものが。

自分と同じコースを取って、前方を高エネルギー体が猛進している。

《あーっはははは！》

凄《すさ》まじい雑音に混じって、通信が再び入る。

《やるもんだわね、撃墜王《ホット・ショット・エース》!!》

ガンビークルが、飛んでいた。

《お返しに、こっちも本気の本気で迫《せま》っちゃうわよー。ブチ落とされて泣きべそかきな！》

翼を縮めた鋼鉄《こうてつ》の鳥は、彗星《すいせい》のように輝いていた。指向光通信《ビームライン》に入る雑音の原因らしいそれは、灼熱のエネルギー流。〈パニッシャー〉の爆発をさえ耐え凌《しの》ぐ、この形態は……

（まずい！）

ボギーは戦慄《せんりつ》した。ガンビークルは彼と同じ、つまり〈王者の一撃必殺《ロイヤルストレートフラッシュ》〉への衝突《しようとつ》コースを取っている。慌《あわ》てて通信を、自分とガンビークル、双方《そうほう》の位置情報とともに送る。

「とっつあん！　熱量突撃機《エネルギーチャージャー》だ！」

《なにぃ!?》

予想外の兵器の登場に、とっつぁんも驚いた。ただでさえ、カトンボのようにまとわり付くファントムたちとの交戦で手一杯なのである。

熱量突撃機《エネルギーチャージャー》とは、滞熱性《たいねつせい》のある媒質《ばいしつ》を機首から噴射《ふんしゃ》・加熱することによって機体そのものを弾丸に変える、攻防一体の機動を行う特別機種である。本来は、至近・全方向での空戦を強《し》いてくる強化服への防御シールドとして考案された。効果やコストの面で疑問点が多く、未《いま》だ実戦配備には程遠いといわれている代物《しろもの》である。

ボギーは最大出力での追撃《ついげき》をかけながら、ほとんど呆《あき》れていた。

(むちゃくちゃな奴《やつ》だ。あんな小さな機体であれだけの装備を積んでたら、戦闘滞空時間なんかろくにありっこない)

しかし、短時間ならたしかに圧倒的な戦闘力を発揮できる。それは作戦目的によって選択されるべき問題で、この急襲に限って言えば、あの女の選択は正しかった。

分析しつつ、後方から追撃をかけるボギーだが、膨大《ぼうだい》なエネルギー流をまとう熱量突撃機《エネルギーチャージャー》に機関砲でどの程度ダメージを与えられるかは分からない。利《き》くだろう武器は背にあるが、互いの速度を競《きそ》うこの状態では使えない。

(……やるか)

最後の手段として、自身の追撃の速度に念動力《テレキネシス》を継続して加える。消耗は激しいが、非常時にそんなことは言っていられなかった。ぐんぐん迫る彗星、その熱量の尾を検知《けんち》できるほどに近づいてから、機関砲のトリガーにかける指を絞《しぼ》り込む。

また、通信が。

《このコースで撃ったら同士討《どうしう》ちになっちゃうわよー、ド間抜《まぬ》けが》

「っく」

全速で向かう斜め下方に〈王者の一撃必殺《ロイヤルストレートフラッシュ》〉が飛んでいる。ファントム部隊がその周囲を取り巻いて、断続的に攻撃している。すでに機体は満身創痍《そうい》、その各所からは黒煙が吹き上がっていた。

自分が援護《えんご》に付いてのこの光景は、少年のプライドを甚《はなは》だ深く傷つけた。女に注意されたとおり、このコースでは流《なが》れ弾《だま》が当たってしまうという事実が、さらに追《お》い討《う》ちをかける。

(でも、奴《やつ》も条件は同じだ)

猛スピードで向かう先には、〈王者の一撃必殺《ロイヤルストレートフラッシュ》〉を取り巻いて攻撃をかけるファントム部隊がいる。あの熱量でまともに突っ込んだら、数人の犠牲《ぎせい》ではすまないはずだった。

(まさか)

い、い、いはずだった、その推測が、ガンビークルの速度で外《はず》れつつあった。

驚愕《きょうがく》するボギーの眼前で、鋼鉄《こうてつ》の彗星《すいせい》は速度を全く落とさず、その味方の乱れ飛ぶ空域を貫《つらぬ》いて標的たる戦闘爆撃機へと突進する。

その軌道《きどう》と交差《こうさ》したファントムの一機が、彗星の尾に巻かれた。一瞬で体の半分を失って弾《はじ》き飛ばされ、爆散《ばくさん》する。それが三機、四機と続き、一撃、〈王者の一撃必殺《ロイヤルストレートフラッシュ》〉の機尾を貫《つらぬ》いた。

《うおおっ⁉》

とっつぁんの驚きの声を引き金にしたかのように、右後方の推進機関が爆発、機の姿勢がガクンと目に見えて傾いた。

《ありゃー？　ちーっと外したかな。ど真ん中狙《ねら》ったんだけど》

ガンビークルから呑気《のんき》な通信が入る。その離脱《りだつ》と旋回《せんかい》のついでに、また五機ほど巻き込んでいる。まるで煙でも払うかのような、同士討《どうしう》ちと言うも生ぬるい仕打《しう》ちだった。しかも、よりおかしなことに、ファントム部隊の方もそれで動揺を見せるわけでもない。部隊の機動には全く乱れや動揺が見られなかった。

（事情の詮索《せんさく》は後だ！）

連中が同士討ちしても、まだファントム部隊は三十機以上残っていた。どこからかき集めたのか、呆《あき》れるほどの数である。しかも〈王者の一撃必殺《ロイヤルストレートフラッシュ》〉は推進機関に大ダメージを受けている。圧倒的に不利だった。

「とっつぁん、損害は⁉」

ボギーは黒煙を上げる〈王者の一撃必殺《ロイヤルストレートフラッシュ》〉へと援護に向かう。

《五番エンジンが大破、誘爆《ゆうばく》はないが推力十二％ダウンじゃ》

「支援に入る！　迎撃《げいげき》機構のライン回して！」

《うむ。くそったれなガンビークルめ、よくも儂《わし》の〈王者の一撃必殺《ロイヤルストレートフラッシュ》〉を！》
ファントム部隊の数に任せた攻撃で、〈王者の一撃必殺《ロイヤルストレートフラッシュ》〉はすでにボロボロである。この有様《ありさま》では、とてもガンビークルの攻撃をかわせない。なんとかその攻撃をいなしながらファントムの数を減らし、状況を打開してゆくしかない。念動力《テレキネシス》も、自分自身の位置を急激に変えなければ、ある程度は安定する。ただ問題は、
《あーら、私とのランデブーはもうおしまいなの？　逃げてんじゃやねえよチキン野郎《やろう》》
再び彗星《すいせい》が高熱の尾を引いて襲いかかってくる。圧倒的な速度と熱量が相手では、念動力《テレキネシス》もせいぜいが軌道《きどう》を逸《そ》らすくらいしかできなかった。
「っは!!」
高熱の彗星が、危うく翼の一角を掠《かす》めて下に流れ落ちる。
《あやや……なに邪魔《じゃま》してやがる、てめー》
「人の道行きを邪魔してんのはそっちだろ」
ボギーは強がってはみたものの、内心ではかなり焦《あせ》っていた。こんなやり方はそう長く続けられない。ガンビークルにかかりきりな分、ファントム部隊の方はがら空《あ》きである。
迎撃機構も、この戦闘爆撃機には並みの仕様《しよう》より無駄《むだ》に多く付いているが、そもそも対空砲は強化服との相性《あいしょう》が悪い。じわじわとこっちの砲は潰《つぶ》されている。漆黒《しっこく》の機体の各所からは、同じ色の煙が次々と上がっていた。

藁《わら》よりましかと訊《き》いてみる。

「とっつぁん、秘密兵器みたいなものはないの？」

《自爆《じばく》装置のことか？》

「もういい」

冗談《じょうだん》に付き合う余裕《よゆう》が、もうボギーにはない（冗談ではないのかもしれないが）。ただ、とっつぁんが送ってきた管制機構の一部を使って、群がり襲ってくる敵に向かう。

（……こりゃ、ちょっとまずいかも）


アンディは苦戦しながらも不審《ふしん》に思っていた。

（いったい、どういうこった？）

限定空間戦の技能者であると睨《にら》んだのに間違いはなかった。現に何度も接近され、致命傷《ちめいしょう》を危《あや》うく食《く》らいかけた。なんとかこれらを避けているが、いつまで続けられるかは分からない。

そんな危難《きなん》の中でも、彼は考えていた。

（こりゃ、限定空間戦の戦い方じゃない）

こちらの攻撃を全く受け付けない不死身《ふじみ》の『ファントム』なのだから、戦い方が通常のものと違ってくるのは分かる。しかし、

（ならなぜ、回避《かいひ》なんかせずに攻撃してこない？）

近接すると、確実に攻撃を避《よ》ける。

距離を取ると、途端《とたん》に身動きを杜撰《ずさん》にして攻撃を受ける。

本来の限定空間戦は、むしろ接近するまでの方、つまり距離を取った場合こそが重要なのであって、近接してからの技の駆《か》け引《ひ》きなどは、その仕上げに過ぎないはずだった。ファントムなのでダメージは受けないわけだが、互いの距離によってこうも露骨《ろこつ》に戦闘の姿勢が変わるのは奇妙だった。

（試してみるか）

アンディは舌なめずりしつつ、距離を取って佇《たたず》む純白の巨体を睨む。

後方、馬上から変わらずファントムたちを狙撃《そげき》し続けているヴァンプが、その行動の先触《さきぶ》れを感じ、片手間のように指向光通信《ビームライン》で訊《き》いてくる。

《手出しは？》

《要《い》らない。それより全周警戒を頼む》

《はいよ》

アンディの着装《ちゃくそう》する〈ブラックゴースト〉は、限定空間戦には特別なアドバンテージを持っていないが、性能そのものは最高レベルである。いけるはずだった。

突然、〈ブラックゴースト〉が前方に飛ぶ。今までと違い、こちらから仕掛《しか》けた。距離を詰めて〈ジャックポット〉を発砲する。

まるで分かっていたかのように、一定距離に詰められるとリゾルートは反応した。巨体を低く屈《かが》めて、無敵《むてき》のはずのファントムが見事な回避《かいひ》運動を取る。

（ここだ！）

アンディは全くの勘《かん》でタイミングを計り、〈ジャックポット〉の基部《きぶ》、腹部にあるジョイントを切り離した。緊急発進用スラスターと荷重力推進機《プロペラント・プラス》の全力推進で、軽業《かるわざ》のように前方へ斜め回転ジャンプする。

プラズマの光輝《こうき》の下にあったリゾルートは、そのジャンプに気づくのに、まず半秒遅《おく》れた。

さらにアンディは大砲を切り離して身軽になっていた。これでまた半秒稼《かせ》いだ。

たった一秒の機会。

それをアンディは、強化服の踵落《かかとお》としという、予想だにしない荒業《あらわざ》を使った。

「はいやさ!!」

バガン、と金属の重く擦《こす》れる音が響く。

「むおっ!?」

武装の展開と撃発《げきはつ》に無類の警戒本能を持っていたリゾルートは、全くの不意打《ふいう》ちとしてこの珍技《ちんぎ》を脳天《のうてん》に受け、つんのめった。

（近接距離！）

無論《むろん》、アンディはそれだけで終わらせない。回転の間に、背部の武装ラックから無理矢理《むりやり》引き出した〈ケーキワーク〉短身砲《たんしんほう》を、眼前にあるリゾルートの脳天《のうてん》に、

(——もらった!)

激発する。

最高のタイミングで、白髪《はくはつ》のつむじに向けて砲弾の大打撃が打ち放たれた。リゾルートが回《かい》避《ひ》し続けていた、至近距離で。硬《かた》いもの同士《どうし》のぶつかるえもいわれぬ鋭く痛い音と、噴《ふ》き上がった白煙が周囲を埋める。ドガン、とリゾルートが床《ゆか》に転がる音が聞こえた。

ヴァンプも息を呑《の》み、ファントムたちも足を止めた、数秒の静寂《せいじゃく》。

得たのは、しかしその数秒の静寂だけだった。

「見事だ」

「!!」

床に打ち伏していた白髪《はくはつ》の巨体が……全く無傷《むきず》の巨体が、むくりと起き上がった。

自分の状態を確かめるでもなく、平然と言う。

「おまえの名誉《めいよ》のために言うが、油断《ゆだん》してはいなかった。我が全力で戦い、そして食《く》らった一撃だった。もう一度言おう、見事だ」

ヴァンプの驚愕《きょうがく》を背に感じつつ、アンディは苦《にが》く笑う。近接距離なら攻撃が通じるかという推論も、あっさりと覆《くつがえ》されてしまった。

「……誉《ほ》め言葉より、命をくれた方が百万倍喜んだんだがな」

フェイスガードの内で、冷《ひ》や汗《あせ》を浮かべる。

それを知ってか知らずか、リゾルートは笑いながら首を振った。

「残念だが、この状態では、絶対に死なん……他《ほか》でもない、お前たちが名づけたはずだ」

一歩、重々しく踏み出す。

両側のファントムたちも、再び歩を進め始める。

「幽霊《ファントム》に、元より命は、ない」


「お仲間は、苦戦しているようですね？」

偽装経験領域《イミテイブル》の中、パラソルで宙《ちゅう》に浮くトランクイロは笑った。

黒煙を濛々《もうもう》と上げる〈王者の一撃必殺《ロイヤルストレートフラッシュ》〉と、防戦一方になっているボギーが見える。

「終わってから言えよ」

相対するゴシップは、面白くもなさそうに手を振って、周囲に家具を作った。テント張りの仮社屋《かりしゃおく》、その一角にある社員寮の自室に置いたものと同じ、テレビを一人観賞するための粗末《そまつ》な椅子である。

それに、脳の入力状態の擬装《ぎそう》でできた体を放り落として、ゴシップは文字通りに浮世離れした少女に言う。

「外と一つ、チャンネル繋《つな》げてくれよ」

「どうするつもりです？」

「どうもしないさ。ただ、今日は将軍杯《しょうぐんはい》の日なんでな」

トランクイロは目を丸くした。

将軍杯というのは、競馬のレースの名前である。仲間が死の危険に晒《さら》されて、自分もその中に巻き込まれているというのに……どういうつもりなのか。

「結果がどーなったか知りたいんだよ。本当は［EX《エクス》ユニオン］地域本部の控え室でのんびり観戦するつもりだったってのに、えらく予定が狂ったもんだぜ……ったく」

他になにか意味があるものと勘繰《かんぐ》り躊躇《ちゅうちょ》するトランクイロに、ゴシップは苛立《いらだ》って言う。

「怪《あや》しいと思うんなら、おまえがファイル洗浄《せんじょう》すりゃ済《す》むだろ。見ろ、レース始まってるじゃねえか」

戦況の中継画面の端に映っていた時間を、さっきからチェックしていたらしい。

少しまた迷ってから、

「いいでしょう」

トランクイロはパラソルで宙《ちゅう》を指して、真っ白だった空間を一気に競馬場に変えた。雨の降る重馬場《おもばば》に、歓声《かんせい》もぼやけている。

「お、やってるやってる……アナウンス出してくれ」

「……」

なんと、この男は本当にこの状況下で競馬中継を楽しむつもりらしい。

不審《ふしん》というより理解不能な戸惑《とまど》いを覚えつつ、トランクイロは入力ラインを操作した。

滑舌《かつぜつ》明快で平静流麗《りゅうれい》なアナウンサーの実況が流れる。

《各馬コーナー曲がって最後の直線》

「おっ！」

サングラス越しにも喜色で顔が緩《ゆる》んだのが分かった。

《アキラチョーラッキー、先頭アキラチョーラッキー、ただ一頭きれいな馬体、ハナを取り続けているきれいな馬体》

棒読みのようで実は情感たっぷりなアナウンサーの声に、ゴシップは興奮して立ち上がる。

「おっしゃ！　おっしゃ！　いいぞ！」

《さー内《うち》からモーレツハヤミ、モーレツハヤミ追い込んできた、春皇帝杯《はるこうていはい》一着の雪辱《せつじょく》なるか》

「ぬおう!?」

手に汗握る、を地で行くような格好で光景を食い入るように見つめる。

《いや末脚《すえあし》落ちない、末脚落ちないアキラチョーラッキー、モーレツハヤミ並べるか、並べるか、並べない、泥《どろ》を跳ね合っただけ、落ちてゆく》

「っはー！　勝った、勝ったぁ!!　ここにきてついてきたぜ!!」
死の縁《ふち》にあるとは思えないアグレッシブさで叫ぶ。
《ああ、どうしたアキラチョーラッキー、アキラチョーラッキー末脚落とした》
「なぬにゅあっ!?」
言葉にならない絶叫《ぜっきょう》。
《泥だ泥だ、跳ねた泥に首を伸ばしているぞアキラチョーラッキー、泥が気に食わない、ああ止まった、また止まった》
「ふぐぬよえあおえうあおうりゃおう！」
頭をかきむしって（今映像で作った）馬券を床《ゆか》に叩《たた》きつける。
《どんどん抜いていく、先頭競《きそ》っているのはアッサリモードスとムテキエリーザ》
トランクイロは、そんなゴシップの姿を見て、
《ああ、アキラチョーラッキー走った走った、速い速い》
「!?」
ゴシップが顔を上げると、リタイア寸前だった馬が走り出していた。
《来た、来た、来た、アキラチョーラッキー来た、驚異《きょうい》の末脚、アキラチョーラッキー差し返すか、ムテキエリーザと並ぶか、並んだ並んだ、すごい競《せ》り合《あ》いだ》
「……」

ゴシップはその光景を呆然《ぼうぜん》と眺める。

《同時だ、同時にゴール、イン！　なんということでしょう、アキラチョーラッキーまさに驚異《きょうい》の末脚《すえあし》、信じられません》

「……おい」

大歓声《だいかんせい》が沸《わ》きあがる中、ゴシップは両手を腰について溜《た》め息《いき》を吐《つ》いた。

トランクイロは軽く答える。

「はい、なんでしょう」

「ふざけんな、このガキンチョ」

「!?」

少女の顔に、僅《わず》かな驚きが浮かんだ。

ゴシップが怒っている。

それはつまり、今の映像が『作られたもの』と分かってしまった、ということだった。

歓声がぷっつりと消える。二人の前に、聞こえない大歓声を受けるゴシップ贔屓《ひいき》の馬の姿が走ってきた。作り物とは見えない、その姿。

過去の事例から、奇跡の大逆転の記録映像を引き出し、それとレース展開をシンクロ、映像と音声をシミュレートした。映像では絶対に分からないはずで、実際にあった事例だから信憑《しんぴょう》性《せい》にも問題はないはずだった。

なのに、

「どうして、分かったんですか？」

トランクイロは心底《しんそこ》から不思議そうな顔をしていた。

ゴシップは乱暴に、理屈《りくつ》もなしに返した。

「んなもん、分からねえ方がどうかしてるだろうが。あそこから勝てるわけがねえんだ、あの気まぐれトンチキな馬が」

「だから、勝たせて——」

「それが余計《よけい》なお世話だって言うんだよ。ああくそっ！」

言《い》い繕《つくろ》おうとした少女を、ゴシップは不機嫌極まった声で遮《さえぎ》った。地面に落ちた馬券を蹴散《けち》らかして、椅子に再びドスンと腰を落とす。

その仕草《しぐさ》に、トランクイロは不審《ふしん》の色を表情の端に見せた。思わず競馬場の映像を消す。

再びの空白が、一面を埋め尽くした。

ゴシップは少女の表情を無視して頭に手を当て、慨嘆《がいたん》する。

「ただでさえ最悪のレースだってのに、変なもん見せやがって、胸糞《むなくそ》わりい」

「……勝ちたいんでしょう？」

トランクイロは当然のことと訊《き》き、ゴシップも当然のことと答える。

「勝ちたいさ。でも、それがなかなか上手《うま》くいかねえ。それがいいんだよ」

「だって、もうすぐあなたは死にます。最後くらい、いい夢を見ても」

ふと、彼女の声に、ゴシップへのなんらかの感情が匂《にお》った。

しかしゴシップはあくまで無愛想《ぶあいそう》に声を放る。

「俺《おれ》にとってはインチキの方がよっぽど悪夢《あくむ》だ」

「……」

取り付く島《しま》もない、とはこのことだった。

トランクイロは、いつの間にか地面に下りて、再びパラソルで顔を隠《かく》していた。

（なんだよ……でっかい力のわりに、えらく打たれ弱いな）

ゴシップはそんな、パラソルだけで落ち込む風を見せる少女の姿に、まるで自分が悪者になったかのような、不条理《ふじょうり》なばつの悪さを覚えた。それを取り払うため、口を開く。

「……あのな」

（あー、もー、なにやってんだ、俺）

などと、ぐちぐち心中でぼやきつつも。

「おまえは知らねえのか、『サーカスの気持ち』ってのを」

パラソルの向こうで恥《は》じつつ、少女は答える。

「今、検索《けんさく》して」

「いいよ、説明してやる。どうせ暇《ひま》だ」

ゴシップは、少女の見せた世慣《よな》れなさ可憐《かれん》さに思わず脱力した。誤魔化《ごまか》すように、戦況を映す画面を眺めながら言う。

「よーするに、ハラハラドキドキ、サーカスを楽しめるのは、失敗もそのハラドキの中に含まれてるからってことだよ。実際に、目の前で人がやっている、その危なっかしさの中にスリルが生まれる、成功したときの喜びが沸《わ》く」

「……失敗したら、楽しくないじゃありませんか」

「実際に、そうなればな。でも、それがない、成功が当たり前で失敗してもなんのペナルティもない、思いどおりになりすぎるような状況ってのは、楽しみにも張り合いがなくなっちまうのさ」

「競馬も、ですか？」

躊躇《ためら》いがちな少女の問いに、ゴシップは苦《にが》い顔になって言う。

「まあな。でも『博打《ばくち》の快感の半分は、失敗することにある』……って言葉もある」

「誰《だれ》の言葉、ですか？」

「俺だ」

少女の顔を隠したパラソルが揺れた。笑ったらしい。

「ライブラリに、記憶、しておきます」

ふん、とゴシップも他愛《たわい》なく笑い返しながら、また画面に目をやった。

ドンパチ命の瀬戸際《せとぎわ》で舞《ま》い踊《おど》る、同僚たちの戦いを思う。
そして、
、、、
この後があれば必ず意味の出てくる、自分の戦いを思う。
(どうも、本当に子供らしいな……おまけに『腐ってゆく死体《ゴー・バッド・マン》』かもしれん、か……)
再びパラソルを背に戻して、可愛《かわい》らしい微笑を浮かべる少女を見ながら、思う。

「……?」
ボギーは、自分たちを取り巻く不利な戦況の中、
(……なんだ?)
不審《ふしん》に思った。
指向光通信《ビームライン》の通信要請《ようせい》が、全く不意に入ってきた。
用心して回線を開くと、
《救援は、いるか?》
思いもよらない、深く重い、老人の声が響いた。
ディビジョンが、昨晩も聞いたこの声に答える。
《なんとも、意地悪なタイミングの登場だね》

《ふん、別に高く売りつけようと見物《けんぶつ》していたわけじゃない。休暇が終わってこいつの慣熟《かんじゅく》訓練をしていたら、うちの作戦部長が、湾上で儂《わし》ら並みに派手《はで》な戦闘を行っている一団を見つけた、というだけのことだ》
《なるほど、君らの訓練はどこにも情報を出さないから――》
ズン、と爆発音が響いて一秒、声が途切《とぎ》れた。
《――向こうの妨害《ぼうがい》も意味をなさなかったというわけか。昨日といい今日といい、彼女にはお世話になりっぱなしだね》
《恩《おん》になど着ずともいい。今も、この予定外の行動には反対して、後ろでムクれている……で、返答は？》
間《ま》を置かず、しかし焦《あせ》りを全く匂《にお》わせず、ディビジョンは言った。
《見返りが妥当《だとう》なら》
《いいだろう。命の対価《たいか》だ、安くはあるまい》
不審げにボギーは訊《き》く。
「誰《だれ》、です？」
《話したろう？　昨晩出会った……友人さ》
微量の含みを持たせた声に応《こた》えて、三次元立体把握図《ソリッドグラスパー》の中に機影が映る。
全部で四機、菱《ダイヤモンド》形の編隊飛行を組んで、一直線に戦闘空域へと近づいてくる。

ボギーは周囲を警戒しつつ、映像を補正して融合視界《クロスサイト》内に投影する。

（――こいつは――？）

完全オープンにした回線で、魂《たましい》震わす老人の、怒号《どごう》の如《ごと》き大音声《だいおんじょう》が響く。

《前進あるのみ！　前進あるのみ!!》

（――見たことが、ある――）

答えて残り三人の男女が、腹の底から負けず劣《おと》らずの絶叫《ぜっきょう》をあげる。

《鎧袖一触《がいしゅういっしょく》、意気軒昂《いきけんこう》！　古今無双《ここんむそう》、天下無敵《てんかむてき》!!》

（――たしか、あれは――）

さらに老人が吼《ほ》える。

《前進制圧　共働撃破《ぜんしんせいあっきょうどうげきは》！》

（――〈マッチレスマーチ〉全制空戦用強化服《ヴァリアブル・マンファイター》――）

さらに三人が返す。

《前進接敵即殲滅《ぜんしんせってきそくせんめつ》!!》

（――、、、こいつらは――!!）

認識した瞬間、ボギーの頭の中から、胸の奥から、腹の底から、炎のような恐怖《きょうふ》と氷のような怒りが、同時に湧《わ》き上がった。少年の顔から冷徹《れいてつ》な仮面《かめん》が、密《ひそ》かに外《はず》れる。

こいつらに、助けられる。

それは少年にとって、なによりの屈辱《くつじょく》だった。

たしかに、今のままではやられる。あの熱量突撃機《エネルギーチャージャー》を退《しりぞ》ける力は、もうそれほど残されていない。ファントム部隊は、まだ群がるほどに残っていて、断続的に攻撃を加えてくる。〈王《ロイ》者の一撃必殺《ヤルストレートフラッシュ》〉も、その耐久力は先細りで、爆発が起こらないのが不思議なほどに損害を受けている。分かっている、分かりきっていた。自分たちは救援を受けねばならない。

それでも、助けられることへの怒りが湧き上がり、沸《わ》き立った。

その荒ぶる心が、少年の中から染み出す。周囲の装甲板《そうこうばん》が悲鳴《ひめい》のような軋《きし》みを上げてたちまちのうちに歪《ゆが》み継《つ》ぎ目《め》からグニャリとめくれ上がり波を打って最後には砕けた。

《ボギー君》

その異常を知ったディビジョンが、平静な声をかけた。

「………分かって、ますよ」

ボギーは、少年は、驚異的な自制心で全《すべ》てを抑《おさ》え込んだ。彼の心そのままに、捻《ね》じ曲がり弾《はじ》けた装甲板の中に立ち、絶叫よりも深く、呟《つぶや》く。

「――［ラズルダズル］――」

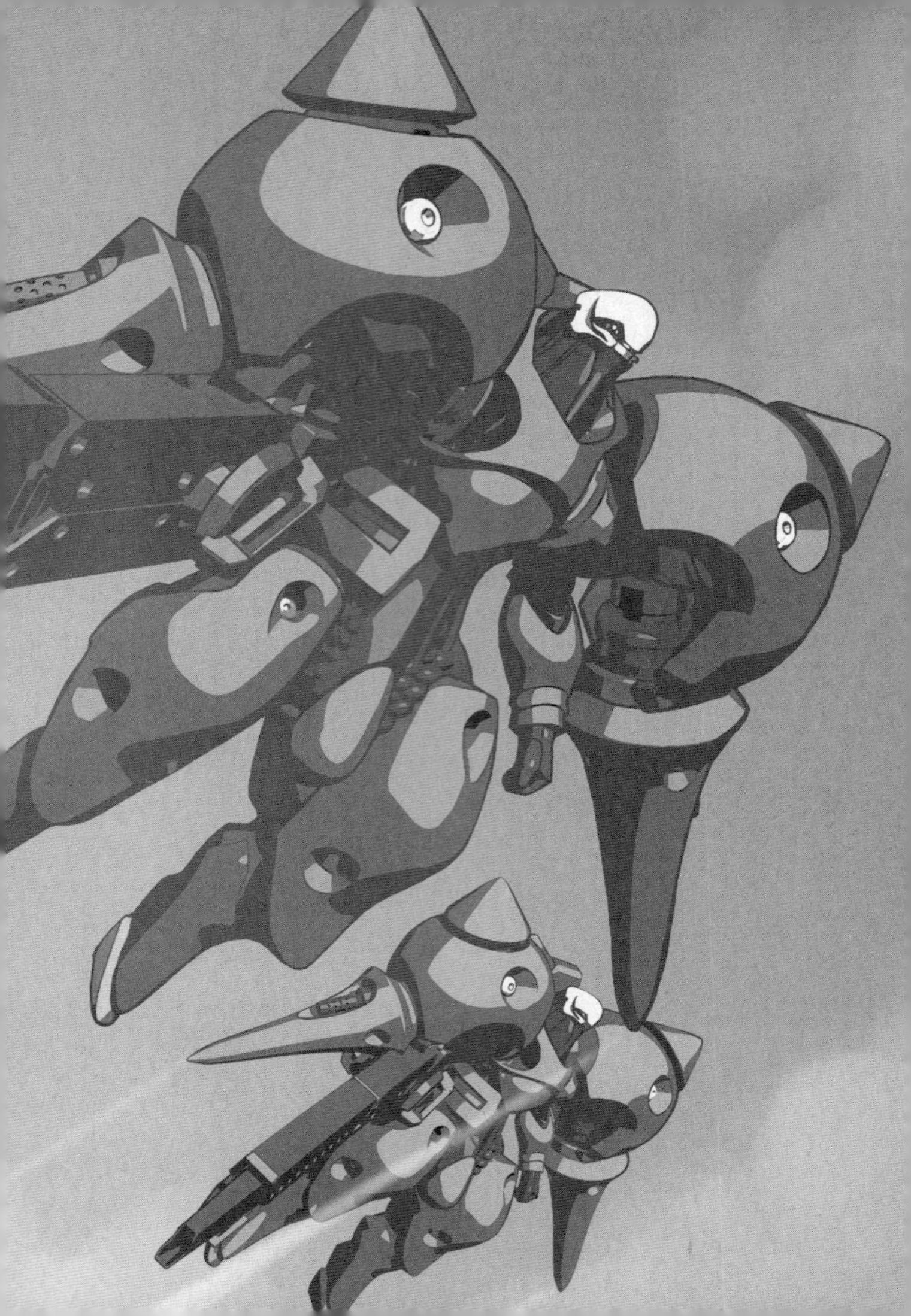

「……？」

アンディは、自分たちを取り巻く不利な戦況の中、

（……なんだ？）

不審《ふしん》に思った。

その眼前で、変わらぬ威容《いよう》を誇り攻撃を仕掛《しか》けていたリゾルートが、不意《ふい》にぼやけた。

「む……？」

彼自身にとっても意外な事態であるらしく、自分の腕を見る。

「意外に、早かったな……」

「てめえ、待ちやがれ！」

思わず制止の声をあげるアンディに、ぼやける白髪《はくはつ》は笑って見せた。

「そう、決着を焦《あせ》らずともよかろう。いずれ他《ほか》の〈ゾーン〉にも我々は現れようほどに。追い続けてさえいれば、再戦の機会は必ずある」

ヴァンプが周囲の状況に驚いて言う。

「おいおい、他もだぞ？」

前後を挟《はさ》む残り火の中で、ファントム部隊全員が消えつつあった。これまでさんざん見てきたように、輪郭《りんかく》をよりぼやかし、滲《にじ》むように色彩を失い、煙に紛《まぎ》れるように薄れてゆく。

「くそ、見てろよ。次はぶっ潰《つぶ》してやる」

無表情なフェイスガードの下で、

「私も、今日の一撃にはお返しがしたい」

無機質な顔に牙《きば》を剝《む》いて、
それぞれの形で笑い合い、二人は別れた。

ライフルを肩にかけたヴァンプが、ガリガリと発声器官に雑音を混ぜて笑う。

「やれやれ、熱い視線交わしちゃって、まあ……憎《にく》しみは恋に似て、か？」

「似てるが、違うさ」

アンディは切り離した〈ジャックポット〉の砲身を持ち上げ、ロックし直した。動作《どうさ》不良がないかチェックする。

「俺《おれ》の恋も愛も、たった一人のものだしな……ふふふ」

《なに薄気味悪く笑ってんの》

呆《あき》れた声が指向光通信《ビームライン》で届いた。

「お、追いついたか」

バリケードの残骸《ざんがい》から、〈マウスフル〉自律偵察機《じりつていさつき》がネズミ顔を覗《のぞ》かせている。

《うん。他《ほか》でも、交戦してたファントムが消えたって。何チームかはファントムを撒《ま》いて突入してたみたい》

「へえ、そりゃ要領のいいこった。こっちの不器用者《ぶきようもの》二人とえらい違いだな」

「おいらたちがここでファントムの親玉と主力を引きつけたおかげだって［EX《エクス》ユニオン］は評価してくれるかなあ」

《私の方からちゃんと言っといたげる。でも、まだ本当の目的は果たされてないから、そっちの結果次第《しだい》ね》

「そうだな。連中が立て籠《こ》もった理由の判明も、その結果次第か……ヴァンプ」

「ほいほい」

二人は浮上、二つ目のバリケードを越え、無人となった通路を奥へ奥へと向かった。

ほどなく、駆除屋《くじよや》たちの救出作戦は終わった。

要救助者の救出は、半《なか》ば成功、半ば失敗だった。

実体化したファントムとの最初期遭遇《そうぐう》を果たした、レイことレイランドは死亡。スキャンメルとベッドフォードは難を逃れ、無事救助された。

巷間《こうかん》、死の代名詞として呼ばれる治安軍最強最悪の牙《きば》［ラズルダズル］は通称《つうしよう》である。

正式名称は［連合治安軍第二十二特殊機械化限定旅団］。

非合法武装組織への対抗措置《カウンター》など、主に局面制圧において動員される、治安軍の最精鋭《さいせいえい》の部隊だった。構成員は全て《すべ》戦闘・武器制御の特別適正者によって固められ、任務遂行《すいこう》の過程《かてい》においては制圧対象全滅の例も珍しくない。

一般に知られているだけでも、軌道圏海賊《きどうけんかいぞく》［グレート・ラウンド］全艦を大気圏に叩《たた》き落とし、霊魂原理主義者《ソウル・ナチュラリスト》最大のセクション［神託《オラクル》］を女子供含めて殲滅《せんめつ》し、狂気に酔《よ》った頭脳集団《シンクタンク》［ブラディ・ノーツ］を人体実験場ごと焼き払い、夢見る特殊技能者《レアタレント》の子ら［星追い］を星天《せいてん》へと旅立つ寸前に殺戮《さつりく》し……その戦歴《せんれき》は常に、相手の膨大《ぼうだい》な血によって描かれている。

まさに『存在は絶対の安全、遭遇《そうぐう》は絶命《ぜつめい》の危機』の格言どおり、征《ゆ》くところ屍《しかばね》満つ、恐怖《きょうふ》と言うも生ぬるい、敵に回すには最悪の集団だった。

《ラ、ラララ、［ラズルダズル］ぅ!?　嘘嘘《ウソウソ》、ジョーダンも大概《たいがい》!!》

その筋に生きる者として、ボランテはさすがに交戦の無謀《むぼう》さが分かっていた。

それまでの優勢も、あと数撃で得られた戦果も、放り出すしかなかった。そうしないと、間、違いなく死ぬ。

（ちっ、ボギーちゃんに少し手間《てま》を取られすぎたわ……鬱陶《うっとう》しいクソガキめ）

忌々《いまいま》しい感嘆《かんたん》を特殊技能者《レアタレント》の少年に贈《おく》るのを切りに、彼女は全て《すべ》を放り出して即時反転、全速力で戦闘空域を離脱《りだつ》にかかった。

《んっじゃねー、ボギーちゃん、私帰るから。覚えてくされ！》

ただし、指揮官としては無茶苦茶《むちゃくちゃ》だった。

放り出した全《すべ》ての中には、配下のファントム部隊まで入っていたのである。また、これも奇妙といえば奇妙だったが、彼らは全員、最悪の来訪者のあることに動じた様子もなく、満身創痍《そうい》の〈王者の一撃必殺《ロイヤルストレートフラッシュ》〉を攻撃し続けていた。

(なんて奴《やつ》だ)

ボギーは怒濤《どとう》のように渦巻《うずま》く感情の中、僅《わず》かに呆《あき》れを混ぜて、〈スクリーマー〉連装《れんそう》機関砲から手を離した。全速で逃げ出されたら、ガンビークルには追いつけない。どうせあの手際《てぎわ》だと、追撃《ついげき》を撒《ま》く方法も数多《あまた》持っているはず。追うだけ無駄《むだ》だった。

おそらくは逃走の時間を稼《かせ》ぐ囮《おとり》として置いていかれたのだろうファントムたちには、もう手を出す必要はない。三十機が四十機でも、連中なら瞬《また》く間《ま》に片付けるだろう。ただ、飛来する四機の〈マッチレスマーチ〉全制空戦用強化服《ヴァリアブル・マンファイター》を、フェイスガードの奥に決然とした面持《おもも》ちを隠《かく》し、見つめる。

(なにも、変わってない)

かつて、彼の夢と仲間たちの夢、大切な少女とその夢を、打ち砕《くだ》き連れ去った姿——

両眼窩《りょうがんか》の下に黒い切れ目の入った『泣き髑髏《どくろ》』と呼ばれる凶悪《きょうあく》な形のフェイスガード、彼の〈ブラックゴースト〉とは別の形で大きく横に張り出した肩の荷重力推進機《プロペラント・プラス》、全員が抱えている〈ソルジャー・オブ・フォーチュン〉電熱化学砲《でんねつかがくほう》の分厚い砲身、

——全てがあのときのままの、[ラズルダズル]の、姿だった。

と、その四機が、いきなり散開《さんかい》した。

各人、脇腹《わきばら》に付いた大型の緩衝機構《かんしょう》から伸びる〈ソルジャー・オブ・フォーチュン〉を盛大に撃ち放つ。散開する方向も砲撃のタイミングも出鱈目《でたらめ》だった。

が、戦果だけは絶大だった。

化学的に燃焼するゲル状炸薬《さくやく》を高電圧で着火、壮絶《そうぜつ》な爆発力と膨張圧《ぼうちょうあつ》で砲弾を押し出す電熱化学砲は、まるで予定されていたような打撃と死を、敵に叩《たた》き込んだ。

(――攪乱《かくらん》、念動力《テレキネシス》で反転――)

砲弾を食《く》らったファントムの装甲《そうこう》は、濡《ぬ》れた紙よりも脆《もろ》く周囲を巻き込んで大穴を開け、中身を引き連れて反対側へ抜けた。爆発はせず、腹に食《く》らえば上半身と足が、胸に食らえば下半身と両腕が、砲弾の大威力に引き千切《ちぎ》れ、弾《はじ》け跳んだ。

(――今ので、一機――)

全員が、進む軌道《きどう》でどの敵を最も効率よく狙《ねら》い打てるかを、本能のように感じていた。同時に、その効率における優劣《ゆうれつ》も完璧《かんぺき》に感じ合い、最小の軌道と弾数《たまかず》で敵を駆逐《くちく》していた。

達人《たつじん》が、素人目《しろうとめ》には奇跡《きせき》としか見えない技を振るうような、殺し。

散開して十秒に満たない間でやってきた、完勝だった。

(――一機だけか、くそっ！　アンディがいても、せいぜいあと二機……)

ボギーはそんな［ラズルダズル］の行動を見ながら、密《ひそ》かにシミュレートしていた。自分がいつか戦うだろうときに備えて。

しかし、厳然《げんぜん》とした事実を、思い知っただけだった。

力が、足りない。

今の自分では、全力を振り絞《しぼ》ったところで、恐らくは一機撃墜《げきつい》するのが精一杯だった。

おまけに、

(アンディがいれば、だって……？)

自分の夢で他人を頼っている。

そのことに、腸《はらわた》が腐《くさ》ってしまったように不快になった。

誰《だれ》にも頼ることなどできない、しない。アンディもキットもゴシップもとっつぁんもエリーもディビジョンも、自分に力など、絶対に貸してはくれない。なにを、誰を、どう思うでもない。それは、そういうものなのである。

「貴様《きさま》がディビジョンのBか」

目の前、〈王者の一撃必殺《ロイヤルストレートフラッシュ》〉の上甲板に、〈マッチレスマーチ〉全制空戦用強化服《ヴァリアブル・マンファイター》が二機、降り立っていた。戦闘の強制的な終了を受けて、残りの二機は戦闘空域から離脱《りだつ》を始めている。

「儂《わし》の落とし物が、世話になっているそうだな」

前に立っている方からかかる、さっきの老人の声。

ボギーは、彼らのことをよく知っていた。

老人の言う落とし物についても、心当たりがあった。

なにより、この老人についても。

「あんたは……」

老人はボギーの問いにあっさり答えた。

「知っているんだろう、家出っ子？」

「!!」

自分の素性《すじょう》を知られていた衝撃《しょうげき》に、思わず敵意を形として現そうとするボギーを、老人は掌《て》を差し出して制した。

「なら、無駄《むだ》なことは止めろ。この［ラズルダズル］旅団長『唯我独尊のウィッシュ《ウィッシュ・ザ・フルスマート》』と戦える者は、この世に一人だけだ」

「閣下《かっか》――」

背後に立った〈マッチレスマーチ〉、その中からクエルが、咎《とが》めるように言った。互いの素性はそうそう明かし合ってよいもの、知り合ってよいものではない。暗黙《あんもく》の了解《りょうかい》があるなら、それだけで済《す》まして追求《ついきゅう》を避けるのが、こういう場合の作法だった。

が、老人は頓着《とんちゃく》しない。

「なにを気にすることもなかろう。放蕩《ほうとう》の子らに久々に会えたんだ。家出するついでに名簿を消されて、もはや誰《だれ》とも知れんが……ノエシスは元気か？」

「なんのことか全然分からないね。そろそろボケてるんじゃないの、おじいさん」

恐るべき、敵意の塊《かたまり》のような即答を返す。

クエルが僅《わず》かに動いた。

（ふん、怒ったのか、警戒したのか、体勢を整えた、こっちより先に動く、動けば死ぬな）

ボギーは淡々《たんたん》と思いを巡らし、嫌ったらしく声を放る。

「それより、いいのかい。僕らが今乗ってる〈王者の一撃必殺《ロイヤルストレートフラッシュ》〉は湾岸に向かってるよ。その姿を人に晒《さら》すのは得策《とくさく》とも思えないけど」

クエルがさらに行動へと一ミリ動き、しかしそれ以上動かなかった。彼女の立場としては当然、できない。もちろんボギーはそのことを見越して言っている。

「はあっははは！」

ウィッシュが作戦部長の無念《むねん》の怒りを豪快《ごうかい》に笑い飛ばした。もちろん、ついでにボギーに一撃加えるのも忘れない。

「なるほど、世間知らずのおまえたちも、家出したことで少しは悪知恵をつけたようだな。デイビジョン！」

ぐっと押し黙るボギーを置いて、自分の下に本題を持ちかける。

《そうだね、我々はこのまま［ＥＸ《エクス》ユニオン］地域本部へと向かうから、そこで落ち合おう。少し大きな話になるかもしれない》

「ほう？」

《我々としても、有能な突入要員をみすみす引き抜かれるのも困るから、その点の見返りについても調整をしたいしね》

両者、急場のことで、具体的になにをどうすると約束したわけでもない。

そこにつけこんだディビジョンの、厚顔無恥《こうがんむち》とも言える提案に、クエルはさすがにムッときたらしい。声に出して、その声色《こわいろ》だけで不満を表明した。

「閣下《かつか》」

「戦果を急ぐな。最初から、そうすんなり取り戻せると思ってもおらん。なにをどうしても、この男は交渉を出鱈目《でたらめ》にかき回して自分の都合《つごう》のいいように収めてしまう」

通信機の向こうで苦笑があった。

《ここまで我々に踏み入って干渉《かんしよう》する理由は……本当にアンディ君を取り戻したいから、それだけなのかい？》

「ノーコメントだ。これについての代価は、今回の件では、どう足掻《あが》いても出んな」

《ふむ……彼は目下、猛烈な社内恋愛中でもあることだし、引き離すのは忍《しの》びないんだがね》

双方《そうほう》、事情を深く考察《こうさつ》する一秒を置き、まずウィッシュが言う。

「当面は、儂《わし》の意向と今後の方針を確認させただけでも十分だ。だが……その見返りとやら、決して安くはないぞ、ディビジョン。他《ほか》でもない、貴様《きさま》の命の代価なのだからな」

《もちろん、分かっているとも》

相変わらず、快諾《かいだく》にもかかわらず胡散臭《うさんくさ》い返答だった。

真っ白な空間に乾いた拍手《はくしゅ》の音が響く。

「ははは、結構な手並みだったな」

宙《ちゅう》に浮かんだ空中戦の実況中継も、今や超望遠らしい粗《あら》い画像しか映すことができなくなっていた。その画面の中、残りの〈マッチレスマーチ〉全制空戦用強化服《ヴァリアブル・マンファイター》が二機、〈王者の一撃《ロイヤルストレートフ》
必殺《ラッシュ》〉から飛び立ってゆくのが見えた。

架空《かくう》の椅子に座ったゴシップは、それを皮肉《ひにく》な笑いとともに眺めていた。

（また、命を拾ったか……まさか、あの化物《ばけもの》どもに助けられることになるとはな——）

「——あ？」

笑いが止まった。

（——［ラズルダズル］——？）

ゴシップは、一つの可能性に思い当たった。

トランクイロを名乗る少女……彼をここまで翻弄《ほんろう》できるクラッカー。

それはあり得ない、突き止めたくもないことだった。

　しかし、今ある事実を、突き止めねばならなかった。

　ゴシップは少女を見る。

　注意深く見るまでもなく、勝ち誇っていた少女は［ラズルダズル］の登場以降、ただ事ではないほどに顔色を蒼白《そうはく》にしていた。画面を見つめる体が、小刻《こきざ》みに震えている。

（あいつらに……二重に助けられたってわけか……しかも、くそっ、なんてこった）

　重く苦《にが》い、苛立《いらだ》ちとも怒りともつかない気持ちとともに、ゴシップは言った。

「動揺が全部、偽装姿態《ダミーポーズ》に出てるぞ。でっかく気持ちが振れそうになったら、気付かれないうちに出力を切らねえと相手に筒抜《つつぬ》けだ」

　少女はぎくっとなった。

　ゴシップは追《お》い討《う》ちをかける。

「女の子の純情は、どこでも危険一杯だな。普通は双方《そうほう》を行き来して、その違いと駆《か》け引《ひ》きを身につけるもんなんだが……」

「……あ」

　少女も気付いた。

　気付かれたことに。

「だって……できるわけ、ないでしょ」

　飾らない、素《す》の少女としての声が、その声による言葉が、ゴシップに罪悪感《ざいあくかん》を募《つの》らせる。

「ああ、そうだな」

　そこで言葉を切り、長く沈黙してから、訊《き》く。

「なんで、今頃《いまごろ》になって出てきたんだ……『黒《ブラック》』？」

　それは、かつて彼とともに、連合政府のシステムジャックを謀《はか》ったスーパークラッカー集団［五色《ごしき》の蜘蛛《くも》］最年少メンバーのコードネーム。もう、聞くことのないはずの名前だった。

　そのコードネームの通り、黒髪を振って、『黒《ブラック》』は言う。

「私ね、選び直したのよ。思いどおりにならないのなら、思いどおりにしてやるって……そのための武器を、私は手に入れたの」

　ゴシップは、ゆっくりと椅子から立ち上がって少女と向かい合った。たしかにあの少女が育っていれば、これくらいの年頃になっているはずだった。

「それが、あの薄気味悪いファントムだってのか？」

　少女は無邪気《むじゃき》に首を振った。

「〈アプラクサス〉……それがシステムの名前。完成には程遠いけど、無敵にはなった。止められない、止めさせない、誰《だれ》にも」

　少女の姿が薄れてゆく。ゴシップを偽装経験領域《イミテイブル》に引き止めていた回線をダウンさせているのだった。

　その消える最後に、少女は短く嬉《うれ》しげな言葉を、置いていった。

「見ていて、父さん」

ゴシップは、意識の覚醒《かくせい》を知った。

全身を圧搾《あっさく》空気入りのクッションで固められて、非常に痛い。どうせこれは、とっつぁんの仕業《しわざ》に違いない。声を出して、しかしそれとは違う言葉を呟《つぶや》く。

「幽霊《ファントム》だって……？　皮肉《ひにく》にも程があるぜ、くそ」

4　駆除屋の庭で

ボギーは、自分と他人によって破壊された上甲板で、呆然《ぼうぜん》と突っ立っていた。

二機の全制空戦用強化服《ヴァリアブル・マンファイター》の飛び去った空を、眺めていた。


環太平洋区域西部の主要都市の一つに、［EX《エクス》ユニオン］の地域本部はある。

今、その議事堂のように格式ばった巨大ホールである第二会議場には、地域内で集まれるだけの駆除屋《くじょや》が集まっていた。

経営責任者から突入要員まで、参加者の格好もさまざまである。ピシッとしたスーツから大きな外装機械体まで、入場を許されるだけの人員が、おのおの今日集結した目的を睨《にら》んで、今か今かと開会を待ち構えていた。

『ファントム問題に関する諸協議と全体会合』。

ひたすら事務的で、取り違えようのない名前のついたこの会議は、本来開催されるはずだった『ファントム実体化に関する緊急会合』に代わって執《と》り行われることになった。

提唱者は後者会合と同じく、その筋で知らない奴《やつ》はモグリ、と言われるほどの名物集団、デイビジョン駆除商会の社長・ディビジョンである。

被弾損傷《ひだんそんしょう》した巨大戦闘爆撃機で地域本部に乗りつけるという、相変わらず無駄《むだ》に派手《はで》な登場で彼ら五人は姿を現し、救出作戦から帰還《きかん》した一団を出迎えた。

《それでは、ただ今より『ファントム問題に関する諸協議と全体会合』を開催いたします》

凛々《りり》しく快《こころよ》い女性の声によるアナウンスが会場内に響くと、聴衆が一斉《いっせい》に沸《わ》いた。

陽気で騒々《そうぞう》しい、ときにはやや下品《げひん》な声援を一身に受けているのは、議事堂舞台中央にある演壇《えんだん》へと悠々《ゆうゆう》歩いてゆくディビジョンではない。舞台脇《わき》に置かれた、アナウンス兼進行役の席につくエリーである。

それを分かって、しかし全く気にする風もなく、ディビジョンは演壇に立つ。ひしめき合う曲者《くせもの》たちの注視を一身に受けてなお、余裕《よゆう》の体《てい》を微塵《みじん》も崩《くず》していないのはさすがだった。

舞台の袖《そで》から眺めるディビジョン駆除商会、残りの面々《めんめん》、

「これがホントの大した役者ってか」

「ん」

「こうして見ると、結構カッコいいね」

陽気に囃《はや》すアンディ、なぜか押し黙っているボギー、珍しい場所と光景に喜ぶキット、

「面《つら》の皮は複合装甲《ふくごうそうこう》並みに厚いからのう」

「せいぜい、お手並み拝見といきますか」

落ち着いたとっつぁん、力の抜けたゴシップらは、自分達の社長をわりと誇りに思った。

やがて会場が静まるのを待ち、
《あー、ごほん》
いつものようにリラックスした様子で、ディビジョンは議事ではなく、演説を始めた。
《本日お集まりの諸君――我々はいったい何者か？》
いきなりの発言に、巨大なホールに集まった駆除屋《くじょや》たちは一斉《いっせい》に目を丸くする。舞台の袖《そで》では対照的に、クスクスと忍《しの》び笑いが起こった。
《そう、我々は〈ゾーン〉に生きる駆除屋だ。〈ゾーン〉において日夜社会の害獣《がいじゅう》たるグレムリンを駆除し、もって社会の円滑《えんかつ》なる運営を可能たらしめる、誇り高き駆除屋だ》
なんだなんだ、一体なにを言おうとしているんだ、と聴衆は怪訝《けげん》な顔になる。
ディビジョンは彼らを、無意味に形式ばった進行で退屈《たいくつ》させるつもりはない。むしろその逆である。まずは疑問や不審《ふしん》によって、興味を自分の声に惹《ひ》きつける。
《ところが今現在、その我々の業務、誇るべき使命が、憂慮《ゆうりょ》すべき事態に晒《さら》されている》
そして、全体に一体感を伴《ともな》う明白な回答を用意し、突きつける。
《そう、ファントムだ》

これより数時間前。

湾上の空中戦を終えて、ようやく［EX《エクス》ユニオン］地域本部に辿《たど》りついた〈王者の一撃必殺《ロイヤルストレートフラッシュ》〉は、救出作戦から帰った〈チャリオット〉の乗員を迎え入れて（ついでに、ブーブー言うヴァンプをようやく追い出して）、全社員七名による会議を開いた。

社長室は、操縦室から再び普段《ふだん》の形に戻っていた。

いつも変わらない定位置たる社長席に座るディビジョン、その右後方に立つエリーを扇《おうぎ》の要《かなめ》に、右側に社長席側からとっつぁんとゴシップ、左側に同じくキット、ボギー、アンディという並び。全員会議通例の、ふかふか絨毯《じゆうたん》の床面《ゆかめん》に大型ディスプレイを開き、それを囲むという形だった。

「それで、ゴシップ君。夢見心地はどうだったかね」

ディビジョンの質問に、ゴシップは苦《にが》く笑って答えた。

「夢も寝心地も最悪っスよ」

「そりゃすまんかったな」

とっつぁんが、こっちは愉快《ゆかい》そうに笑った。

「夢の国では、なにか掴《つか》めたかね」

「ええ。たぶん、ドンピシャでしょう」

言いたくはないが言わねばならない、そんな重さでゴシップは口を開いた。

「今回の主犯格の一人……トランクイロと名乗ってたんスけど、そいつは挙動《きよどう》や思考《しこう》の傾向から見て『腐ってゆく死体《ゴー・バッド・マン》』に違いないっス」

権利兌換制社会《バーター・システム》への参加を拒否して、偽装経験領域《イミテイブル》内で暮らす人々を『死までの時間を潰《つぶ》す』という意味で呼ぶ蔑称《べつしょう》……それが『腐ってゆく死体《ゴー・バッド・マン》』だった。

少女は、自分や相手の取る姿から競馬の実況中継まで、好《す》き勝手《かって》に物事を改変することに、欠片《かけら》も躊躇《ためら》いを持っていなかった。それは、偽装経験領域《イミテイブル》という自由すぎる場所で暮らす人間特有の感覚なのだった。

外で生きている人間は、容易《たやす》い自由にとっくに飽《あ》きて、『本当にあるもの』に価値を見出している。現実に行い、現実を動かし、現実を味わうことをこそ、生の証《あかし》と認識していた。

容易いことに価値はない。得難いものを得難いからこそ得たい。

根源的な欲望の原則によって動いている世間の、これは常識だった。

「いろんな方向から、擬装《ぎそう》や騙《かた》りの可能性も考えたんスが……状況も条件も全部、合致《がっち》しちまってるんス」

言うゴシップを見る全員が、それぞれの形で訝《いぶか》しげな顔になった。

「あいつ、俺《おれ》が死ぬ前だからと思ったんでしょう、接触してきたんスよ」

普段《ふだん》の彼ならまずしない、無表情を、そこに見出したのだった。

「コードネーム『黒《ブラック》』」

彼は、感情を表出させる、あらゆる外部への出力を切っていたのだった。

「昔、俺と［蜘蛛《ウィドウ》］で組んでた超級《ちょうきゅう》のクラッカーで……俺の、娘っス」

《これまでファントムは、ただ姿を現すだけの、幻《まぼろし》に過ぎなかった。しかし諸君も先刻承知《せんこくしょうち》の通り、今日、それが崩《くず》れた》

席の前列には、犠牲者《ぎせいしゃ》となったレイランドの同僚らを始め、今日の救出作戦に参加した面子《メンツ》が居揃《いそろ》って、ディビジョンの演説を聞いている。

会場も、その話題の意味に気づいて、雰囲気を引きしめた。

ディビジョンも、その雰囲気に相応《ふさわ》しい声で言う。

《攻撃だ、攻撃を加えてきたのだ》

上品な物言いを常とする彼の凄《すご》む姿には、説得力《せっとくりょく》があった。ただでさえ、よく通る響きのいい声をしている。舞台袖《そで》の社員たちを含め、聴衆は（エリー一人を除いて）総毛《そうけ》だった。

《無論《むろん》のこと、我々には攻撃を受ける謂《い》われはない。でありながら、ファントムは無法な戦闘を仕掛《しか》けてきた。しかも、そのファントムたちの指揮官の一人は、こう言ったのだ》

エリーの操作《そうさ》により、彼の背後に映像が大きく点《とも》った。

アンディによる、リゾルートの記録映像である。

『焦《あせ》らずともよかろう。いずれ他《ほか》の〈ゾーン〉にも我々は現れようほどに』

純白の強面《こわもて》が牙《きば》を剝《む》き出しにして、そう言った。

映像が止まり、ディビジョンは再び語り始める。まるで背後の映像さえ、彼を引き立たせるための効果であるかのように、その存在感は会場を圧していた。

《聞いたとおりだ。ファントムは、これからも現れる》

ゴシップはできるだけ明かす部分を少なく、語った。

「けっこう昔……お前たちも知ってるだろ、あの、なんだ、ヴァージョンの女狐《めぎつね》と知り合った頃《ころ》にな、互いに賭《か》けをしたんだ」

誰《だれ》もどんな賭けだったのか、尋《たず》ねなかった。

「それまでは実際に会ったことがなかったんでな。お互いの性別を確かめるために、当時裏で流行《はや》ってた、なんだ、『セクシャル・ベット』って、遊びとして――」

言葉を一旦《いったん》切って、キットのそこはかとなく悲しい視線を痛く思いつつ、続けた。

「精子と卵子を送り合った。あいつとは昔からソリが合わなくてな……お互いをお互いが疑って、結果、できた。双方《そうほう》ペナルティで、費用が俺《おれ》、養育があいつ担当になった」

への字口を作るアンディ、無表情なボギー、画面を消したとっつぁんも、無言。

「で、いろいろあって［蜘蛛《ウィドウ》］を立ち上げたとき、あいつが、あの子を連れてきた。十三歳に、なってたかな。あいつ、ずっと保護施設に預けっ放しにして、その筋の知識だけを暇《ひま》なときに叩《たた》き込んでたらしい。偽装経験領域《イミテイブル》から出るのが初めてで、妙にオドオドしてたよ」

（もっとも、俺もそれまで、作ったのを忘れてたんだけどな）

と胸に隠《かく》した言葉を、社長席の二人に見抜かれているような錯覚《さっかく》を覚えつつ、ようやく言《い》い訳《わけ》の前振《まえふ》りを終えて、本題に入った。

「両親が揃《そろ》って因果《いんが》な質《たち》だったからか、育ちがああだったからか、あの子は幼い身で、俺や女狐と、ほとんど同等の、［蜘蛛《ウイドウ》］の一色を担《にな》えるほどのクラッカーになってた……そのあとは、知っての通りだ。俺たち［蜘蛛《ウイドウ》］は、あの連合政府保安機構《アライアンス・セキュリティ》の対クラッカー情報網兵器《ACNW》〈フーダニット〉との連合システムジャックの戦いで敗れて、逃げるため散《ち》り散《ぢ》りになった」

ゴシップの脳裏《のうり》に、春の夜道が過《よぎ》った。

「俺はそのときどういうわけか、『黒《ブラック》』ってコードネームを付けられたあの子と逃げてた。そういや、特急の手配をしたのもあの子だったな……」

駅構内、乗り継ぎの通り抜けとして設けられた、数十メートルの桜並木が過った。

そこにあったベンチが、過った。

「途中で、休憩《きゅうけい》した。あの子はほとんど初めての外で、疲れてたからな。特急が来るまで、ベンチで寝かせてやった……そのとき、逃亡のためのダミーだった飛行艇全滅の信号が来た。［ラズルダズル］が、俺たちの計算した速さを十九時間以上も縮めて、全部、破壊しやがったんだ。そうでなくても追い回されて、さんざ恐怖《きょうふ》を刻みつけられた後だったからな、堪《こた》えたよ」

アンディの表情は、全く変わらなかった。

「俺《おれ》は急いで予備のダミーを立ち上げるために、寝てるあの子を置いて、有線偽装《ぎそう》の使えるラインを探しに行った。処置を終えて帰ったら、いなくなってた」

沈黙だけがあった。

「次にあの子の消息を知ったときには、もう服役して断絶刑《だんぜつけい》になってた」

それは、外との関《かか》わりを一切《いっさい》断たれ、偽装経験領域《イミテイブル》における行動も制限されるという、死刑に次ぐ最大級の刑罰《けいばつ》である。こうなったら、あとは『腐ってゆく死体《ゴー・バッド・マン》』として一生を終えるだけ……そのはずだった。

「一度だけ、アクセスしたら、即座にシャットダウンされた」

いつしかゴシップは、自嘲《じちょう》を、出力していた。

「あの子とは、それっきりだった。今日までは」

誰《だれ》もなにも、追求《ついきゅう》しなかった。

ディビジョンは、他《ほか》に得られた情報について質問した。

《もう既《すで》に噂《うわさ》は流れていることと思うが、今まで触れることさえできなかったファントムは、

出現するや不死身《ふじみ》となった。どんな武器も歯が立たない、鉄壁《てっぺき》の防御を持っているという》

《我々はこれからも、奴《やつ》らファントムの影に日々怯《おび》えながら業務を行わなければならないのだろうか？》

ネガティブな発言。しかし、その口調で誰もが分かっていた。これは、次に来る啖呵《たんか》と一体の、それを盛り上げるための一時の窪《くぼ》みであるということを。

意表《いひょう》を突くだけでなく、語る者の意図《いと》を理解させ、気持ちを同調させ、その盛り上げる先を予感させることも、演説における重要な技法である。

《だが諸君》

ディビジョンという男は、それらを全部分かって、実践《じっせん》している。

気の早い者が何人か、違う、そんなわけがあるか、と叫ぶ。

大半はもちろん、叫ぶときはまだだ、と分かっている。

《我々、〈ゾーン〉に戦い暮らす誇り高き駆除屋《くじょや》が、果たしてそんな惨《みじ》めな境遇《きょうぐう》に甘んじ続けられるものだろうか？》

聴衆の間に期待が沸《わ》き上がる。

ここまで言うからには、なんらかの対策があるに違いない。

空々《そらぞら》しくも景気のいい発言は、答えがあることを前提に語られている。

案の定、

《否《いな》、断じて否と、私は一駆除屋《くじょや》として叫ぼう》

ディビジョンは演壇《えんだん》の両縁《りょうふち》に手をかけ、前のめりに聴衆へと体を進めた。

会場の一体感が高まる。

《大丈夫だ、我々は、戦える》

「つまりゴシップ君は、我々に関《かか》わる一連の騒動《そうどう》がファントムと繋《つな》がっている、と証言したわけだが……」

ディビジョンは、それまでの話題の影など引《ひ》き摺《ず》らなかった。

「昨晩バーに乱入した連中――〈王者の一撃必殺《ロイヤルストレートフラッシュ》〉を攻撃したガンビークルと〈ゲンセ〉に現れた撃破可能なファントムたち――突入要員を襲った〈ゾーン〉内の白髪《はくはつ》君と本来我々が相手にしていた不死身のファントムたち――そして、ゴシップ君と接触した、少女と推定される超級《ちょうきゅう》クラッカー――なんとも多彩なことだ」

全くいつもどおりの、スタイルとペースだった。

「しかし、多彩といっても共通点はあちこちに見られる。最初の乱入から、私は不思議に思っていたんだ。おそらくは君たちも、そう思っていたんじゃないかな。アンディ君、昨日のバー襲撃のやり口を、どう見たかね」

「素人《しろうと》以前ですね。その出だしから経過、結末まで、全−部、超・零《レイ》点です」

明快な即答に続けて、再びの質問。

「ふむ、ではボギー君、今日の空中戦……ガンビークルを除いたファントム部隊の方は、どうだったかね」

「部隊ってほど統制の取れた行動はしてません。ただ群がって弾撃《たま》ってただけです」

「ふむ、最後に、今日の突入要員救出作戦における、白髪《はくはつ》君を除いた連中の行動は？」

「論外《ろんがい》。立ってただけです」「同感」

ディビジョンは頷《うなず》き、言った。

「ガスマスク型の装備を持つ連中のみを仮《かり》にファントムと呼ぶとして、その彼らに共通するものは、その戦いの稚拙《ちせつ》さだ」

Ａ／Ｂが実戦部隊として、社長の言に再度、確認として頷き返す。

「それに関連する、非常に興味深い事例がある。あの空戦だ」

今度はとっつぁんが、モニターの顔をがくんと頷かせる。

「あの空戦のとき、私は、今までのようにファントムたちは消える、と思っていた。が、違った。彼らは、死んだ。アンディ君らが救出作戦で遭遇《そうぐう》した連中のように、武器が通じないわけでもない。同系列の装備であるのは一目瞭然《いちもくりょうぜん》であるというのに、だ。この差異の原因は、容易《ようい》に察せられる」

社員たちは目線だけで、自明のことに同意する。

「〈ゾーン〉だ。今まで出没《しゅつぼつ》していたのは〈ゾーン〉、今度不死身《ふじみ》となった、そして最後に消えたのも〈ゾーン〉、彼らのファントムとしての性質は、この中でのみ、発揮されている。逆に言うとその外、〈ゲンセ〉にいるファントムは普通の戦闘員と同じ、ということだ」

社員たちは言われることで改めて、今までと違う、事実を受け入れた。

「そんな〈ゲンセ〉に現れたファントムたちは、やはり稚拙《ちせつ》な戦い方で、安直に使い捨てられている。だから私は最初、ファントムはニューロンドームよりも遥《はる》かに安価で調達も容易《ようい》な、機械式人工知能を内蔵しているのではないか、と推測した。これなら、連中の不手際《ふてぎわ》も頷《うなず》けるからだ。ところが……」

声をかけるまでもなく、エリーが会話の流れから手元のボードを操作《そうさ》して、全員の囲む床面《ゆかめん》ディビジョンが空戦の最中に指示しておいた、ファントムの定点観測記録だった。打ち落とされ、落ちてゆくその頭部に画像がズーム、静止、補正された。

ディスプレイに映像を映し出した。

「火を噴《ふ》いてる……中から？」

キットが不思議そうに言った。

破損箇所は下腹部への被弾《ひだん》だった。誘爆《ゆうばく》にしては、他の部分にその影響が見られなかった。

「あ、そうか、昨日〈ワン・フォー・ザ・ロード〉を襲った連中と同じ、脳組織の焼却処理！」

彼女の閃《ひらめ》きに、ディビジョンは頷いた。

「その通り。他《ほか》でも――」

エリーが、その周囲に似たような映像を次々と映し出した。全《すべ》て、海面への墜落《ついらく》前に頭部から煙や炎を噴いていた。

「見ての通り、昨晩、我々を襲撃した連中を始末《しまつ》したのと同じ手口……つまり、彼らは自然脳を持った人間なんだ。戦闘の手法が稚拙であることや死ぬことと合わせて、バー襲撃犯とファントムとの間には、明らかな共通項が見られる。ゆえに、ゴシップ君が偽装経験《イミテイブル》領域で得た、連中は同一の組織であるとの証言の信憑性《しんぴょうせい》は高い、と私は判断した」

ディビジョンは、敵から得た情報をそのまま鵜呑《うの》みにしたりはしない。ボギーに言ったように、全肯定《ぜんこうてい》から始めて、事件で削《けず》り、疑いで整え、ようやく昨晩からの一連の事件が繋《つな》がっている『全体の姿』を確認した。

その上で、彼は次の話に移る。

「これらの状況と特徴から、推測してみる」

全員が画面から目を離し、床面からの明かりを受けて凄味《すごみ》を増す社長を見た。

「どの命も、ぞんざいで、でたらめで、軽い。救出作戦時に戦ったファントムにも、同じことが言える。そっちには不死身という付加属性があるだけだ。当人たちの意識も手際も、あまりに幼稚で不用意だ。〈ゾーン〉の外で死ぬ者たちと、根本的な部分では同じなんだ」

回答への予感走る中、ディビジョンは言った。

「この傾向は、まさに主犯格と見られる少女と同じ……『腐ってゆく死体《ゴー・バッド・マン》』特有の、失敗に対する覚悟《かくご》と打算を持たない蛮勇《ばんゆう》に酷似《こくじ》している。偽装経験領域《イミテイブル》の外、現実で行われている戦闘を、全戦闘員が遊びのような危機感のなさで行っている。だから、失敗に結果が付いて回ることを知る我々は、違和感を覚えるんだ」

さらに彼は、エリーの方を向いて、映像を切り替えさせた。

アンディとボギーの表情が僅《わず》かに強張《こわば》った。

純白の巨体と空を舞うガンビークルが、床面《ゆかめん》に映し出された。

「その傾向の例外は、襲撃と迎撃《げいげき》を率《ひき》いていた指揮官の二人だが……彼らは使い捨てる側、つまり首謀者《しゆぼうしや》の近くにあって、現場の指揮と実験の監督を代行しているからだと考えられる。前者は〈王者の一撃必殺《ロイヤルストレートフラッシユ》〉を攻撃したボランテと名乗るガンビークル乗りに、後者は突入要員を襲撃したリゾルートと名乗る白髪君《はくはつ》に、それぞれ顕著《けんちよ》な形で表れている。特に空戦では味方への損害、どころか加害までを全く躊躇《ためら》うことのない戦法を取っているわけだが」

ボギーはボランテがそれを利用して、〈王者の一撃必殺《ロイヤルストレートフラッシユ》〉に一撃加えたことを、忌々《いまいま》しげな顔で思い出す。

「このガンビークル乗りは、ボギー君と渡り合い、〈王者の一撃必殺《ロイヤルストレートフラッシユ》〉に大打撃を与えるほどの腕前を持っている。にもかかわらず、人命を無茶苦茶《むちやくちや》に消費するような愚《おろ》かしい戦法を取っている。いや、そんな戦法を取りはしないだろう、とこっちが油断することさえ計算のうちに入れて、我々の意表《いひょう》を突いた。そんな頭のいい人間が、手勢を殺すことになんの遠慮《えんりょ》もしない、ということは……」

キットがようやく核心《かくしん》に触れたように、訊《き》く。

「つまり、どれだけ殺しても大丈夫で、損失に気を払う必要がない人間を持ってきている、それが『腐ってゆく死体《ゴー・バッド・マン》』だってことですか？」

全員に、社長の示す物事の輪郭《りんかく》が、ようやく見えてきていた。

「そういう、無駄《むだ》に使ってもいい人間を、しかもこれだけの数、どこから引っ張ってきたと社長は考えるね？」

自分でも推測しつつ、とっつぁんは社長に回答を求める。

ディビジョンは軽く、重大な結論を口にした。

「死体は、墓　場《グレイブヤード》にあるものだろう？」

《我々は、奴《やつ》らの根城《ねじろ》を突き止めた》

会場には、大した驚きの色も見られない。

こんな演説を行うのだから当然のことだろう、と思っている。

《我々「EX《エクス》ユニオン」評議委員会は、連合政府からの代理執行権を緊急要請《ようせい》する旨《むね》、満場一致で可決した》

　これについても驚きはない。この件については、すでに全《すべ》ての駆除屋《くじょや》に話が通してある。ここでの発表は、儀式《ぎしき》である。行動へのけじめ、全員の固め、無言の定めとしての。

　ちなみにディビジョンの「EX《エクス》ユニオン」評議委員会における立場は、無駄《むだ》にいろんな所を駆けずり回らされる役付きが嫌とのことで、名前を端に載《の》せるのみである。

《政府からも、数項の条件を加えたのみで、これを了承《りょうしょう》するとの回答を得た》

　離れた席で二つ、忍《しの》び笑いが起こった。

　一人は、その密《ひそ》かな運動と必要性からの説得《せっとく》を頼まれた「クールフェイカー」ヴァンプ、もう一人は、もっと率直《そっちょく》にねじ込みを求められたウィッシュである。

　実際、政府はグレムリン対策を駆除屋に頼りきっている。〈ゾーン〉の安定を駆除屋の側で解決してくれる、テロリスト殲滅《せんめつ》作戦を自前でやってくれる……とりあえずは、願ったり叶《かな》ったりだった。彼らの言う交戦区域についても、単純な利益得失《とくしつ》ではない複雑な損得勘定《かんじょう》の観点から、なんとか目を瞑《つぶ》ることができた。

　自前の最強部隊、「ラズルダズル」などは、皆殺し部隊として世間の評判が悪く、また今回の戦場は、絶対に彼ら向きではない。

《これが意味するところはなんなのか。諸君には分かっているはずだ》

演説はようやく、クライマックスを迎えようとしている。

《そう、我々は、戦うのだ》

「あと一つの問題は、最も大きな問題でもある」

ディビジョンは、ものを考えるときの癖《くせ》として、口元に手をやった。

「そう、今回の事件の核心《かくしん》だろう、〈アプラクサス〉なる存在についてだ。おそらくは〈ゾーン〉内のみで、ファントムたちに神出鬼没《しんしゅつきぼつ》の移動能力と不死身《ふじみ》の防御力を与えているモノ……そうなる理屈《りくつ》は分からないが、当面の対処についてはアンディ君が考えてくれた。救出作戦には調達が間に合わなかったがね」

アンディはにやりと笑うだけで答えた。

ディビジョンは頷《うなず》いて、続けた。

「これだけでも、敵の本拠地《ほんきょち》たる場所の最深部まで侵攻《しんこう》制圧して、少女を含む首謀者《しゅぼうしゃ》を確保することはできるだろう。なにしろ、今回は数が数だ」

ゴシップは無言。

「だが、そんな無理押しで多数の損害を出してはいけない。我々の側に犠牲者《ぎせいしゃ》が出ることは極力避けねばならない。やるからには、圧倒的に有利な状況の下で戦わねばならない。そのためには、抜本的な対策が必要だ」

さて諸君、とディビジョンは仕切《しき》り直した。これが彼独特の、悪巧《わるだく》みを始める合図であることを、社員たちはよく知っていた。

エリーが再び床面《ゆかめん》ディスプレイに表を映し出した。

救出作戦の状況進行と、これまでのファントム出現に関する資料らしい。

「ここからは、全《すべ》て推測に基づく計画だ。委員会にも独自作戦遂行《すいこう》の許可を貰《もら》い、必要な何チームかにも無条件での協力を取り付けてある。あとは君たちに、私の見解とプランが妥当《だとう》かどうか吟味《ぎんみ》してもらい、実施に際しての意見を聞くだけだ」

悪巧みをするときの社長は本当に生き生きしているな、とエリー以外の全員が思った。

《しかし、その戦う手段や作戦の詳細《しょうさい》を、ここで述べるわけには行かない》
聴衆が一瞬、戸惑《とまど》いにざわめく。
《ファントム一味には凄腕《すごうで》のクラッカーがおり、今もこの会合を見張っているだろうからだ》
ざわめきがさらに増す。
《ゆえに、詳《くわ》しい作戦は現地についてから一斉《いっせい》に知らされることになるだろう。そのことを不安に思う者もいるかもしれないが、今は我慢《がまん》して欲しい。もし、作戦に不服があれば、そのま

ま帰ってもらっても構《かま》わない》
ざわめきは増すばかりである。
《だが、君たちは帰るまい。私の作戦が、例えまずくとも》
ふと、全員が演壇《えんだん》にある男の笑顔を見た。
惹《ひ》きつけられた。
胡散臭《うさんくさ》いと評判の笑みが、聴衆に向かって不敵《ふてき》に告げる。
《君たちは、顔に泥《どろ》を塗られて黙ってはいられない、そんな連中だからだ》
その通り。
誰《だれ》も言葉に出さずに、答えた。
《思い知らせてやらねばならない。〈ゾーン〉は我々とグレムリンの、命を賭《か》けた勝負の戦場であることを。半端《はんぱ》に我々を突つき、仲間を殺したテロリストたちに》
さっきの熱狂《ねっきょう》が、体に残っている熱狂が、再び過熱する。
《やろう、エクスターミネーターズ。我々は、売られたケンカを、全力で買う》
一瞬の、全員が息を呑《の》む静寂《せいじゃく》を経て、
聴衆が怒号《どごう》にも似た大喝采《だいかっさい》を張り上げた。
その様子を、自分の演説の結果を満足げに眺めつつ、ディビジョンは最前列に目線を落として、言った。

《作戦名は『レイランド』――哀悼《あいとう》の鐘《かね》を、トリガーで鳴らそう》

もちろん、トランクイロ一味はこの情景をリアルタイムで見ていた。

無数の画面を一枚表示に変えて、駆除屋《くじょや》たちの大騒ぎする様子が広く高い壁に大映しになっている。会場の監視《かんし》装置を乗っ取って得たものだった。

それを見上げているのは、三人。

「大したアジテーターねえ、あのおっさん。『〈ゾーン〉はボキュたちの戦場~』だってさ。引き籠《こ》もりどもが抜かしやがる」

コンソールに腰かけて、ボランテが声色《こわいろ》をコロコロ変えながら言った。

「来るわね、連中。しかもあの数……爺《じじ》い、こっちの装備は足りてるの?」

彼女とコンソール前の大型椅子を挟《はさ》んだ反対側、腕組みして突っ立つヘルメットの老人・ポンポーソが、言葉少なに答える。

「あの議場にいる数の倍は」

「ニヒャヒヤ、そりゃケッコーケッコー、踏み潰《つぶ》しちまえ」

「戦闘準備を始める。トランクイロに人員数の指示を貰《もら》わねば」

相変わらず感情の読めない老人は、簡潔《かんけつ》に自分の方針だけを言う。

「うむ。まず出撃可能な装備数の再点検を頼む」

二人の間、大椅子にかけたリゾルートは老人に短く答え、壁面の画像を眼球からの出力で切り替えた。

画面が元の、無数に分割された状態に戻る。

そこには瞼《まぶた》を閉じ、薄暗いカプセルに身を横たえる人々が映っていた。要生存剤《メンテ・メド》の休眠プラントで眠る人々……全《すべ》て、『腐ってゆく死体《ゴー・バッド・マン》』だった。

その映像をゴーグルの奥から見上げて、ポンポーソは言う。

「せめて、モザイクパターンの構築がある程度進むまでは、敵を阻止《そし》せねば」

「……」

「うむ」

ボランテは微妙に不審《ふしん》を込めた視線で、リゾルートは深く頷《うなず》いて、これに答えた。

二人は、この老人が何者なのか知らない。ボランテが雇《やと》われたとき、リゾルートが再び目覚めたとき、既《すで》にこの老人の姿はトランクイロの傍《かたわ》らにあり、ともにアプラクサスの構築に当たっていた。雇《やと》い主《ぬし》と雇われ者の関係ではない、協力者という立場なのか、互いを呼び捨てで呼び合ってさえいる。

トランクイロの操作《そうさ》による資金があったとしても、リゾルートの体を作り、ボランテのガンビークルを改良し、資材や強化服などの装備を持ち込んで巨大なシステム全般の統括《とうかつ》まで行っている手腕は、最低限の保守点検を機械任せにしているとはいえ、尋常一様《じんじょういちよう》のものではなかった。

その老人が、再び言う。今度は疑問の形で。

「どの程度、［ストック］からサルベージしたファントムは使える？」

リゾルートは冷ややかに返答した。

「烏合《うごう》の衆《しゅう》だな。とにかく数で押すしかない」

彼はとある区域の画面を、次々とマークしてゆく。彼らが［ストック］と呼んでいる、『腐ってゆく死体《ゴー・バッド・マン》』の中でも特に戦闘用に取り分けてある人員だった。

これら、生ける屍《しかばね》から脳を取り出し、ガスマスク面《づら》の機械体内に納めることで、駆除屋《くじょや》たちの言うファントムが生まれる。

この脳の中に、小さな一つの共振用のモザイクパターンを焼き付けることで、リゾルートやボランテも含むファントムたちは、〈アプラクサス〉の加護《かご》を受ける。とある条件の元、常識ではありえない現象と力を得ることができる。

しかし、リゾルートはディビジョンらと同じ評価を味方に下していた。

「実戦投入して初めて分かったが……ほとんどが若年からここに入っているために、根本的な想像力がないようだ。自分のやり方でしか戦えん。戦術コードで指示を下しても、それがどういう意味を持っているのかを理解できないのだ。襲撃ならともかく、防衛ではまともに使えん」

「ま、偽装経験領域《イミテイブル》のシューティングゲームマニアを拾い集めてゲームモードの一つとして強制的に動かしてるだけだしねー」

お気楽にボランテが茶化《ちゃか》した。

ポンポーソは眠る人々の画面を見上げながら訊《き》く。

「リアクター実験におけるバリケード作戦はそれなりに上手《うま》くいったのではなかったか」

リゾルートは、牙《きば》を動かさず答える。

「私の守備した場所だけはな。他《ほか》では抜かれた箇所もある。実験とはいえ、敵に好きにされるというのは面白くないものだ。その不手際《ふてぎわ》のおかげで活動時間も短くなった、、、、、、、」

一旦《いったん》言葉を切り、声に真剣味を込めて再び言う。

「可能なだけの総員を出撃させねば。あのAもいる、手加減《てかげん》して勝てる相手ではない」

「ブー、なによそれ、なによその繋《つな》がり、ロリコンな上にホモかよー」

口を尖《とが》らせる女を無視して、ポンポーソは無言で頷《うなず》くと、部屋を出て行った。

「……さて」

ボランテは老人が出て行ったのを確認すると、コンソールから下りた。ヘルメットを手に取って、リゾルートにひっそりと顔を寄せる。

「で、このあとどーすんの、リゾルートちゃん?」

「なんだと?」

怪訝《けげん》そうな声を返す純白の脳天《のうてん》に、彼女はヘルメットの一撃を加えた。

「この戦いが終わったあとよ。まさか、あるとか思ってる？」

「……」

「私たちのアイドル・トランクイロちゃんの夢は、ここでご破算《はさん》よ」

ボランテは垂《た》れ目《め》を鋭く輝かして言った。

「ただでさえ駆除屋《くじよや》ってのは厄介《やっかい》な連中が揃《そろ》ってんのに、あの数でやってくんのよ？　いくら『動力』が豊富に揃ってるって言っても、本拠地《ほんきよち》を知られたら、その時点で戦いなんて終わり。不死身《ふじみ》だろうがなんだろうが関係ない。そのうち〈アプラクサス〉の特性も知られて、人質に意味がなくなって、最悪〈ゾーン〉を縮められて、トランクイロちゃんは負けるわ。そうでなくても私、昨日［ラズルダズル］に行《い》き逢《あ》っちゃったし……おー怖《こわ》い」

「……逃げるというのか？」

もう一撃、ヘルメットが炸裂《さくれつ》する。

「いやん、怒んないで。報酬分《ほうしゆうぶん》はきっちり働くわよん。この戦いくらいは付き合ったげる。それ以上は知ったこっちゃねえな」

言うと彼女は、ふう、と溜《た》め息《いき》を吐《つ》いて、リゾルートの膝《ひざ》に腰を下ろした。パイロットスーツの身を扇情的《せんじようてき》に擂《す》り寄せる。

「なに、やっぱりトランクイロちゃんが断絶刑《だんぜつけい》から救ってくれたこと、恩《おん》に着てるの？　たまたま同じブースに収監《しゅうかん》されてた中で、使えそうだったから拾われたってだけなのに」

すぐ下から見上げる顔は、無表情のまま。

「たしかに、予想外に早く、終わりの時は迫っている。こちらの手際《てぎわ》が悪かったとはいえ、まさか一度でここに喰《く》らいついてこられるとは、想像だにしていなかった」

「ヤバいのは分かってんでしょ？　あんたほどの腕なら、どこでも食ってける。なんなら、一緒《いっしょ》に――」

「だが、そのような相手が迫っているというなら、なおさら捨て置けん」

その断言に、沈黙が降りる。

しばらく経《た》ってから、ボランテはようやく膝《ひざ》の上から立った。そのままヘルメットを肩にかけて部屋を出て行く。扉《ドア》の閉まる際、声が零《こぼ》れた。

「……けっ、しょってやがる」

一人残されたリゾルートには、女の吐き捨てた言葉が罵《ののし》りなのか、それ以外の意味を持つのか、判別がつかなかった。

計器類が僅《わず》かに点《とも》る闇《やみ》の中、アンディが言った。

「どした、ボギー、元気ないな。これから待ってる頭痛がそんなに嫌か？」

「ん。まあ」

簡単な答えは、そこで終わった。

しばらくの間《ま》を置いて、アンディはあっさり見抜く。

「オヤジに、なんて言われた」

「!!」

笑って続ける。

「ふふん、バレバレだっての」

「強化服越しでも分かるなんて、大した眼力だね」

「ま、相棒《あいぼう》の顔色を窺《うかが》うくらいにはな」

しばらくの間を置いて、ボギーは答えずに訊《き》き返す。

「そのオヤジが、なにしに来たのかは？」

「ああ、聞いたよ。ま、来たって聞いた瞬間に分かったけどな。うちも、脱走兵にナシつけにくるほど、人手不足とも思えねえんだが……クソオヤジ、なに考えてやがんだか」

かつて［ラズルダズル］として鬼神《きしん》の如《ごと》く戦い、とある事件を機に脱走したアンドロイドの青年は、軽く言ってみせた。

「そのわりには冷静だね。あのどうしようもない化物が無理矢理《むりやり》取り戻しに来たら……？」

「らしくないな、今日は。したところでどうしようもない心配してどうするよ」

「……らしくない、か、そうだね」

かつて［ラズルダズル］によって鎮圧《ちんあつ》された特殊技能者集団《レアタレント》［星追い］の生き残りたるサイボーグの少年は、呟《つぶや》いた。

その脳裏《のうり》に、老人と別れ際に交わした会話が蘇《よみがえ》る。

風巻く〈王者の一撃必殺《ロイヤルストレートフラッシュ》〉の上甲板、

「僕のことを分かってて、捕まえないのか」

警戒もあらわなボギーの問いを、『唯我独尊のウィッシュ《ウィッシュ・ザ・フルスマート》』は笑い飛ばした。

「されまいと思っていることを自分で言うな、滑稽《こっけい》だ。儂《わし》らの任務は撃破のみ、警察の真似事《まねごと》なぞせん。そんなに捕まりたければ勝手《かって》に自首《じしゅ》でもなんでもするがいい」

「……」

言葉に詰まるボギーに向かって、老人は一歩進み、言った。

「だがまあ、世界は、おまえをあえて捕まえはすまい。むしろ、おまえたちが育つのを待っている、と言ってもよかろう」

意味不明なことを言う老人に、ボギーは思わず訊《き》き返した。

「待つ？」

「そうだ」

返事して、また一歩進む。

少年は、声に匂《にお》った笑いに……馬鹿《ばか》にするでも余裕《よゆう》ぶるでもない深い笑いに、恐怖《きょうふ》した。

老人は、さらに一歩進んで、言った。

「人は夢だけで生きていない。世界は、おまえたちが、それを理解するまで、待っている」

「!!」

凄絶《せいぜつ》な怒りが溶岩《ようがん》のように脳天《のうてん》まで駆け上がってゆく、その熱さをボギーは感じた。

「っ馬鹿に――!!」

冷徹《れいてつ》の仮面《かめん》が砕け、少年の今持てる心と力の全《すべ》てが念動力《テレキネシス》となって眼前の老人に激突した。

老人の周囲の装甲《そうこう》は瞬間的な圧搾《あっさく》に砕け散り、周囲に巻く風は破裂した。

が、その中から、平然とした答えが来た。

「馬鹿になどしていないぞ、少年」

老人自身は、完全に無傷《むきず》だった。

彼だけは、全く、なんともない。

そういう、特殊技能者《レアタレント》なのである。

もう一歩、砕けて火を吹く装甲片も構わず踏んで屈《かが》む。恐怖そのもののような『泣き髑髏《どくろ》』を少年の眼前に付け、告げる。

「儂らは、分かっているだけのことさ」

「――ッ」

灼熱《しゃくねつ》の怒りなのか、その反対のものなのか、抑《おさ》えようのない昂《たか》ぶりでボギーは目の前が真っ暗になり――気付けば、老人は連れの女性ともども飛び去っていた。

「……」

回想《かいそう》に沈む相棒《あいぼう》へと、再びアンディが言う。

「それより、頭痛で中途《ちゅうと》退場ってのはなしだぜ？」

ボギーは苦《にが》く自分の未熟《みじゅく》を笑い、快活な相棒に返した。

「……そっちこそ、今度は白いのに出会っても、興奮して僕を撃たないでくれよ」

通信機が入り、操縦席のキットが声をかけた。

《目的地に到達――始まるわよ》

夕暮れ近い空の下、その建築物は山間の陰《かげ》に紛《まぎ》れるように、ひっそりと建っていた。

入る者を警戒させないため、また暗い気分にさせないため、全体は薄いパステルカラーでペイントされている。その全体の造りは小洒落《こじゃれ》た公民館、といったところだった。

施設の名称は、『休眠保障管理局３００２３／環太平洋区域支局』。

特に大きな地階型〈ゾーン〉内に、自前のリアクターまで備えた超巨大福祉施設――権利兌《バーター・》換制《システム》社会への不参加を表明し、死までの夢を見続ける人々を十万人単位で抱え込む、巨大な安楽ベッドの一つだった。

そこで見る夢、偽装経験領域《イミテイブル》の世界には、不自由も果たせないこともない。死ぬまで好きなことだけを続けていられる。それ以外を見ずともよい。他人に迷惑《めいわく》をかけることもなく、ただ生きてゆくことができる。まさに、夢の国だった。

しかし、それゆえにこそ、本物の世界に生きる人々は密《ひそ》かに、あるいは大っぴらに、この場所を忌《い》み嫌っていた。『腐ってゆく死体《ゴー・バッド・マン》』同様、政府がいくら改善を呼びかけても決して変えようとしないあだ名が、つまりは『墓　場《グレイブヤード》』である。

ところでこの施設、『休眠保障管理局3023／環太平洋区域支局』には、まさにその『墓場』として、隠《かく》された特別な顔があった。

世界級重犯罪者の隔離《かくり》収監《しゅうかん》施設……つまり、脱走も反乱も起こしようのない、収監側によって制御された偽装経験領域《イミテイブル》内に犯罪者を閉じ込める、絶対の刑務所だった。

ゴシップは予想外に容易《たやす》く、というよりは、あまりに呆気《あっけ》なく、このトランクイロ一味の根《ね》城《じろ》を突き止めていた。というよりは、一番最初の手がかりとして調査したここそが、まさに彼女の本拠地《ほんきょち》だったのである。

その込んだ手口や圧倒的な技量とは裏腹《うらはら》に、あまりにあっけらかんと彼女が居を構えるそこは、「五色《こしき》の蜘蛛《くも》」の一人、『黒《ブラック》』を収監していた管理局だったのである。

あとは芋蔓式《いもづるしき》だった。

周囲の流通総量から誤魔化《ごまか》された資材を割り出し、施設への搬入記録を洗い直し、局員のものではない外部への発信、不要と思われる度重《たびかさ》なる補修工事から故障の頻発《ひんぱつ》、メンテナンスを名乗る不審《ふしん》な出入り業者の迂回経路《うかいけいろ》まで、どんどん偽装《ぎそう》工作の痕跡《こんせき》が出てきた。

他《ほか》でもない、ここに〈アプラクサス〉と呼ばれるなにかがあることを知ったゴシップは、思わず頭を抱える振りをして、表情を掌《て》の内に隠《かく》した。

今、一人の少女が不死身《ふじみ》の兵隊と立て籠《こ》もっている、その夢の王国に、駆除屋《くじょや》たちが侵攻《しんこう》を開始しようとしている。

僅《わず》かに暗さを地平に現し始めた空に、浮遊艇が数十機、互いに距離を開けながら一定地域の包囲を狭《せば》めてゆく。その様《さま》は、さながら宙《ちゅう》で組み合わさりつつある、神秘的なパズルだった。

《てっきり、話に聞いたガンビークルが出てくるかと思ったけど……不死身の籠城戦《ろうじょうせん》がお好みなのか、それとも逃げたのか……どっちだろうね》

〈チャリオット〉の屋根に愛馬メタルリュウセイゴーとともに間借りしているハンター・ヴァンプが呑気《のんき》な声をかけてきた。

操縦席のキットも頷《うなず》きながら答える。

「うーん。制空戦闘なしの突入は、境界面《ボーダーフェイス》付近の待《ま》ち伏《ぶ》せがありそうで、ちょっと怖《こわ》いね。そうでなくても、あそこには人がたくさん眠ってるんだし……」

キットの心配は、アンディの即答で、すぐ吹き飛ばされた。

《政府は戦闘許可を出してるぜ。このまま放っとけば、眠ってる連中をどんどん〈ゾーン〉のテロリストに作り変えられちまうからな、選択の余地《よち》はないさ》
ボギーが底意地《そこいじ》の悪い（少し不機嫌な気もする）口調で続ける。
《連中としては、『なるべく被害を最小に』って訓辞《くんじ》も出したことだし、あとは僕らの手並みを拝見って腹だろうね。あわよくば例の〈アプラクサス〉とやらも手に入れたい、って欲もかいてるはずだ。〈ゾーン〉収縮をすぐ行わないのは、そういう下心《したごころ》があるからさ》
《俺《おれ》たちで痛めつけといて、あとでそれを決定打に連中へと交渉を迫る腹だな。あー、やだやだ。政府にとっちゃ、駆除屋の誇りも利益獲得《かくとく》の一手かよ》
アンディの不平にヴァンプは涼《すず》しげに答える。
《おいらは政府の代表者じゃないよ。文句《もんく》を言うのは筋違いだね》
《この一撃で決めればいいさ。それが高みの見物《けんぶつ》してる連中の鼻を明かすことになる》
ボギーの鋭い突っ込みに、二人はそれぞれの声で小さく笑った。
キットは彼らのようにドライな心境にはなれない。憂鬱《ゆううつ》に沈んだ声を、つい出していた。
「……やだなあ、なんで、あんな所にいるんだろ」
当人たち以外に答えようもない問いだった。
誰《だれ》も答えは返さなかった。
数分後、浮遊艇の包囲がある程度縮まると、通信が入った。『レイランド』作戦の号令役（独立気風の強い駆除屋《くじよや》では上下の関係が作られにくいので、強い命令権はない）を任された、あの艇長の声である。
《地上職員の退去完了を確認。全機、『レイランド』作戦開始のカウントダウンを同期》
三分から、カウントダウンが始まる。
「行くわよ。ディビジョン・エクスターミネーターA／B、発進」
《《どーぞ》》
キットはコンソールの二連コックを一緒《いっしょ》に倒した。快《こころよ》い駆動《くどう》の感覚とともに〈チャリオット〉コンテナ後部ハッチが開放、アームにつかみ出された〈PSGⅢ2 ブラックゴースト〉A号機とB号機が今、離脱《りだつ》。
《さて》
アンディの声と共に、ドゴン、と操縦席後ろ側の屋根に音がした。
（もう、優《やさ》しく下りろって言ってるのに）
思う間に、今度は軽く音がして、ボギーが訊《き》く。
《キット、〈チャリオット〉は攻撃には参加しないんだっけ？》
「そうよ。機銃と秘密兵器しか積んでないもの」
やはりとっつぁんの弟子である。
ほどなくカウントダウンが、音声付きで始まる。

《ゴ・ヨン・サン・ニ・イチ》
影深まりつつある山地に佇《たたず》むビルを、空中から数十機が包囲を狭《せば》めてゆく……その最後の一瞬、全機が息を合わせて、
《ゼロ》
一斉《いっせい》に砲火を開いた。
砲やミサイル、ロケットランチャー、機関砲まで、ありとあらゆる武器が、瀟洒《しょうしゃ》な建造物を見る間に打ち砕き、焼き払い、叩《たた》き潰《つぶ》してゆく。
《規定火力投入終了、全員攻撃停止せよ》
号令から数発、余計《よけい》な弾《たま》が放たれて、沈黙。
やはり、ファントム側からの反撃は一切《いっさい》なかった。
濛々《もうもう》たる煙が晴れると、管理局の建物はこの世から消え失せていた。ただ、瓦礫《がれき》の山のみが無残《むざん》な姿を山間の風の中に晒《さら》している。ところどころの瓦礫が、広大な地下の空間、〈ゾーン〉へと陥没《かんぼつ》、崩落《ほうらく》を始めていた。
その空間を維持するための機関は普通、地下部に隠《かく》されていて、多少の衝撃《しょうげき》や打撃では破損しないように作られている。もちろん、それを見越しての地上部一掃《いっそう》だった。どうせ中からロックされて、〈ゾーン〉に入るためのゲートは開かないのである。なら、罠《わな》から何から探るよりも、さっさと破壊して進むべきだった。

上空に回った観測班から連絡が入る。
《ゲート破壊、および境界面《ボーダーフェイス》露出を確認》
《よし。突入要員、浮遊艇護衛班はこの場で待機、突入班は戦闘機動準備》
艇長の号令とともに、A／Bの呼吸が伝わってくる。
《つふ——》
《——っ》
「幸運《グッドラック》を」
キットは、祈《いの》らず、すがらず、ただ願う。
《突入せよ！》
管理局を包囲していた浮遊艇から、強化服をまとった駆除屋《くじょや》たちが次々と飛び立った。

例によって〈ジャックポット〉大口径プラズマ火砲も目立つ重突撃装備のアンディは、先頭を切って飛び込むことには執着《しゅうちゃく》していない。しかし、不用意な突入で駆除屋たちを死なせることだけは避けたいと思っていた。〈ブラックゴースト〉の荷重力推進機《プロペラント・プラス》を全速に入れて、空をぶっ飛んでゆく。
最新鋭、その上とっつあんによるフルチューン仕様《しよう》である彼の機速に付いてゆけるのは、同型機を装備したボギーのみである。ちなみに彼の方は、〈ジャックポット〉ではなく愛銃《あいじゅう》の〈ワルツスコア〉突撃銃《アサルトライフル》と〈ブルーチップ〉多弾倉《たださんそう》ミサイルポッドを装備して、閉鎖《へいさ》空間内での身動きに気を払っていた。相棒《あいぼう》の意図《いと》を理解する冷静な少年は、けしかけるように言う。

「先制パンチだ、アンディ。派手《はで》に行こうか」

「よっしゃ！」

全速で飛ばす〈ブラックゴースト〉A号機の視界を、風の層、流れる森、過ぎ行く川、次々と光景が過《よぎ》り、最後に瓦礫《がれき》の山となる。その中に覗《のぞ》く穴と奥底の地肌《じはだ》、天使の輪《ハイロウ》で縁《へり》を輝かす境界面《ボーダーフェイス》が見えた瞬間、

《ご要望どおりにいくぜ!!》

《どーぞ》

相棒の冷静な声を受けて、アンディの二の腕に取り付けられた簡易《かんい》ランチャーが、ボッ、とクルミ大の砲弾を吐き出した。一路、砲弾は瓦礫の中へと落下し、境界面《ボーダーフェイス》で見えなくなる。

と思った瞬間、爆圧《ばくあつ》が轟《ごう》と天地を揺るがした。

境界面《ボーダーフェイス》向こうでの、〈パニッシャー〉気化《きか》燃料炮弾《ほうだん》による大爆発だった。直下からこれを受けた瓦礫は舞い上がり、熱と衝撃波《しょうげきは》が突入要員たちの鼻先を掠《かす》めた。

《いっちばんのり！》

半《なか》ば本気で言って、アンディは降下を始めた。

彼の起こした爆発で、瓦礫《がれき》の大半は粉々に崩《くず》れるか吹き飛ばされるかしており、境界面《ボーダーフェイス》は多人数の突撃のために開いた格好となった。

「なるほど、さすがにやるもんだ」

遅《おく》れていたヴァンプが、ガタガタ揺れるリュウセイゴーの背で感心した。

ディビジョンのA／Bが見せる、相変わらずの手際《てぎわ》よさに驚き呆《あき》れた他の突入要員たちも、負けじとあとに続く。

先頭を飛ぶアンディは、フェイスガードの奥で笑いながら、

(さあ、運試《うんだめ》しといこうか)

天使の輪《ハイロウ》に囲まれた地肌《じはだ》、地階型〈ゾーン〉の境界面《ボーダーフェイス》へと突入した。

一気に光景が開ける。

と同時に銃撃があった。

《おわっと!?》

《なに?》

A／Bが驚いたのは、銃撃を受けたからではない。事前の資料で受け取っていた、管理局の本体である〈ゾーン〉内の施設が、全く様変わりしてしまっていたからだった。

境界面《ボーダーフェイス》を天井《てんじょう》に広がる巨大な球体、そのちょうど半分ががら空きだった。半球の断面が屋上という無駄遣《むだづか》いぶりである。普通は、入ったらすぐ前に建造物が見えるほどに、作った空間

は埋めているものだった（ゆえに、最上部の平面を屋上と呼ぶ）。

その、やたらと広い屋上には、保守管理施設らしい幾つかの構造物と、本来あった物を取り崩したらしい、支柱やブロックの接続部が剝《む》き出しになっていた。

上部構造物の壊滅《かいめつ》を狙《ねら》って放たれたアンディの〈パニッシャー〉も、この広大な半球空間の上部で爆発してしまったらしい。大威力の戦果も、屋上中央のくすぶりと僅《わず》かな衝撃《しょうげき》の傷跡《きずあと》のみに終わっていた。

ボギーは例によって襲って来た『ファントム頭痛』に吐《は》き気《け》を覚えながら、

（そうか、どうりで）

と納得《なっとく》した。

あのガンビークル乗り・ボランテが外で襲いかかってこなかったのは、ここ、、があったからなのである。ここなら〈ゾーン〉内部で、つまり不死身《ふじみ》のままで空中戦を展開できる。

（来る！）

空間殻面《かくめんぞ》沿いに、ロケットランチャーの白い航跡《こうせき》が一斉《いっせい》に湧《わ》き上がった。

《うおわっ⁉》

驚きつつ回避《かいひ》するアンディは、構《かま》わず降下軌道《きどう》に入っている。さすがに目の前の戦闘に目を奪《うば》われる猪武者《いのししむしゃ》ではない。

と、例によって、融合視界《クロスサイト》内に、指向光通信《ビームライン》による新規通信の表示が出た。各種予防措置《そち》を経て、ボギーはそれを開く。
《また会ったわねーボギーちゃーん、なに、お姉さんに会いに来てくれたわけ?》
《まさか。奥の迷子《まいご》を引き取りに来たのさ》
アンディとともに、しかし同じ航跡《こうせき》を引かずにボギーも降下する。
《ひっどーい、私は袖《そで》ってわけ? 慰謝料《いしやりよう》に命置いてけや》
《やなこった》
言い返して、姿勢だけを反転、追ってくる予測軌道《きどう》に向けて、体の前面に貼《は》り付けた〈ブルーチップ〉多弾倉《ただんそう》ミサイルを乱れ撃つ。
《あっははは!》
ガンビークルは、空中よりもさらに無茶苦茶《むちやくちや》な蛇行《だこう》でこれをかわし、距離を詰める。
《んじゃ、お返しのプーレゼン、っ、うわっと!?》
言いかけた彼女の背後から幾つかの銃撃があった。一発はボギーのミサイルに命中して、ボランテの予期しない場所で爆発する。
《ありゃ、一発だけか》
頭上、こちらからは虹色《にじいろ》の湖面に見える巨大な境界面《ボーダーフェイス》から、ようやく突入して来たヴァンプとリュウセイゴーだった。
翼を広げて急旋回《きゆうせんかい》しながら、ボランテが怒鳴《どな》る。

《いやーん、なにすんのよ、もう少しでタッチできたかもしれなかったのにー、ザケんじゃねえぞこのクズ鉄が》
流れるような無茶苦茶《むちゃくちゃ》な言葉にヴァンプは面食《めんく》らったが、慌《あわ》てはしない。
《口の悪いお姉さんだねえ――っ、わおっ》
リュウセイゴーがいななきを上げてロデオのように跳ね上がる。その下をガンビークルの翼から湧《わ》き出た小型ミサイル群が通り抜けた。
《とっと潜《もぐ》るか》
《空中戦はもう懲《こ》り懲《ご》りだよ》
言うA／Bを援護《えんご》する意味で、ヴァンプは言う。
《お、来た来た》
彼らの頭上、境界面《ボーダーフェイス》から、続々と突入要員たちが〈ゾーン〉への進入を果たしていた。
十人単位での突入に、さすがのボランテも舌打ちした。
《ちえっ、もっと回してもらえばよかった》
彼女に遅《おく》れて、全制空戦用強化服《ヴァリアブル・マンファイター》をまとったファントム部隊も上昇を始めている。
双方《そうほう》が絡《から》み合いもつれ合う空戦が始まった。

トランクイロは、やはり同じ場所、風の来る窓枠に座っていた。

白いカーテンが、彼女を流れのうちに混ぜてしまいそうな、そんな風景。

リゾルートは、今の機械体になる前……この部屋がもっと暗かったときのことを思い出して、そんな機能など付加《ふか》されてないにもかかわらず、胸に痛みを覚えた。

(せっかくここまで得られた、明るさだというのに)

「あ、リゾルートさん?」

少女は、部屋の入り口に白い巨体が突っ立っていたことに気が付いて、恥《は》ずかしそうに窓際《まどぎわ》から降りた。

その彼女の前に進んで、リゾルートは言う。

「これより、参ります」

「はい」

穏《おだ》やかな笑顔の返事に、胸の痛みが増す。

ボランテの突きつけた事実が、彼の心を占《し》めていた。

彼女の〈アプラクサス〉は、稼動《かどう》を続けていれば確かに、自分を含むファントム部隊に力を与えてくれる。おそらく、しばらくは戦い続けられるだろう。

が、不死身だけでその身を保つことは難しい。

なにしろ今度は、消えて逃げることができないのだから。

実のところ、他の〈ゾーン〉への出現は、テレポーテーションなど、実際に物を移動させる能力を使っていたわけではない。この本拠地《ほんちょち》にいるファントム本体が物体に及ぼす影響力を、〈アプラクサス〉の作動《さどう》要件を満たした場所に再現していただけなのである。

他にせよここにせよ、〈ゾーン〉に起きる、その作動要件の発生がなければ、〈アプラクサス〉は効力を発揮し得ない。今は、機能を維持するため、作動要件は進行中……すでに得た不死身《ふじみ》の防御力、それで戦うしかなかった。

それに、連戦すれば、この施設自体も甚大《じんだい》な被害を受けるだろう。そもそもここは〈アプラクサス〉の研究所兼実験場であって、敵を迎撃《げいげき》するための軍事施設ではないのである。守るべき場所は、特別な要害《ようがい》の中にあるわけではない。

リゾルートは、それら弱点だらけの自分たちに、耐え難い焦燥《しょうそう》を抱いていた。

（破滅《はめつ》の影は、もう戸口まで来ている）

あとは、どの程度の躊躇《ためら》いを経てここに、彼女の夢の王国、その卵を打ち壊しに入ってくるか、それだけの話だった。

「御身《おんみ》に、逃げるという選択は？」

そう、彼は言わずにはいられなかった。

しかしやはり、少女は穏《おだ》やかな表現で拒否する。

「ここまで作りあげた〈アプラクサス〉を置いて？」

「得られた研究成果で、次なる地に望みを託《たく》すことも、できましょう」

今度は明確に、首を振って困った顔をした。

「無理です。この場所が知られた以上、もう〈アプラクサス〉が、いったいなにを必要とするシステムなのか、見当をつけられているでしょう。次からは建造できる場所に警戒の網《あみ》を張られ、容易《たやす》くその占拠《せんきょ》は行えなくなっているはずです。といって、個人レベルでの『動力』調達には手間《てま》がかかり、リスクも大きすぎます」

リゾルートにとっては全《すべ》て予想通りの、分かりきった答えだった。今の彼女にとっては〈アプラクサス〉が全てであり、それがない場所にはなんの意味もないのである。身一つで逃げるという選択に至っては、最初から考慮《こうりょ》のうちにすらなかった。

少女は、無機質な男の顔を見上げる。

「これより、〈アプラクサス〉は常時稼《か》動《どう》状態となり、複合《ふくごう》モジュール内のモザイクパターン完全符号《ふごう》を、あのデータの再現を、目指します」

それは、彼女の最終目的……そうそう成ろうはずもない、もっとじっくり取り組むはずだった目的。

「私の破滅へのカウントダウンとなるか、成功への歩みとなるか……正直、分《ぶ》の悪い勝負ですが、今となっては、信じて進むしかありません。私は、無敵《むてき》のファントム部隊とともにここに立て籠《こ》もり、最後まで望みを果たすために大量虐殺《ぎゃくさつ》を続けるでしょう」

少女は『死体』を始末《しまつ》するという言い訳《いわけ》をしない。

全《すべ》て分かって、やっていた。

「……しかし」

そう簡単に、あの完全符号《ふごう》が得られるようなら、彼女もここまで苦労しない。『非人道的な人類の一大研究』が、こんな土壇場《どたんば》で完成するなど、不可能としか思えなかった。

少女はそれも、分かっていた。

「リゾルートさん、あなたこそ、もういいのですよ？」

「トランクイロ殿《どの》」

少女の顔には自嘲《じちょう》が……全く似合《にあ》っていない自嘲があった。

「全てを得るために切り捨てようとした父に見破られて……破滅《はめつ》するなんて、可笑《おか》しい。これは、無道《むどう》な行いの報《むく》いを受ける私にこそ相応《ふさわ》しい最期《さいご》です。あなたまで巻き込まれることはありません」

「トランクイロ殿」

少女はなおも続ける。

「あなたは折角《せっかく》ここから出ることができたのですから、ボランテさんと一緒《いっしょ》に脱出してください。私の姿勢制御プログラムとポンポーソの機体、それにあなたの力があれば、誰《だれ》にも負けません。お二人、結構お似合いのコン――」

「トランクイロ殿！」

ズン、とリゾルートは少女の前に跪《ひざまず》いた。

「あ、な、どうしたんです、顔を上げて……」

「どうか、そのようなことを言うのはおやめください。我が命は、トランクイロ殿に拾われ、以上に救われたのです。死への緩慢《かんまん》な眠りのうちにあった私に、再び為《な》すべきことを指し示して下さったのは、御身《おんみ》なのです」

「そんな、泣いてた私を慰《なぐさ》めてくれたのは、リゾルートさんの方です……」

少女の声を首を振って断ち切り、男は自分の言葉を続ける。

「でありながら、私はいつしか再び戦いに耽《ふけ》り、敵とのやり取りに溺《おぼ》れるほどに、堕落《だらく》していた。恥《は》ずかしい、たまらなく恥ずかしい……その結果、全てに疲《つか》れ倦《う》み、ここに放り込まれたというのに」

「リゾルートさん」

「今こそ私は初心《しょしん》に戻りましょう。私は、御身を助けるため再びこの世に蘇《よみがえ》ったのだと肝《きも》に銘《めい》じましょう。私の為すべきこととは御身が幸福の時を得ることだと。どうか、最後までお供《とも》することを、お許しください」

「……」

少女は膝《ひざ》をついてようやく自分と目線を合わせられる男に手を伸ばした。その純白の髪《かみ》を優《やさ》しく撫《な》でつけて、言う。
「ありがとう。私も、報《むく》いを受けるときまで、やれるところまで、やります」
この、人に終《つい》を与える施設独特の、閉塞感《へいそくかん》を感じさせない白く清潔感溢《あふ》れる広い通路は、二機の〈ブラックゴースト〉全制空戦用強化服《ヴァリアブル・マンファイター》と、翼を畳《たた》んだガンビークル一機を通すほどに広かった。
まさか通路の中を追ってくるとは思わなかった鋼鉄《こうてつ》の鳥に向けて、アンディは文句《もんく》を言う。
《しつっこいな、このトンビは》
《トンビじゃないわ、〈ワイルドギース〉ってステキーな名前があるのよ。勝手《かって》にあだな付けてんじゃねえよタコ》
《……》
《相手にしちゃ駄目《だめ》だ、アンディ》
《あーん、冷たいのね、ボギーちゃん、んじゃ熱く燃やしてやらあ!》
両翼から一つずつ、二又《ふたまた》の誘導叉《ゆうどうさ》が突き出して熱線を放射した。
この熱く空気を爆《は》ぜさせる熱量放射に、A/Bは上下に慌《あわ》てて避《よ》ける。
(ここなら!)

下に入ったボギーは、空中戦では使えなかった念動力《テレキネシス》を、ここぞと飛ばしてガンビークルの機動を妨《さまた》げる。
《アンディ！》
《はいさぁ！》
一瞬、動きの鈍《にぶ》ったガンビークルに向けて、〈ジャックポット〉大口径プラズマ火砲が吼《ほ》える。
《キャ――――ッ!!》
輝く光がその胴《どう》を見事にぶち抜――けなかった。
彼女はその寸前に自分を押し止める力を大推力で振り切り、二人の前方へと抜けていたのである。
《あれを振り切った⁉》
《小型・単座のガンビークルのくせに、どういう機関出力してんだ》
驚くボギーと呆《あき》れるアンディに、ボランテは得意《とくい》げな声を投げて前方を行く。
《ニヒヤヒヤヒヤヒヤ！　ここが私に不利だって思った？　それが分かってて追ってきたりする馬鹿《ばか》だと思った？　舐《な》めてんじゃねえぞコラ》
その航跡《こうせき》には、指向性機雷《しこうせいきらい》が撒《ま》かれていた。
《う⁉》
《くっ!!》

機雷《きらい》は慣性で方向を計り、後方・追撃者《ついげきしや》のみに向けて、広い通路に爆火《ばつか》を迸《ほとばし》らせた。

互いに入り乱れ、銃火を交し合う空中戦を潜《く》り抜け、幾手かに別れて通路に入った駆除屋《くじよや》たちの一グループ、

「へへ。ようヴァンプ、やっぱりバリケードが張ってあるぜ」

ヴァンプたちもファントム部隊との本格的な交戦に入っていた。

「おやま」

言う彼らの先、通路の角を弾丸が削《けず》って跳ねる。

ファントムたちは、救出作戦のときには持っていなかった銃を持っていた。どういう理由かは分からないが、今はそんな詮索《せんさく》のときではない（これは、他〈ゾーン〉における〈アプラクサス〉の影響力再現が、体を離れると失われるためだった）。

ヴァンプは、開始直前に渡されたディビジョンの作戦計画書の一項、この施設の全体マップを立ち上げる。

様変わりして見えたのは、上部にあった追加収容用の余剰管理棟《よじようかんりとう》を解体したからであるらしい。下半分の中は、幸いなことに変わってはいなかった。そのマップ下層に、、、、とある目的向けに改築しやすいポイントが数箇所、示してある（おそらく、当たりをつけたのはあそこのとっ

つぁんだろうな、とヴァンプは思う)。

そこに向かう最短距離の通路に、予想通りのバリケード。

(おっそろしい……やっぱ敵に回したくないなあ、ディビジョン商会は)

政府の密偵《みってい》として思いつつ、周囲に指示を出す。

「よし、準備してくれ。前衛五人が第一波で牽制《けんせい》。第二波で残りは突撃。相手はヘボだ、無理な強攻はせず、安全確実にいこう」

分かれて入った駆除屋たちは、ファントムとの接触経験の多さで指示者(命令者ではない)の優先順位を決めていた。最優先は無論《むろん》、先の救出作戦への参加者である。

(神様仏様ディビジョン様……読みが当たっていますように――)

「――前衛、かかれ!」

ヴァンプの号令とともに、バリケードへの攻撃が始まった。


再び〈王者の一撃必殺《ロイヤルストレートフラッシュ》〉の操縦室に様変わりした社長室は、二人の来客を迎えていた。

「これが、儂《わし》への見返りか……なんとも物足りんな」

その一人、最初に現れたときと同じ、サングラスに立《た》て襟《えり》コート姿のウィッシュが、不満も露《あらわ》に言い放った。床面《ゆかめん》に映る休眠保障管理局の戦局図を興薄《きょう》げに眺める。

「話が大きくなるとは言っていたが、まさか公的な意味とはな。つまらん話だ」

社長席で指を組むディビジョンが、愉快げに答える。

「さすがの『唯我独尊《フルスマート》』も、嘘《うそ》は下手《へた》とみえるね」

ウィッシュの後ろに立つ、こちらは略式軍装のクエルが、不愉快《ふゆかい》げな顔を作った。彼女は、違法行為と開き直りと無駄《むだ》な派手《はで》さの塊《かたまり》のようなこの集団が大嫌いなのである。

彼女に配慮《はいりょ》して、というわけでもないが、とっつぁんとゴシップは自分の担当するコンソールにのみ目を落として、会話に加わる気配を見せない。聞き耳は立てているが。

その彼女の傍《かたわ》らに、唯一《ゆいいつ》会話に加わる資格を持つ社長付き秘書・エリーが立ち、お茶を載《の》せた盆《ぼん》を差し出す。

「どうぞ」

「……閣下《かっか》」

彼女はそれが当然のことと、ウィッシュにまず声をかけた。

「ん？　ああ」

ウィッシュは気づくや、湯飲みを引っ掴《つか》み熱々《あつあつ》のお茶を一気に飲み干してすぐ盆に返す。

「熱い！」

これは文句《もんく》ではなく感想である。

「クエルさんも」

エリーは老人の態度を気にするでもなく、笑顔で勧《すす》める。

クエルは無言で湯飲みを取り、そのまま胸の前で抱える。熱いお茶は嫌いなのか、お茶そのものが嫌いなのか、それとも温かい感触《かんしょく》を楽しんでいるのか、顔にも言葉にも表さない。

（飲んだらまた受け取りにきましょう）

とエリーは思い、盆を社長室から繋《つな》がる給湯室へと置きに戻る。

「で、なにが嘘だ？」

ウィッシュは話を戻す。

ディビジョンは胡散臭《うさんくさ》く微笑し、

「私から頼まれた政府へのねじ込みに際して、君はそれを自分の発案ということにしてはいなかったかな？」

クエルがそれに、湯飲みを強く握るという形で、僅《わず》かに反応した。その件についての交渉はウィッシュが、諸手続きは彼女が行ったのである。

図星《ずぼし》を確認して、ディビジョンは続ける。

「君がねじ込んだ案は、アンディ君の奪還《だっかん》を一旦《いったん》は見合わせるほどには価値があったわけだ。おそらくは、この〈アプラクサス〉事件に［ラズルダズル］は出撃せずともよい、という意見書だと思うんだが、どうかな？　皆殺し部隊として名高い部隊の本当の力『脅《おど》しの威力《いりょく》』を保つための、君の苦労には心から同情するよ」

「ふん、儂《わし》らは便利屋でも万能でもないからな」

老旅団長は、会話の流れだけでディビジョンの推測を肯定《こうてい》した。

「あれば使いたがる連中、世評から使いたがらない連中、儂らはそのどちらからも等しく距離を置く必要がある。自分たちが主導権を握る機会も状況も多く作らねばならん。稀な一撃が断固たる必殺であることが重要だ」

「それは同感だ。君たちに簡単に出てこられたら、我々のような本物の便利屋は商売上がったりだからね」

「貴様《きさま》らに関しては、その心配がないほどに繁盛《はんじょう》していると聞いたが」

「そんな順風満帆《じゅんぷうまんぱん》な我々から、どうして貴重《きちょう》な人材を取り上げようとしているのやら」

冗談《じょうだん》にかこつけて、ディビジョンは探りを入れた。

もちろんそれに気づいて、ウィッシュも簡単に答える。

「儂も歳《とし》だからな。安心して後事を任せられる人材は、一人でも多く欲しいのさ」

クエルは黙って湯飲みで掌《てのひら》を温めるのみ。

ディビジョンは口元に手をやって、示された言葉の意味を考えた。

「ふうむ……アンディ君も見込まれたものだ。こんな小さな作戦で失われるわけにはいかない人材なわけだ」

「上手《うま》く行くのだろうな?」

「推論が当たっていればね」

老人の念押しに、社長は軽く答えた。

まさしく墓場《グレイブヤード》と呼ぶに相応《ふさわ》しいそこは、トランクイロ一味のメカニックを担当する老人・ポンポーソの管理する格納庫だった。

棺《ひつぎ》のような鋼鉄《こうてつ》の収納カプセルと、そこから覗《のぞ》く整備待ちの強化服がずらりと並んでいる。薄暗い照明下に佇《たたず》むガスマスク面《づら》が、なんとも不気味な雰囲気をかもし出している。

居並ぶ各種工作機械の中でも、特に最新式の自動整備装置が酷使《こくし》されているらしい。周囲に比べて床《ゆか》は磨耗《まもう》し、壁面の染《し》みや油汚れなども一朝一夕のものではない。多くのファントムが残した足跡のようなものだった。

今、その脇《わき》に一人、汚れた作業服とゴツい安全靴、照明・センサー付きのヘルメットなど、現場監督のような格好をした老人・ポンポーソが座っている。

彼の前にある巨大なスクリーンには、ちょうど同時刻にディビジョンが見ていたものと同じ……ただし敵味方の観点を逆にした戦況図が映し出されていた。

（なるほど）

顔の上半分を隠《すく》す、横一線の覗き窓を入れた大きなゴーグルの奥から視線を凝《こ》らし、下半分を隠《かく》す、むさくるしい髭面《ひげづら》の奥に笑いを浮かべる。
《こんなのありかよ!?》
《きったねえ、向こうの命中率だけ高すぎだぜ》
《それより、あんな装備、初めてじゃん》
《あーあ、ここでゲームオーバーかあ。バランス悪すぎー》
《ライフ無限ってやっぱエラー臭《くさ》かったんだよな》
《このステージ、やっぱバグじゃね?》
《ミッション指示も大まか過ぎるんだって》
《あれ、接続切れねえぞ》
《おーい……管理人にもつながらないな》
不死身《ふじみ》にはなっても、その無能は治りようもない、ファントムの中身たちの会話が、スピーカーから漏《も》れる。
彼らは、この現実に起こっている戦いを、偽装経験領域《イミテイブル》で行われているゲームの一ステージとしか思っていない。死の瞬間も、おそらくは次の目覚《めざ》めを当然の前提として迎えることだろう。もちろん、そんなものはない。彼らの脳は、知らないうちにこっちに、現実に放り込まれているのだから。
(まあ、知ったことではないけれど)

誰《だれ》も彼も、射撃の腕と武器の扱いにだけはそれなりの腕を持っているものの、部隊としての行動や理性的な対処などは望むべくもない。訓練不要で使い捨ても可能な兵隊としての有用性こそあったが、それ以上それ以外のものは、全くと言っていいほどに、ない。

リゾルートの心配したとおり、各所でファントム部隊は押されていた。

不死身。それこそが、まさに当てにしていたアドバンテージだったのだが、

（こんな手を打ってくるとはね）

ポンポーソは苦笑して画面を見つめる。

施設の性格上、ここには通行を封鎖《ふうさ》するための質量充填剤《じゅうてんざい》は、、、、、最深部リアクター区画にしかない。そこに辿《たど》り着かれてしまうとまずい。あの質量充填剤を既に満たした区画は、まさに『飼い猫』を囲う外延部《がいえんぶ》に他《ほか》ならないのだから。通路は、不死身の壁で塞《ふさ》ぐしかなかった。そうであれば十分だと思っていた。なのに。

（さすがと言っておくべきかな、駆除屋《くじょや》さんたち……戦いは弾《たま》を当てるだけでも、相手を殺すだけでもないってわけだ）

その感嘆《かんたん》を、ヘルメットにポンと手を置くことで表して、ポンポーソはスクリーンをもう一度仰《あお》ぎ見た。駆除屋たちの侵攻《しんこう》は、どんどん下に向かっている。一見、ただがむしゃらに突き進んでいるように見えるが……

（まさか、な……いや、慎重《しんちょう》には慎重を重ねるべきだ、、、僕らは）

彼は立ち上がり、準備を始めるべくコンソールに歩いてゆく。

鼻歌を、歌っていた。

短く切《せつ》ないフレーズの鼻歌を、繰り返し。


リゾルートはほとんど呆然《ぼうぜん》として、この雪崩《なだ》れ落ちるような戦況を眺めていた。

不死身《ふじみ》のファントムたちが、どんどん固められてゆく。

駆除屋《くじょや》たちは、持てる特殊装備の中から掻《か》き集めた、機材補修や機密保持のための速乾性粘《そっかんせいねん》着弾《ちゃくだん》を、対ファントム用の武器として使っていたのである。

画面の中で、被弾《ひだん》したファントムたちに黄色い液体のようなものが振り撒《ま》かれる。それはいきなり洒に湧く泡《あわ》のように体積を増して、膨《ふく》らんだ形で固まる。はみ出した手足が情けなくジタバタと動いていた。他《ほか》にもバリケードと一体化したり壁に磔《はりつけ》になったりと、ファントムたちは不死身の意味が全くない、無力化の状態に追い込まれてゆく。

今までのように薄れて消えることもできない、間違いなくここにいる彼らに、逃げることはできなかった。

（腕前では端《はな》から勝負になどならん……だからこその不死身だったというのに）

リゾルートは暗澹《あんたん》たる気持ちが湧いてくるのを抑《おさ》えられなかった。

トランクイロは、ファントム部隊を当然のように無敵《むてき》と称したが、実際には不死身なだけである。不死身は無敵と、全くイコールではない。

（もはや、これまでか……否《いな》！）

諦《あきら》めかけ、しかし気を強く持ち直す。

（まだ、私とボランテがいる……〈アプラクサス〉が健在なら、我々は負けない）

画面の一つに映る映像を、見る。

（この、奴《やつ》らの中核を潰《つぶ》し、危険区域から侵入者を排除し……せめて、トランクイロ殿《どの》が実験を完遂《かんすい》させるまでの時間を稼《かせ》がねば……この七十万人全《すべ》てを飲み込んで、子供《アブラクサス》が目指す全能神の成否《せいひ》を確かめるまでは、せめて……!!）

倒さねばならない二人を、リゾルートは改めて見た。

結局は単純な、そこに落ち着いたことに、奇妙な満足感があった。

駆除屋たちはどんどん奥に進んでいるが、この二人が目指す〈アプラクサス〉の中枢《ちゆうすう》は、今リゾルートがいるこの部屋の背後にあった。ひたすら神を目指す少女とともに。

奥に潜《もぐ》る駆除屋たちがリアクターを止めたところで、戦局自体には何の影響もない。〈アプラクサス〉の予備電源は何重にも念《ねん》を入れて作ってある。内部の敵を一掃《いっそう》する間くらいは優《ゆう》に持つ。その無駄足《むだあし》を踏んで時間を潰してくれている方が、彼としては二人との戦闘を邪魔《じやま》されずに済《す》むということで、むしろありがたくさえあった。

彼は、努《つと》めて楽観的に胸算用《むなざんよう》をする。

(まず、この二人を潰《つぶ》す——次にリアクターに群がっている蟻《アリ》どもを潰し——然《しか》る後《のち》、七十万人の中に、完成形である複合《ふくごう》モジュール内のモザイクパターン完全符号《ふごう》を得る——この実験の成功と成果を、彼女自身の〈アプラクサス〉による安寧《あんねい》を条件に、政府と取引きをする——これだ)

綱渡《つなわた》りと言うよりは、蜘蛛《くも》の糸に巨体を乗せるほどにも危なっかしい未来への展望だったが、トランクイロの心穏《おだ》やかな日々を実現する道は、もはやこれより他《ほか》になかった。

彼は最後の力を得るために、背後の扉《とびら》を振り返った。

無味乾燥《むみかんそう》な、白い大扉……少女が『腐ってゆく死体《ゴー・バッド・マン》』を殺し続け、その中から生まれ出《い》る神をつかもうと閉じこもっている扉。

(今こそ、御身《おんみ》のために)


その扉の中では、大量虐殺《ぎゃくさつ》が行われていた。

トランクイロという少女が『夢を実現させる』……本当に、言葉どおりにそうするための、どんな望みでも叶《かな》う、神の力を得るための、大量虐殺が。

彼女の目指す装置の完成、その現実の作業は、あまりに凄惨《せいさん》だった。

要生存剤休眠《メンテ・メド》プラントの定期整備区画を利用して作られたパーツ・ラインに、次々に流れてくるカプセル、その中に眠る人々を、とある一つのモザイクパターン——特定作業に適性を生み、ときには出力端子を通して外部への干渉《かんしょう》も行うという、才能の源泉たる脳の電気経路《けいろ》——に合致《がっち》させるという、作業である。

数百人の脳から符合《ふごう》する部分を検知《けんち》し、符号者をカプセルごとモザイクパターンを同期作動《さどう》させるための装置・仮装《かそう》モジュールに組み込むことで、とある一人の特殊技能者《レアタレント》の力を再現する、脳の複合作動実験装置。

これが、トランクイロの夢見る神〈アプラクサス〉の正体《しょうたい》だった。

ラインを流れる人々は、その符号の度合《どあ》いによってランク分けされ、度合いの低い者から順番に、仮稼動《かりかどう》における『動力』となる。

その特殊技能者《レアタレント》のモザイクパターン・データを外的作用で無理矢理《むりやり》に繋《つな》げられた人間は、その瞬間的な過負荷《かふか》とともに本来の機能を破壊され、死ぬ。装置の最低限の稼動にさえ、一時間に数十人が、その死が必要だった。

トランクイロが探しているのは、せめて数百人で装置を稼動させられる、それでも奇跡《きせき》のような『完全符号』の発見だった。符号レベルが高ければ高いほど、脳の破壊は最小限で済《す》み、稼働時間も長くなるという理屈《りくつ》だった。

彼女がファントムに与えた不死身《ふじみ》の力は、そのモザイクパターン再現の過程で得られた副産物のほんの一つ、『自己保持能力』である。また今、ボランテやリゾルートに使われているものも、その一つ。再現できる範囲が広がれば、装置はその分だけ神に近づける。

その証《あかし》のように、数ヶ月前には、その自己保持能力から派生《はせい》する形で、『他の〈ゾーン〉への物理干渉《かんしょう》と任意物体の再現』という、驚くべきモザイクパターンが発見されていた。

トランクイロは狂喜《きょうき》した。

この力の研究が進み、発生メカニズムの解明、あるいは活用モザイクパターンの特定ができれば、〈ゾーン〉内、しかもとある条件が必須《ひっす》という〈アプラクサス〉の不安定な稼動《かどう》要件を改善・克服できるかもしれなかったからである。実験のことを他者に知られるという危険を冒《おか》してまで、彼女が他所《よそ》にファントムを送り込み続けていたのは、つまりは〈ゾーン〉という卵の殻《から》から出るという目的のためなのだった。

もっとも彼女は、この実験をそれほど危険なものとは思っていなかった。なんといっても、ファントムは不死身《ふじみ》なのである。なんの害を与えられようはずもない。ゆえに自分たちは大丈夫。そう、世間知らずな少女は思い込んでいたのだった。

結果、現在の状況がある。

事ここに至ってしまった以上、彼女が目指すものは完全再現のみだった。

それさえ果たすことができれば、これまでの実験で得たものなど比べ物にならない、圧倒的な力が手に入るはずだった。偽装経験領域《イミテイブル》ではなく、〈ゾーン〉の中でもない、外の『本物の世界』で、望むもの全《すべ》てを手に入れることが、できるはずだった。

少女と〈アプラクサス〉は今、片方でこれまでに蓄《たくわ》えた、やや高ランクのパターン所有者たちを『動力』として配下に力を与え、もう片方で夢見る悪魔《あくま》による実験の生贄《いけにえ》となる高レベル適合者を探し、殺し続けていた。

生贄が七十万人で足りるかどうかは、まさに神のみぞ知る。


三つの鋼鉄《こうてつ》の影が、白く照り輝く病院めいた墓地《グレイブヤード》の廊下を、猛スピードで絡《から》み合いながら飛んでゆく。

通路は幾分か細くなっていたが、それでもボランテが飛び回るにはまだ余裕《よゆう》があるらしい。

普通のガンビークル乗りでは考えられないような、まさに卓越《たくえつ》した操縦技術だった。

《このやろ！》

アンディが姿勢を乱すのを覚悟《かくご》で連射する〈ドゥー・イン〉特装《とくそう》機関砲の連射を、その弾着の火花と破片を後に引きながらスイスイかわす。そのまま天井《てんじょう》へ。

《こっちか！》

ボギーがそれを〈ワルツスコア〉突撃銃《アサルトライフル》で連射して追う。

《そんな豆鉄砲《まめてっぽう》じゃ無理無理ー、せめて》

ボン、と翼からまた武装が切り離されて落ちた。
《こんくらいデカくないとね》
ボギーが頭の激痛を押して叫ぶ。
《集束爆弾《クラスター》だ！》
言って、自分は天井《てんじょう》を向いて体前面の〈ブルーチップ〉多弾倉《ただんそう》ミサイルを次々と発射する。同時に念動力《テレキネシス》で自分の体をアンディに高速でぶつけ、床面《ゆかめん》に向けて距離を取る。〈ブルーチップ〉が集束爆弾《クラスター》と交差《こうさ》する、その瞬間に撃発させる。
天井と床面、双方《そうほう》の中間で誘爆《ゆうばく》が起こり、集束爆弾《クラスター》から本来ばら撒《ま》かれるはずだった子弾が無秩序に廊下全体へと飛び散った。周囲の照明や窓、床や壁を次々と爆砕《ばくさい》する。
膨《ふく》れ上がり廊下を埋める炎を潜《くぐ》り真っ先に飛び出したのは、やはりボランテのガンビークルだった。
《もーう、逃げられないように放ったってのに、その前に爆発させるなんてひどーい。ソーローどもが》
それを追って、床面近くを這《は》うように二機の〈ブラックゴースト〉が飛び出した。下品《げひん》な罵《ののし》りには答えず、二人の間だけで通信する。
《くそ、好《す》き勝手《かって》ばら撒きやがって……にしても、どういう機動だ？　あの高速で、ときどき翼まで広げやがるくせに、接触一つしやがらねえ》

《走査《そうさ》、してたけど……妙な力場《りきば》を機体周辺に、張ってるみたい、だ……熱量突撃機《エネルギーチャージャー》の機能を、変則的に使って、る……くそっ》
《ボギー》
《大丈夫》
ボギーは短く答えた。その頭痛は、ますます酷《ひど》くなっている。戦闘機動を誤らない、以前に引き返さないのはほとんど執念《しゅうねん》だった。彼はこの戦闘のうちに、もはや確信している。
（この頭痛の理由は、絶対に〈アプラクサス〉とやらに、ある）
二人の融合視界《クロスサイト》に、もうすぐ廊下が途切《とぎ》れる、との表示が出る。今までの管理保存区画から抜けて、要生存剤休眠《メンテ・メド》プラントの定期整備区画に入る。
とっつぁんの見立てでは、
「こんな、人間という最も厄介《やっかい》な被管理物を八十万も呑《の》み込んだ場所に本拠《ほんきょ》を構《かま》えている以上、目的がコレであるのは明白じゃ。連中の兵士として使うだけなら、こんな手間《てま》は取らん。絶対に〈アプラクサス〉とやらは人間と関係がある。奴《やつ》らの本拠はむしろ最深部ではなく、その管理区画にあるに違いない」
とのことで、他の面々《めんめん》も同意した。
現に今、施設全域に侵攻《しんこう》している駆除屋《くじょや》たちを放って、ボランテというトランクイロの片腕が襲いかかってきている。あとはもう一人——

《出るぞ！》
《右だ！》
Ａ／Ｂは開けた場所を、床面《ゆかめん》ギリギリに滑《すべ》ってゆく。その航跡《こうせき》をなぞって、ボランテの発砲した機関砲弾が床を、赤レンガ敷きの床面を粉々に吹き飛ばし、えぐっていく。
《くっそ、もう目の前——》
言いかけて、アンディは黙った。
二人が出た場所は、この〈ゾーン〉内構造物の大きな区分けである、管理保存区画と、その隣にある定期整備区画との、ちょうど間にある広場、とでもいうような場所だった。本来はこの職員たちが、憂鬱《ゆううつ》な生きる死体の管理から逃れて休息するために作られた公園であるらしかった。
外の建物が破壊されたため陽光採取装置は暗く沈黙しているが、緑の芝生《しばふ》とそれを囲む赤レンガの道、野球場のネットやサッカーグラウンドなどが並んでいる様《さま》は、背後の真っ白な壁さえなければ外のそれとなんら変わりがなかった。
そして、アンディが黙った理由が、その全《すべ》てを拒《こば》む意志のような白い壁の前、定期整備区画のゲート前に、立っていた。
《リゾルート》
アンディは思わず名を呼んだ。

すぐ、答えが返ってくる。
《ここは通さん》
《今度は、逃げないんだろうな？》
《逃げない。絶対に》
白髪《はくはつ》の中、牙《きば》がちりと鳴って声を紡《つむ》ぎ出す。
《勝負だ、ディビジョン・エクスターミネーターA／B》
両区画の間を狭《せま》い空として飛んでいたボランテが、ふふん、と笑って言った。
《あらー、リゾルートちゃん、もう出てきちゃったの？　私だけで、もう少し楽しみたかったなー……》
《行くぞ。早々に片付けて――》
アンディは口上《こうじょう》の完成など待たなかった。〈ジャックポット〉の全力砲撃を加えていた。
と、気付けば、
、、、、、、、、、、
撃ったアンディに向けて〈ジャックポット〉のプラズマ火弾《かだん》が飛んできている。
彼の頭、〈ブラックゴースト〉の脳天《のうてん》が、白い鉤爪《かぎづめ》によって摑《つか》み上げられていた。
引っ張られたりした感触《かんしょく》はない。センサーに反応もない。ただ、いつの間にかアンディは射撃地点から射撃対象であるリゾルートの手の中に一瞬で移動していた。
（テレポート!?）

に似ていたが、違った。瞬間移動《テレポート》したのは、使った能力者自身ではない。能力者が、狙《ねら》った対象を自分の手元に移動させたのである。

《うわおっ!?》

まさに奇跡《きせき》のような反射でアンディはスラスターを噴射《ふんしゃ》して、自分をいつの間にか摑《つか》んでいた手首を支点に、宙《ちゅう》へ半回転しながら飛んだ。同時にリゾルートも手を放し、迫るプラズマ火《か》弾《だん》をかわした。その動作《どうさ》の隙《すき》、緩《ゆる》んだ握力を振り切って、アンディは宙に飛んだ。

《あ、アブね、えおいっ!?》

また一瞬で、頭を白い鉤爪《かぎづめ》で摑まれている。

リゾルートは、特殊能力者《レアタレント》だった。

(これが『引き寄せ《アポート》』か!!)

頭を摑まれながら戦慄《せんりつ》するアンディの眼前に、もう一つの鉤爪による手刀《しゅとう》が、顔面をぶち抜こうと突きこまれてきた。

《っ!!》

もはや叫ぶ暇《ひま》もない。思わず足でその手刀を受け止める。生身の足が入っている場所に僅《わず》か届かない爪先を、その白い手刀は容易《たやす》く引き裂き、貫《つらぬ》いた。

(ボギーのフォローがないのはなぜだあのガンビークルか)

また距離を取るためにに飛び下がろうとするアンディは、自分の背後に不思議な色合いの、広大な半透明の幕が広がっているのに気付いた。全センサーがそこで断絶《だんぜつ》されている。それだけではない。ボギーがその向こうから撃っていた弾《たま》が、中を高速で巡っていた。

その眺めに、経験則と直感が閃《ひらめ》く。

(位相空間防壁《フェイズ・ウォール》!)

位相空間防壁《フェイズ・ウォール》とは、時空局率《じくうきょくりつ》を極微《きょくび》のサイズで高めることで生み出される空間歪曲壁《わいきょくへき》である。この同軸対流《メビウス・ループ》とも呼ばれる壁は、その同質存在である重力波以外のあらゆる伝導《でんどう》を遮断《しゃだん》してしまう性質を持つ。ただし、その遮断は壁の厚さ以下のものに限られる。

つまりそれは、壁の厚さより大きなもの(壁の内外に同時存在できるものであればよい)ならなんでも通すということになる。なる、のだが。

(なんだ、この壁の大きさと、厚さは)

まるで舞台のカーテンのように大きく、奥行きも一メートルはありそうだった。

位相空間防壁《フェイズ・ウォール》は最先端の技術だが、同軸対流《メビウス・ループ》を起こすためには膨大《ぼうだい》なエネルギーが必要である。実はヴァンプもこの機能を持っているが、彼が起こせるのはせいぜい彼とメタルリュウセイゴー、そこに数人入るか入らないか程度の球体でしかなかった。その厚さも薄紙程度のもので、あくまで電子戦に対応するための装備だった。

が、今、目の前に広がっているものはなんなのか。

大きすぎ、厚すぎる。この膨大な体積に同軸対流《メビウス・ループ》を起こすには、それこそ重航宙艦《じゅうこうちゅうかん》クラスのエネルギーが必要なはずだった。

　リゾルートは、それをどうやってか展開させた。

　さっきの力と組み合わせて、ようやくアンディはあの救出作戦時における彼のおかしな機動について得心《とくしん》した。遠距離からの攻撃を位相空間防壁《フェイズ・ウォール》で防ぎ、近距離では引き寄せ《アポート》と限定空間戦技能を使う。これがリゾルート本来の戦闘手法なのだった。

「なるほど、こりゃたしかに、穴がない」

　背後の、見えないようで見える不思議な壁が消えると、ボギーの撃った弾丸が同軸対流《メビウス・ループ》から解放され、明後日《あさって》の方向へと逸《そ》れる。

　リゾルートが音声で言った。

「我が引き寄せ《アポート》からの攻撃を、二度かわしたのは貴様《きさま》が初めてだ」

「種《たね》も仕掛《しか》けもあるズルさ。収監《しゅうかん》記録に『アブダクター』の名があったからな」

「なるほど」

　それは、世にある中でも最も恐れられた能力、引き寄せ《アポート》を使い、数々の暗殺を成《な》し遂《と》げた特《レ》殊技能者《アタレント》の名だった。相手が気付く前にこちらが認識すれば、その暗殺は完璧《かんぺき》に成功する。情《A》報部《IB》と警察機構が、長年の捜査《そうさ》と犠牲《ぎせい》の上にようやく逮捕《たいほ》した大犯罪者……それがリゾルートの前身だった。

「その暗殺者様が、なにをどうしたか、今や女の子を守るナイト様ってわけだ」

「……あの子を」

再び位相空間防壁《フェイズ・ウォール》が展開、話の途中で撃ち放たれたボギーのミサイルがその中に彷徨《さまよ》う。これだけの厚みがあれば、どんな武器でも貫通はまず不可能だった。

「再びあの暗闇《くらやみ》に閉じ込めることは、誰《だれ》であろうと、許さん」

「なんだかよく分からんが、そのためには万単位で殺すのも構《かま》わんってわけだ」

「元より善悪を問える身ではない。ゆえに、あの子の夢を守る、それのみを貫《つらぬ》く」

「なるほど、ファントムだらけの悪趣味な夢をか——！」

アンディが言う間に、また引き寄せ《アポート》が行われて眼前に白い巨体が。今度は掴《つか》まずに最初から手刀《しゅとう》が飛んでくる。

リゾルートが武器を持たないのは、引き寄せた至近ではかえって邪魔《じゃま》になるからだった。アンディはその手刀を、すでに足先に一度、食《く》らっている。二度もらう気はなかった。

「っおわっ⁉」

片手を避《よ》けると、もう片方の手が、彼の腹から伸びていた〈ジャックポット〉の砲身を捕まえている。

(やばっ⁉)

砲身の切り離しと回避《かいひ》が間に合わない。

「ぬうっ！」

と急に、リゾルートの方から離れた。

そのあとを突撃銃《アサルトライフル》の弾丸が火花を散らして跳ねる。

ボギーが、張られた位相空間防壁《フェイズ・ウォール》を自分の体で突破してから、銃撃を加えたのだった。

「ありがて――」

アンディの感謝の言葉が、途中で逆転した。

「――くない‼」

《なにリゾルートちゃんの邪魔してンのよっ！》

怒声《どせい》と砲撃を連れて、ボランテのガンビークルまで飛び込んできていた。リゾルートの勝負をボギーに邪魔されてご機嫌斜めらしい。

アンディは焦《あせ》る。

「くそ、こんな相手――」

宙《ちゅう》に、切り離した〈ジャックポット〉の砲身だけが取り残された。

「――っどはっ！」

アンディは文句《もんく》の途中で、距離を取ったリゾルートに再び引き寄せられていた。背部の武装ラックから武器を取り出す間《ま》がない。思わず手を組み合う。もう片方の手も。

いつの間にかアンディは、巨体のリゾルートと力比べする体勢になっていた。

「お、おめえ、どういう桁《けた》の動力して――そうか」

不可思議を解明する鍵《かぎ》は既《すで》に示めされていた。

ギリギリと唸《うな》りを上げる〈ブラックゴースト〉を腕の下に敷いて、リゾルートは牙《きば》を剝《む》く。

「いかにも。〈アプラクサス〉によって得られたもう一つの力、エネルギーの無限供給を私は受けている……トランクイロ殿《どの》の夢ある限り、私は無敵《むてき》だ」

「ほ、本気で、ナイト様の、つもりかよ……でも、今度は、攻撃……効きそうだな」

眼前にあるリゾルートの表情は動かない。

「無敵のファントム様の、くせに、あのリアクターの中での戦いは、ちゃんと限定空間戦、やってた、もんな……あの一撃は、まだ覚えてるか？」

挑発《ちょうはつ》に乗るタイプでもないはずのリゾルートは、それでも戦闘術者《じゅつしゃ》としてあの一撃のことを気にしていたのか、牙だらけの口を開けて、ようやく答えた。

「やって、みるがいい。今度は、どんな一撃だ」

「もう、少し待ってくれよ」

愛想《あいそう》笑いで答えるアンディの腕が、メキメキと音を立て、背が反《そ》ってゆく。その痛み苦しみを、耐えて待つ。

（まだかよ、くそ……）

彼の張った防壁の向こうでは、ボギーがボランテと変わらず追いかけっこをしていた。

《いい加減《かげん》にしてくれないかな！》

《ここが女の見せどころって奴《やつ》よ、オッ死《ち》ねダボが！》

狭《せま》いはずの棟《むね》と棟の間を軽く旋回《せんかい》し、グラウンドをスレスレ這《は》い、機動を誤らず、速度も落とさず、ガンビークルが飛ぶ。その広がった翼で機関砲が火を噴《ふ》き、回避《かいひ》するボギーを追う。

（——「元より善悪を問える身ではない。ゆえに、あの子の夢を守る、それのみを貫《つらぬ》く」——）

（夢）

頭痛も極致に達するボギーの頭の中で、なぜかリゾルートの言葉が回っていた。管理保存区域の壁を僅《わず》かに削《けず》りながら上昇、背後から迫ったロケットランチャーの連続爆発をかわす。

ふと、頭痛の端に鮮明な気持ちが浮かぶ。

（夢、夢、夢……見てるさ——ここにだって、似たような奴がいる）

自分たちが見つけなければ、ゴシップの娘であるという少女はここで八十万人、ファントムに関する実験で使い潰《つぶ》していたのだろうか、と思う。

（それくらいしないと叶《かな》わないのなら、そうするさ）

心の中で断言する。

その、自分でも分かっている青さ、まっすぐすぎて融通《ゆうずう》の利《き》かない暴力的な衝動《しょうどう》の中に、あの老人——『唯我独尊のウィッシュ《ウィッシュ・ザ・フルスマート》』の忌々《いまいま》しい言葉が蘇《よみがえ》る。

（——「おまえたちが育つのを待っている」——）

反転して、遠く旋回するガンビークルに向けて銃撃を加えるが、やはりまた、あの摩訶不思《まかふし》議《ぎ》な細《こま》かい姿勢制御でかわされる。決め手がどちらにもない、嫌な展開だった。そうこうするうちにアンディが倒されたら、今度はこっちが狙《ねら》われる。この二人を同時に相手すれば、間違いなく死ぬ。

（だからなんだ、見るぞ、見てなにが悪い僕は見るぞ夢を）

壮絶《そうぜつ》な頭痛と興奮と怒りが、息を荒くする。

（――「人は夢だけで生きていない」――）

（見る、見る、見る、僕は、僕は僕はぼく、ぼくは――）

《ボギ――ッ!!》

相棒《あいぼう》の怒鳴《どな》り声が突然入って、思わず姿勢制御を誤りそうになった。強化服の爪先《つまさき》で、いつしか眼前にあった壁を蹴る。熱戦砲《ねっせんぽう》の直射を間一髪《かんいっぱつ》、念動力《テレキネシス》とスラスターで避《よ》けた。

《頭で悩むな！》

《あ、えっ――？》

《とりあえずぶっ放せ!!》

、、、、、、、、

声と共に送られてきた方位信号、自分と敵の位置、頭の痛みに心の痛み、全《すべ》てが苦しく辛《つら》い中、それでも冷静にアンディの意図《いと》を理解し、妥当《だとう》かどうか判断し、実際に行うにはどうすればいいか、考える。

これまでに積み重ねてきたものが、一瞬で解《かい》を導き出していた。

《こうか》

体の前面から〈ブルーチップ〉多弾倉《ただんそう》ミサイルを全弾発射した。弾《たま》の行く先は確認せず、背後から迫ってきたガンビークル、その射撃を降下してかわす。そのまま直下に猛進。

《はあ？　なんのつもり？》

ボランテが、今さらのようなボギーの攻撃に呆《あき》れつつ、射撃を加えた。両翼の機関砲が唸《うな》りを上げ、ミサイルは次々と打ち落とされる。

《……むっ》

リゾルートは、その弾丸の流れる先、トランクイロの籠《こ》もる定期整備区画を守るべく、巨大な位相空間防壁《フェイズ・ウォール》を張った。全弾が防壁の同軸対流《メビウス・ループ》に取り込まれ、防御対象たる壁には傷一つつかない。

その間、ボギーは射撃し続けていた。〈ワルツスコア〉を撃ちつくすと躊躇《ためら》うことなく放り捨て、両脇《りょうわき》から〈ケーキワーク〉短身砲《たんしんほう》を二門引っ張り出し、どんどん弾丸を目の前に聳《そび》える位相空間防壁《フェイズ・ウォール》に撃ち込む。

《なにやってんのよ、んなもんで位相空間防壁《フェイズ・ウォール》が破れるわけ……!!》

旋回中《せんかい》だったボランテは息を呑《の》んだ。慌《あわ》てて通信する。

《リゾルート、壁を解《と》いて!!》

《馬鹿《ばか》な、何を――》

言いかけて、リゾルートも気付き、戦慄《せんりつ》した。

同軸対流《メビウス・ループ》の中に囚《とら》われた弾丸と砲弾が、その無限に巡る壁の中で踊《おど》り、荒れ狂っていた。この防壁を解いたとき、空間の迷路《めいろ》に囚われていた全《すべ》てが、ランダムにばら撒《ま》かれる。

「位相空間防壁《フェイズ・ウォール》を防御に使う、か……」

眼前で今にも組《く》み敷《し》かれそうな〈ブラックゴースト〉から、不敵《ふてき》な声が彼に贈《おく》られる。

「誰《だれ》が考案したんだかしらんが、可能な技術を実現することしか考えてねえ奴《やつ》だな？」

「貴様《きさま》……!!」

そのとき、

《クリア・ゴー！》

ヴァンプの声が、、、、、、無線通信によって彼の耳に響いた。

それは、妨害電波《ECM》が途切れた証《あかし》。

同時に、位相空間防壁《フェイズ・ウォール》が消滅した。

それは、無限のエネルギー供給が断たれた証。

そして、

〈アプラクサス〉が停止した、少女の夢が終わった、証だった。

リゾルートはそれに気づき、衝撃《しょうげき》を受ける。

「ぬうっ？」

「お、お待たせ！」

アンディは今まで踏ん張っていた両足の力を抜き、ふにゃりと押されるままに倒れこんだ。

事態の変転に気を取られたリゾルートは、その驚きのうちに、前へと倒れこんだ。

「つな⁉」

ちょうど、アンディをかばうように。

《ツキャ——⁉》

ボランテが叫んだ。

今までボギーが放り込んでいた〈ワルツスコア〉突撃《アサルトライフル》銃の弾丸と〈ケーキワーク〉の砲弾、ボランテが防壁に安心して多目《おおめ》に放り込んだ機関砲弾、その全てが、位相空間防壁《フェイズ・ウォール》の消失とともに、一斉《いっせい》に解放された。

ボランテのガンビークル『ワイルドギース』は、これまでのしなやかな機動を失って数発被弾《ひだん》、火を吹いた。

念動力《チレキネシス》でそれら砲弾の雨を避けたボギーが、ようやくボランテの神業《かみわざ》のような機動について得心《とくしん》する。

《やっぱり、熱量突撃機《エネルギーチャージャー》のエネルギーシールドを、常時微量に展開して、回避《かいひ》運動を取っていたのか。そっちにもエネルギーは供給され続けてたってわけだ》

《ど、どうして、〈アプラクサス〉が停止を……⁉》

驚く彼女の融合視界内《クロスサイト》で、ガンビークルのエネルギーゲインがどんどん下がってゆく。

《さあ、どうしてかな》

今までのお返しと、ボギーは撃ちまくる。

《こ、こ、これまでだわ！　リゾルー——!!》

言いかけて、映像を得たボランテは絶句《ぜっく》した。

アンディの上に被《かぶ》さるように倒れたリゾルートが体中に、いくつもの弾痕《だんこん》を穿《うが》たれていたのである。壁の至近にあったため、彼は銃弾砲弾の雨をまともに食《く》らったのだった。

「あ、あぶねー、〈ケーキワーク〉の砲弾がど真ん中だったら、俺《おれ》までやられてるとこだ」

その体を押しのけて、アンディが立ち上がった。転がり、仰向《あおむ》けになった宿敵《しゅくてき》に、言葉を放り落とす。

「こっちとしちゃ、けっこうギリギリの勝負ではあったけどな……それでも、夢の終わるときが来たってこったぜ、ナイト様」

「う、ぐ……」

リゾルートはなにか言いかけて、口元からゴボリと血を噴《ふ》き上げた。

「おまえもあの子も、罪を裁《さば》かれるときだ。夢の代償《だいしょう》にしちゃ、人死にが出すぎだ」

アンディは断罪者《だんざいしゃ》のように言った。

「リ、リゾルートちゃん」

宙《ちゅう》でボギーの射撃を避けつつ飛ぶボランテは、逃げるべきか、逃げられるか、感情と打算の狭間《はざま》で迷う。

と、そんな彼らに向けて、

パン、パン、パン、

と、拍手が鳴らされた。

「⁉」

アンディが驚き、ボギーが振り向いたその先に、どこから現れたのか、老人が一人立っていた。

「お見事。考え得る限り強化した二人を、よくも見事に。しかも〈アプラクサス〉まで止めてしまった。記録されるべき事態だ」

汚れた作業服とゴツい安全靴、照明・センサー付きのヘルメット、横一線に覗《のぞ》き穴の開いたゴーグルにむさくるしい髭面《ひげづら》……

「ポン、ポーソ……あんた？」

静止滞空《たいくう》するボランテが不思議そうに言ったのは、彼がそこに現れたからではない。彼の声が、いつもと違って若い、青年のものだったからである。

アンディが、〈ドゥー・イン〉特装《とくそう》機関砲を引っ張り出しながら言う。

「おまえか？　なにもかも、作ったのは」

ただの勘《かん》だったが、老人は簡潔《かんけつ》に肯定《こうてい》する。

「そうだ。おまえたち、いつ〈アプラクサス〉の作動条件《さどう》に気づいた？」

答え、訊《き》き返しつつ、髭《ひげ》を取った。老人どころではない、若い顔の下半分が現れた。

「今日の救出作戦と、これまでの出現状況の分析だ」

アンディは、わずかに得意《とくい》げな声で、彼らの社長の企《たくら》みを語る。


「グレムリンとファントムの出現には関連性がある、か。言われてみれば、たしかにその通りだが……」

社長室床面《ゆかめん》に映し出された戦況図を見ながら、ウィッシュは戸惑《とまど》いの声を漏《も》らした。

そのサングラスに映る作戦の進捗《しんちょく》状況は、なんとも奇妙なものだった。駆除屋《くじょや》たちは、中途《ちゅうと》に立ちふさがるファントムを固めて無力化しながら、心臓部であるリアクターには向かわず、一斉《いっせい》にその奥、質量充填剤《じゅうてんざい》によって封鎖《ふうさ》された区画へと侵攻《しんこう》したのだった。

「実は結構、気付かないものなのさ」

ディビジョンは、社長席で両手を広げて見せた。

「これまで、ファントムが遭遇《そうぐう》したのはほとんどが駆除屋、しかも状況的にはグレムリン退治《たいじ》のついでだったからね。あまりに当然で、注目する者なんていなかったんだよ。〈ゾーン〉にグレムリンがいるのは当然だし、それを退治に来た駆除屋が目撃《もくげき》するのも当然だった。当初は不法侵入者として扱われていたこともあって、知らない間にファントムは我々の側の存在だと思われるようになっていたんだ」

「事実は逆だった、と言うことか。いつ気づいた？」

訊《き》かれて、ディビジョンは後方に控える社長付き秘書に言う。

「エリー君」

「はい」

エリーは手持ちのボードを操作《そうさ》して、床面の映像を切り替える。

大きく写ったのは、白髪《はくはつ》のサイボーグ・リゾルートだった。アンディとの初遭遇時のものである。続いて、以降ディビジョン駆除商会が遭遇したガスマスク面《づら》、いわゆる『ハズレ』のファントムたちの映像が並べられていく。

「おかしいと思っていたのは、最初からだ。一目で、分かるだろう？」

「最初の白い奴《やつ》だけが、はっきり見えている、と？」

「そうだ。なぜこのときだけ、はっきり姿を現していたのか？　姿が違うから特別製だったのか、とも思っていたんだが……例の救出作戦で、そうじゃないらしいことが分かった」

エリーが、話の流れに応じて、また映像を切り替える。

救出作戦の最後、捨《す》て台詞《ぜりふ》を残して去る、白髪はじめファントムの一団が映った。

「なるほど、一緒《いっしょ》に、消えているな」

ウィッシュが頷《うなず》いたのを確かめてから、その画面は別のデータの羅列《られつ》に変わる。

「では、遭遇《そうぐう》した初期のファントムはみんなよく見えていたのか……というと、これがそうでもない。今映っているのは他者・他社の目撃例《もくげきれい》だ。はっきり見えるものと薄ぼけたもの、双方《そうほう》の状況は見ての通り、初期も末期もランダムだ。だから誰《だれ》も法則性があるとは考えなかった」

「しかし、全く別の問題だと思っていたグレムリンを足すと、変わるのか」

「これも、見ての通り、ということさ」

表が切り替わると、さすがのクエルも驚きを僅《わず》かに面《おもて》に表した。

「……!」

遭遇時期ではなく、グレムリンの退治《たいじ》前・退治後で分類された表に映し出されたファントムの像は、見事に二分化されていた。退治前にははっきりと見え、退治後には薄ぼやけていた。

「これに気がついた私は、もういちど救出作戦の戦況を捉《とら》えなおした。あの質量充塡剤《じゅうてんざい》で封《ふう》鎖《さ》する作戦には、どんな意味があったのかを、だ」

また戦況図が、救出作戦のものに変わる。

「敵の退却《たいきゃく》、しかも白髪《はくはつ》君が自分で言ったように、任意でない退却が、どういう要因によって起こったのか……これもやはり、グレムリンで繋《つな》がった」

駆除《くじょ》屋たちの侵攻《しんこう》がタイムカウントとともに進み、リアクターの中に構築された迷路《めいろ》に入ってゆく。その中心部あたりにアンディとヴァンプの表記もあるが、ディビジョンは別の場所を拡大した。

「ここがなんだか、分かるかな」

「……？」

駆除屋たちが侵攻するルート、要救助者がいる場所、ともに重ならないが、ウィッシュは一つ、妙なことに気がついた。

「全く関係ない場所が、全方位を質量充塡剤で封鎖されているな……いや、そうか」

ディビジョンはニヤリと笑い、頷く。

「関係ないんじゃない。ここが中心地、むしろ彼らがそうと知られないよう封鎖し、守っていた場所だ。この中には、グレムリンがいたんだよ」

映像のタイムカウントが進み、救出部隊の一つに交戦の表記が出る。ファントムを突破して奥に入った部隊が、横合いから壁と融合しながら進んできたグレムリンに遭遇したのだった。

「なるほど、これが退治されて、連中は引き上げざるを得なくなったのだな」

「そう。つまり、あの白髪《はくはつ》君たちは、駆除屋たちのためにリアクターを迷路化したわけじゃない。グレムリンが出現した区域を隔離《かくり》するために、該当《がいとう》区画に質量充塡剤を注入したんだよ。他《ほか》の閉鎖は全《すべ》てダミー、この区画のことを気付かせないようにするための見せかけだ」

「たしかに、時刻は一致しているな」

タイムカウントが指す、ある一点。そこは、封鎖を自力で突破したグレムリンが退治された時刻であり、アンディとヴァンプの前でリゾルートらが消え始めた時刻でもあった。

「だから、今度の『レイランド』作戦は、まず浮遊艇で管理局を包囲する際に妨害電波《ECM》を検出できるかどうかで、半《なか》ば成否《せいひ》が決まっていたというわけだ」

「演説で作戦内容を明かさなかったのは、そういうことか。なんという奴《やつ》だ」

鼻を鳴らす老人に、社長は明るく胡散臭《うさんくさ》く、笑って見せた。

「自信はあったさ。演説で言ったこともちろん嘘《うそ》じゃない。とにかく、グレムリンのなにかがファントム、引いては〈アプラクサス〉なるものを動かす要因となっていることは明白だった。だから今回の作戦では、それを最優先目標にしたのさ」


「なるほど、『飼い猫』のことまでお見通しか。噂《うわさ》以上に恐ろしい奴だな、そのディビジョンという男は」

不思議な青年は、ゴーグルごとヘルメットを取り、放った。言葉ほどには恐れも抱いていないらしい。線の細い、学者風のおっとりした顔には笑顔があった。

「我々は、奥に突入した連中が囮《おとり》で、本命は〈アプラクサス〉本体を突くお前たちだと思っていたが、本当はお前たちこそが、〈アプラクサス〉の稼動《かどう》そのものを止めるための囮だったというわけだ。やれやれ、世の中というのは一筋縄《ひとすじなわ》ではいかないものだな」

語る言葉の半分も、感情が籠《こ》もっていない。ほとんど棒読みだった。にっこり笑う顔が穏《おだ》やかなだけに、それは余計《よけい》に不気味に見えた。

アンディは逆に、感情豊かなアンドロイドとして挑《いど》むように訊《き》く。

「で、これだけ懇切丁寧《こんせつていねい》に教えてやったんだ、そっちも、このイカれた仕掛《しか》けがなんだったのか、教えてもらえるんだろうな」

「ここまで来たら、もう二度と行えないという意味で、隠《かく》す必要はない」

どこか会話としてはおかしな断言口調で、青年は答える。

「僕はあの可哀相《かわいそう》なトランクイロ……死蔵されていた優秀なクラッカーを断絶刑《だんぜつけい》からサルベージして、僕らが欲《ほっ》する力……その残滓《ざんし》である一つのデータを再現させる実験をさせた。他人の脳にあるモザイクパターンを組み合わせて、数百人で彼になれるかどうか、試させた」

アンディはふと、嫌な予感を覚えた。

「結果はご存知の通り、グレムリンという不確定存在が起こす時空震《じくうしん》の助けを借りて、ようやく〈ゾーン〉内だけで干渉《かんしょう》できる力を幾つか……不死身やエネルギーの無限供給程度のものを拾い上げられただけだったけれど。やはり十万単位の実験では、こんなものかもしれない」

「特殊技能者《レアタレント》の脳を再現……？」

あの大規模な事件の根幹と、彼の語る内容との関《かか》わりがいまいちピンと来ず、アンディは怪《け》訝《げん》な顔をする。

青年は構《かま》わず、自分の話を続ける。

『彼』は、普通の特殊技能者《レアタレント》ではテレパシストに分類される存在だった。自分の認識を、他人に伝達し、操作《そうさ》するという意味で。ところが『彼』が本当の意味で異能者《いのうしゃ》だったのは、その精神の中だけで起きるはずの認識操作の力を、物理法則にまで及ぼすことができたことだった」

アンディの予感が、最悪の部類にまで膨《ふく》れ上がる。青年の特殊技能者《レアタレント》。いや、こんな連中はどこにでもゴロゴロいる。まさか。

「簡単に言うと、『彼』は本当になんでもできた。無から有を作り出せたし、その逆もできた。自分が知らないものであっても、自分の領域の中だけでなら、再現することができた。無論《むろん》、なにも彼に害など及ぼせない。彼はなんにでも害を及ぼせた。いつしか彼は、こう呼ばれるようになった」

アンディが代わりに答えた。

「――『無敵《むてき》のノエシス』」

「その通り。〈アプラクサス〉は、彼の万能の世界、『支配領域《ドミニオン》』のデッドコピーだ」

青年は、誇りと、なぜか幾分かの不純物を混ぜた笑顔で返した。

それは、完全なる一個体と呼ばれた、史上最強の特殊技能者《レアタレント》の名だった。彼は、仲間とともに星の世界へと旅立とうと欲《ほっ》し、挫折《ざせつ》し、いずこかへと消えた。四年前の話である。

「おまえは……［星追い］か」

アンディは、できるだけ動揺を隠《かく》そうとして、言葉を短く切った。彼は青年の言った内容に動揺していたのではない。彼とともに青年を見る、もう一人の〈ブラックゴースト〉、その中にある少年の動静《どうせい》を慮《おもんばか》り、動揺していた。

「そう、僕は［星追い］だ」

《――!!》

青年の、やはり簡潔《かんけつ》な返答に、ボランテが息を呑《の》む声が聞こえた。

それも当然といえば当然、［星追い］は、政府が危険視する世界犯罪者集団の中でも常にトップに居座り続ける、潜在的《せんざいてき》反政府武力集団なのだから。その発見は、警察機構のみならず情報部《AIB》でも最重要案件なのである。

「いいのか、そんなこと、軽々しく言っちまって」

青年は笑顔を奇妙に歪《ゆが》めた。

「言う必要があるから、のこのこ出てきた」

「なに？」

「僕らは大丈夫だ、と追う側に示さなくてはならないからだ」

「……？」

アンディは、とうとう問うこともできなくなるほどに分からなくなった。

「僕がなぜ、こんな実験をしているのか、と思っているだろう、君への回答でもある」

青年は語り続ける。彼ら自身の理由に基づいて。

「ノエシスは、あの事件のあと、すぐいなくなった」

「!?」

あの事件の後、[星追い]は誰《だれ》一人として捕まっていない。詳《くわ》しい事情を知らず、僅《わず》かな残党のみが逃げ散ったと思い込んでいる（実際は丸々半数が潜伏《せんぷく》した）世の人々は、噂《うわさ》と二つ名のイメージから、彼らは『無敵《むてき》のノエシス』によって庇護《ひご》されている、と思っていた。その不可触不可侵《かしょくふかしん》の守り人《もびと》によって、いつか夢破れた子らが帰ってくる、と信じていた。

その子らの一人であるボギーに事情の詮索《せんさく》を行わなかったアンディも、その一人だった。

そのノエシスが、いない。

否《いな》、いなくなった。

「なぜ?」

思わずアンディは訊《き》いていた。彼らのために。守り神をなくした夢見る子らに。

青年は首を振った。

「分からない。ただ、僕らを置いて、どこかに消えてしまったんだ」

ボギーは思った。

（ち、違う）

「彼は絶対に死なない。だから、いなくなったのは逃げたっていうことだ」

ボギーは思った。

(違う)

「僕らを裏切って逃げた彼は、もう要《い》らない。だから、彼の力だけを、作ろうと思った。今回の件も、その一つだ。僕らは、僕らの元に残されたいろんなデータから、ノエシスのものを拾い出して、その再現を試していた……ここでの実験は終わりだけれど、それなりに成果は出たかもしれない」

淡々《たんたん》と言う青年の表情に、僅《わず》かに裏切られた悔《くや》しさが覗《のぞ》いた。

アンディは、その私情の方ではなく、もたらされた事実について不審《ふしん》げに訊く。

「それを、だからなぜ喋《しゃべ》るんだ」

「政府はね、とっくにノエシスがいなくなったことを、知っているからさ」

「！」

「だから僕らは、彼がいなくても平気だってことを、教えておかなくてはならない」

ボギーは思った。

(違うんだ)

「ここで行われていたことがなんなのか、政府は君たちの口から、全《すべ》ての状況から知るだろう。そして僕らに、あの『支配領域《ドミニオン》』の力が宿ることも、知るだろう。それこそが、僕らの夢の復活に繋《つな》がる」

ボギーは思った。
（違うんだよ）
「僕らの〈エンペラー〉は、まだ飛べる」
ボギーは思った。
（違うんだよ、コール兄！）
思うだけで、叫べなかった。
彼は、仲間に叫べない。ただ一人、ここにいる。
《ボランテ》
青年は突然、事態に取り残され、滞空《たいくう》していたガンビークルに通信を入れた。
《わ、な、なに!?》
《今度は僕が君を雇《やと》おう。君の逃走を助ける代わりに、ちょっと僕を運んでくれ》
《でも》
戸惑《とまど》う彼女に、青年は棒読みで言う。
《今の雇い主は、もう死ぬ。僕を運べば君は逃げられる》
言葉と同時に、設備管理棟が内側から火を噴《ふ》いて破裂した。
「ちぃっ、芸のない！」
「――」

飛び下がるA／Bを、このときボランテは完全に忘れて叫んでいた。
《トランクイロちゃん!!》
花が、内側からの爆発の中で散って、燃えた。
届けられ、周りに飾った、しかし決して中に持って入れない花が、散って、燃えた。
リゾルートとボランテのように、ポンポーソという名で花を運んだこともあった青年は、同じ光景を見ながら、平然と言う。
《この実験は終わった。彼女はもう立ち直れない。多くを知る彼女を渡すわけにもいかない》
《あ、あんた……!》
罵《ののし》りではない、怒りの唸《うな》りを上げるボランテに、
《行け》
また突然、通信が入った。
《私はやはり、捨て置けん》
炎の中に倒れ伏すリゾルートのものだった。
《う、う――この期《ご》に及んで人を振るのかよお!!》
絶叫《ぜっきょう》して、ボランテは降下した。
、、、、青年に向けて。
《すまん》

アンディはこれまでの行為へのお礼として、

「この、野郎《やろう》!!」

降下するガンビークルへと〈ドゥー・イン〉特装《とくそう》機関砲を、誰《だれ》にも構《かま》わず、ぶっ放していた。

燃えている。眠る人々も、神を夢見た少女も、宿敵《しゅくてき》も、全《すべ》て燃えている。

その行為に向けて、アンディはぶっ放していた。

が、

「無駄《むだ》だ」

冷たく言ったのはボギーで、

「ははは」

感情を込めず笑ったのは青年。

突然、彼の前の床《ゆか》がめくれ上がり、部品が間欠泉《かんけつせん》のように噴出《ふんしゅつ》した。それは機関砲弾の上げる炎を全て受け止めてなお、微動だにしない壁となって、彼の姿を隠《かく》した。

(特殊技能者《レアタレント》? しかし、これは)

ただの念動力《テレキネシス》などとは、その起こす現象のレベルが違う。部品が勝手《かって》に組み上がって、彼を隠す壁となっていた。

《この借りは——特に失恋の借りは絶対に返すわよ! クソ野郎ども!!》

罵《ののし》りとともに、壁の向こうにボランテが飛び込んだ。

「追《お》――」

「追えないよ」

アンディが叫び、ボギーが制止する。

その前で、組み上がった壁が渦《うず》を巻くように再びばらけ、散らばった。

その後には、ただ部品の山だけが残っていた。

「な、なんだ……どうなった？」

「部品の結合を解いて、穴を掘ったんだよ……」

「ボギー!!」

もはや誰にどんな怒りを向けていいのか分からないアンディは、相棒《あいぼう》の冷たい声に、まずその矛先《ほこさき》を向けた。

ボギーの方は、それに動じることもなく、冷静に答えた。

「開けた穴も、どうせすぐ下で塞《ふさ》がれてる。それより僕らも脱出しよう。こんな程度で爆破が終わりなわけもない。これは自分が脱出する前に彼女を救出させないための処置で、本命はこのすぐ後だ」

「――、……」

激昂《げっこう》していたアンディは、このつらつら語られる長広舌《ちょうこうぜつ》のうちに、ようやく少年が無理矢理《むりやり》に感情を押さえ込んでいると気付いた。

「くそったれが!!」

誰《だれ》にともなく叫んで飛ぶ相棒《あいぼう》に、ボギーも続く。

(死と、終わり……)

ふと、燃え盛る炎と誘爆《ゆうばく》の中、崩《くず》れ落ちてゆく真っ白な壁を振り返った。

夢の燃え果てる、人を巻き込んで潰《つい》える、姿を。

それを全《すべ》てに焼き付けて、しかし少年は思った。

(それがなんだ)

頭痛はきれいさっぱり、なくなっていた。


「ああ……」

炎の中に取り残された男は、少女のことを思った。

「また、泣いてはおりませんか」

偽装経験領域《イミテイブル》の、重犯罪者拘留区《こうりゆうく》で、たまに聞いて苛立《いらだ》った泣き声が蘇《よみがえ》る。

「トランクイロ殿《どの》」

その名にはどういう意味がある、と訊《き》くと、少し笑って、お母さんの好きなピアノ曲に書いてあった言葉です、と返ってきた答え。また、少女に名前を呼びかける。

「大丈夫、私がおります」

外の世界で、本当にこういうことができるのだ、と偽装経験領域《イミテイブル》内で自己の力を再現してやったときの笑顔が浮かぶ。手の中に現れた一輪の花に目を輝かせた笑顔が浮かぶ。

「一人には、もう、あの暗闇《くらやみ》には」

真っ暗な部屋で画面だけを点《とも》している、母親の部屋の再現というその不健康さに怒り、無理《む り》矢理《や り》に外部取得映像を点させたときの驚いた顔を、再現された風の心地よさに踊《おど》る姿を思い出す。

「大丈夫です、私がともにおります」

今、彼女は全《すべ》てを断たれて、またあの暗闇の中に押し戻されている。

全ての、最後の望みを断たれて。

メモリーが全く存在しないために、どうシミュレートしていいのかも分からなかった二人を、望んでも偽者《にせもの》しか手に入らなかった家族を、本当に再現する、それができるかもしれないんです、できる力をくれる人が来たんです、と笑って外に出ることを告げた少女が……打ちのめされてまた、あの暗闇の中に。

誰も答えることのない、死までの時を過ごす闇の中に。

それだけは許せない。

「ああ、神よ、よくぞ私に、この力を――」

泣き声への苛立《いらだ》ちからの会話、その全《すべ》てが蘇《よみがえ》る。それが彼女の情報総体をなし、存在を検知《けんち》する。よく知る者ならば、こうもたやすく検知……否《いな》、感じることができる。今まで殺しにしか使ってこなかったその力を、喜びとともに振るう。

ボッ、と手の中に少女が現れた。

「トランクイロ殿《どの》」

少女は、銀色の筒《つつ》の形をしていた。

「私が、ここにおります」

逃走の末に［ラズルダズル］の銃撃で半身を吹き飛ばされ、脳だけとなって収監《しゆうかん》された少女は、銀色の、コードをまとう筒の形をしていた。

《聞こえますか》

《……っ……っ……あ、ああ、リゾルート、さん？》

その脳から出力される信号を感じ、牙《きば》だらけの口が笑って言う。

《また、泣いておられる》

《……、私……、あっ——なに、を？》

少女は、白い鉤爪《かぎづめ》が、自分のコードをどこかに繋《つな》いでいるのを、その行為によってどこかへと無線通信が飛ぶのを感じた。

《あの駆除屋《くじよや》どもの予備回線……届けば、いいのですが……来た》

ディビジョン駆除商会へのアクセスが開く。
奇跡《きせき》ではなかった。
彼の求める男は、爆破を知って全帯域を走査《そうさ》していたのである。
リゾルートの声を聞いて、男は不審《ふしん》げに言った。
《ん、なんだ、どこと混線してる？》
《お父さん！》
《——『黒《ブラック》』!!　待て、いま秘匿《ひとく》方式に変える——どこだ、いま！》
リゾルートが、自分の出力を切った。
違う涙を出力するのを堪《こら》えて、少女は父に、最後の声を送る。
《……私、だめみたい。もうすぐ爆発するの。リゾルートさんが最後に、って》
泣き声になるのが、抑《おさ》えられなかった。
《ひどいことしたから、私、こんなふうになるの、当然だけど》
上手《うま》く言葉を紡《つむ》げず、言《い》い訳《わけ》になってしまうことに自己嫌悪《けんお》を覚える娘に、遺伝学上のみでの父親は、平然とした声で言った。
《そんなふうになったのは、別に酷《ひど》いことしたからとか、そんなんじゃない》
《えっ？》
驚く少女に、やはり平然と答える。

《やり方が不味《まず》かったからだ……この、へたくそ》
酷《ひど》いといえば、この慰《なぐさ》めこそ酷かった。
《だいたい、どうしてあんな、事を起こす前に敵に情報を与えるような接触なんてしやがった。おまえの結果は、全部おまえの責任だ》
少女は、父の教えを思い出した。彼は出力を切っている。
《……ごめんなさい》
《標的と無駄《むだ》な接触なんかしやがって。ヴァージョンの女狐《めぎつね》にさんざ叩《たた》き込まれたはずだろうが。なんでそんなこ――》
《その、お母さんがね》
娘が、口を挟《はさ》んだ。
《？　なんだ》
《あのね、本当はね、父さんが死ぬ直前に、言うつもりで接触したの》
《……なにを？》
《知ってた？　お母さんね、死んじゃったんだよ？》
《!!》
《お母さんね、必ず週に一回、いろんな秘匿《ひとく》回線を使って、データとかメモとか、届けてくれてたんだ。［蜘蛛《ウイドウ》］ができる前も、その後も、ずっと……》

《そう、か》
《これが途切《とぎ》れるときは死んだときだって、ずっと言ってた》
少し間《ま》を置いて、答えが返ってきた。
《……それを、最後に伝えようと思って、俺《おれ》との回線を開いたってのか》
《うん。『だから、寂《さび》しくないよ』って、言おうと思ったの》
《……》
《立場は、逆になっちゃったけど……安心して、お父さん。私、寂しくない、い、い、から》
（リゾルートさんも、一緒《いっしょ》だし）
娘は、娘として父に隠《かく》し事《ごと》もして、罪への悔《く》いなく微笑《ほほえ》んだ。
《……そうか》
バツン、
と全く唐突《とうとつ》に、待っていたかのように回線が途切れた。
《終わりましたよ、リゾルートさん》
《よかった》
《あなたに、これだけ、言葉を》

《はい》
《どうも、ありがとう。嬉《うれ》しい》
ゴシップは、社長室のコンソール前の椅子に背を預けた。
切れた回線の周囲では、とうとう起きた大爆発から逃れた駆除屋《くじよや》たちの点呼と敵への怒号《どごう》、逃げたガンビークルの追撃《ついげき》状況など、情報の氾濫《はんらん》でうるさかった。
「どうしたね、ゴシップ君？」
社長席のディビジョンが、お茶を手に訊《き》いたが、彼はいたって普通に答える。
「いえ、なんでもないっス。状況の整理を進めます」
その裏で、相手のいなくなった回線に、音なき声を放り捨てる。
《世間知らずの馬鹿娘《ばかむすめ》、言いに来る必要なんかなかったんだよ。俺《おれ》は、あんなクソ女狐《めぎつね》の生き死ににになんか……これっぽっちも、気持ちを動かされたりしなかったんだから》
もちろん彼は、娘に教えたように、表情への出力を切っていた。

5　終幕

夜を突いて、ファントム殲滅《せんめつ》作戦『レイランド』を終えた駆除屋《くじょや》たちが［EX《エクス》ユニオン］地域本部に戻ってみると、その駐機場は〈王者の一撃必殺《ロイヤルストレートフラッシュ》〉を中心としたパーティー会場へと模様替えされていた。

広い更地《さらち》のど真ん中に鎮座《ちんざ》する戦闘爆撃機から放射状に伸びて夜空を賑《にぎ》やかす、色とりどりの旗と電球を垂らした飾り紐《かざりひも》——ペカペカ安っぽい明かりに照らされる、肉やら果物やらのご馳走と浴びて溢《あふ》れんばかりの酒——過ぎ行く夜風にすら陽気さと活気を与える、銀紙色紙蠟燭《ろうそく》リボン——。

全《すべ》てが、饗宴《きょうえん》のときを待っている。

そう、待っている。

今はただ、静けさだけがあった。

浮遊艇を全機着陸させた駆除屋たちは、インナースーツにジャケットを羽織《はお》っただけの格好ですぐさま、待っていたバックアップたちと合流、彼らから銃を受け取った。強化服を着装《ちゃくそう》したまま自前のゴツい得物《えもの》を使う者は、弾《たま》だけを受け取った。

その静かな動きも収まる頃《ころ》、本部入り口の前、臨時に設けられた舞台の上に、作戦主導者であるディビジョン、［EX《エクス》ユニオン］の委員たち、そして件《くだん》の艇長が上がった。エリーは舞台脇《わき》の階段を上がった所で控えている。

委員たちは演壇《えんだん》の背後に一列に並び、艇長は演壇脇で止まった。

ディビジョンのみが演壇に立つ。その表情同様、作戦前とは打って変わった穏《おだ》やかさで、彼は聴衆に語りかけた。

《まず、一人の犠牲者《ぎせいしゃ》も出なかったことに。次に、我々が駆除屋であった証《あかし》を立てたことに。最後に、作戦の成功に》

これだけ言って、彼は演壇を艇長に譲《ゆず》った。

進み出た艇長は、昨日の騒動《そうどう》から着替えていないグシャグシャのパイロットスーツの後ろ腰に手を回し、銃を抜いた。

それを合図に委員たちも全員、ディビジョンまでもがエリーから受け取って、エリー自身も胸元から取り出して、アンディもボギーもキットもとっつぁんもヴァンプも、その場にある駆除屋に属する全員が――ただ一人を除いて――手にした銃を天に向けた。

ザアッ、
と波の立つようなこの音が静まるのを待って、艇長が万感《ばんかん》の怒声《どせい》を張り上げた。

《ざまあみろっ、、、、！　ブラボー!!》

彼の発砲。

歓声《かんせい》の爆発と駆除屋たち全員の発砲。

「ブラボー!」「ブラボー! ざまーみろ!」「ヴラーヴォ!」「みたかー! ブラボー!」「ヴラーヴィ!」「ぶらぼー!」「ッシャーッ、ブラボー!」「ブラービ!」「ブラボー、ブラボー!」「ブラボー!」「ブラボー」「ッハーッハー、ブーラボー!」「ざまみろっ、ブラボー!」

全《すべ》てが同時に起こった。

広場一面が花火となったかのように、祝典用の発光弾が一斉《いっせい》に色とりどりの輝きを湧《わ》き立たせ、舞い上げ、そしてさらなる歓声《かんせい》へと連動していった。

へたくそが自分で切った飾《かざ》り紐《ひも》に絡《から》まったり、少女が慣れない発砲の衝撃《しょうげき》に手を振ったり、せっかちが酒を頭から浴びたり、お祭り好きが一発では足りず次々と花火のつもりで撃ったり……余計《よけい》な麗句《れいく》も弔辞《ちょうじ》もなく、駆除屋《くじょや》たちの宴《うたげ》は始まった。

広場を埋める喧騒《けんそう》が、もはや饗宴《きょうえん》だか狂宴《きょうえん》だか判別もつかなくなってきた頃《ころ》、

「なんで同じのばっかり取るのよ? せっかく立食でいろんな種類があるんだから、少しずつたくさん取ればいいのに」

キットは呆《あき》れ顔で春巻きを皿に山盛りにする食いしん坊のアンドロイドに言った。

言われたアンディは子供のような答えを返す。

「だって好きだし。なあキット、また作ってくれよ」

「当番のとき、忘れず言ってくれたらね」

「言う言う、毎日言う」

他愛《たわい》ないやり取りをする二人、
その背後にわざと気配を匂《にお》わせて、細身小柄な女性が立った。

略式軍装を隠《かく》すようにハーフコートをきつく締めたクエルだった。ブルネットの長髪が、無《む》闇《やみ》に騒がしく明るい祭りの中でも暗く静かに、ほっそりした顔に影を落としている。

アンディは振り向きもせず、平然と春巻きを頬《ほお》張りながら言う。

「んぐ……オヤジは、自分で連れ戻しに来ないのか？」

「あっ⁉」

それで初めて、キットも恐怖《きょうふ》の来訪者に気づき、怯《おび》えるように奪《うば》われないように、彼の腕に強く手を回した。

クエルはアンディの問いには答えず、自分の言いたいことだけを言う。

「もとより旅団長閣下《かっか》の意に背《そむ》こうとは思わない。が、私個人は脱走兵を復隊《ふくたい》させるなど論外だと考えている。あの作戦が原因だとしても、脱走は脱そ——」

「あのな、んぐ」

アンディは食事のついでのように、背を向けたまま口を挟《はさ》んだ。

「別に俺《おれ》は、あの作戦でのことなんか、気にしてないぜ」

「……」

彼らの自賛句《じさんく》『前進制圧共働撃破《ぜんしんせいあつきょうどうげきは》』の象徴として一部に知られる非情の作戦部長は、不審《ふしん》げな顔をして、かつて使い捨てにした兵士『恐怖12《テラートエルヴ》』を見た。

「あんたは効率的に兵を殺しただけで、俺《おれ》がたまたまその兵だっただけだろ。旅団《ブリゲイド》で、そんな当たり前のことを心得てない奴《やつ》はいないさ。俺の脱走は、作戦が原因じゃない。作戦の結果だ……なあ？」

今や忌《い》み名《な》を捨てたアンドロイド・アンディは、自分の腕にぐっと抱きつく少女に、いつかと同じように笑って言った。

キットは彼ではなく、クエルを仇敵《きゅうてき》のように睨《にら》みながら頷《うなず》く。

「うん。アンディは、もう絶対に戻らないわよ。あのおじいさんにもそう言って」

「……分からない。閣下《かっか》とは違いすぎる。なぜこんな、捨てるものを持つ者が……」

クエルは顔を伏せてブツブツ呟《つぶや》くと、

「邪魔《じゃま》をした」

脱走兵にではなく、パーティーを楽しんでいた少女に謝罪して、踵《きびす》を返した。祭りの濃い明暗、その暗へと身を溶《と》け込《こ》ませてゆく。

キットは、それが完全に消えるのを見届けてから、しがみつく腕に力以外のものを込めた。

「アンディ……行っちゃやだからね。約束破る奴は最低なんだから」

「誓いは守るよ、マイ・スイート・エンジェル」

結局、過去からの声に一度も返らなかったアンディは、笑って春巻きを頬張《ほおば》った。

ボギーは騒ぎから離れた場所、駐機場の端に佇《たたず》む〈チャリオット〉のコンテナに背をもたせかけ、オレンジジュースをすすっていた。

「賑《にぎ》やかな場所から距離を取るのは、性《しょう》に合わないからか？」

その前に、立《た》て襟《えり》コートにサングラスの『唯我独尊のウィッシュ《ウィッシュ・ザ・フルスマート》』が立った。祭りの明かりを背負い、自身の表情に暗い影を落としている。

「それとも、賑やかだった頃《ころ》を思い出すのが辛《つら》いからか？」

「年寄りってのは、どうしてそう、なにもかも分かったふうに言うんだい？」

ボギーは不機嫌になるでもなく言って、ジュースをすする。

「……それともまた、『儂《わし》らは分かっているだけ』って言うつもりかい？」

ウィッシュは刻まれた皺《しわ》に凄味《すごみ》の影を濃くして笑った。

ボギーも力の抜けた笑いで答える。そしてあっさり、核心《かくしん》に触れた。

「アンディを連れ戻しに来たんじゃ？」

老人は意外に細い肩をすくめて見せた。

「言っただけでは、来るはずもない。命じようにも、もう部下ではない。暴力で臨《のぞ》めば、全力で歯向かわれる。当面打てる手段は手詰まりだ。儂《わし》の意志が伝わっただけで満足するさ。なにしろ、『唯我独尊《フルスマート》』は『無敵《むてき》』と違って、自分にしかその効力がないのでな」

老人も簡単に核心《かくしん》に触れた。

またジュースに口をつけ、舌を湿《しめ》してからボギーは訊《き》く。

「幕引《まくひ》きの話は？」

ウィッシュは平然と答えた。

「無論《むろん》、全て聞いた」

「それでも、僕を放っておくつもりだって？」

「今日の用は、さっき貴様《きさま》が言ったとおりのこと、それ以外は余事《よじ》に過ぎん。もちろん、命令よあれかし、我に前進を、と望んではいるがな」

「そりゃ……ぞっとしないな」

ボギーは冗談《じょうだん》めかして言ったが、実際のところ、それは真剣な危惧《きぐ》でもあった。

コール（さすがに名乗りはしなかったが）も、自分から最悪の秘密をばらすような真似《まね》はしないだろうから、政府がノエシスの失踪《しっそう》をすでに掴《つか》んでいる、というのは事実なのだろう。

だとすると、現在彼らに与《くみ》せず、単独で活動している［星追い］残党として知られてしまったボギーの立場は、非常に危険なものとなる……否《いな》、とっくに知られ、危険になっていて、今ようやく気付いた、というべきか。

ディビジョン・エクスターミネーターB『サイボーグ』は『無敵のノエシス』なのか？

いずれなにかが起こる火種《ひだね》としては十分すぎるほどに、物騒《ぶっそう》な疑惑《ぎわく》だった。

（でも、それに気付けただけでも、この事件は無駄《むだ》じゃなかった）

思ってから、少年は笑ってみる。

（僕も、なんだか社長に影響されてきたかな）

物事に対する耐性《たいせい》、とでも言おうか。利害に合致するなら、なんの躊躇《ためら》いもなく、どころか嬉々《きき》として自分を売り渡すだろう男に、少年は忌々《いまいま》しい感謝の念を送る。

そして——かつての破壊者に出会い怯《おび》え、断固として進む他者の姿を見て驚嘆《きょうたん》し、それでも狂《くる》おしく沸《わ》く渇望《かつぼう》に惑乱《わくらん》する、そんな自分を引っ叩《ぱた》いた——相棒《あいぼう》の言葉を思い出す。

「とりあえずぶっ放せ、か……」

その声に相手の意気を感じて、老人はからかう。

「自首《じしゅ》する気は？」

「ないね」

ボギーは軽く答え、子供のような笑顔を見せた。

舞台の上で、委員たちと改めて乾杯を終えたディビジョンとエリー（委員に是非《ぜひ》と誘われたのだ）は、舞台端の階段に座るおんぼろサイボーグと、傍《かたわ》らに佇《たたず》むその愛馬を見つけた。

ディビジョンは彼を見下す姿勢でないことを、一段、足を下ろす形で示してから、気安く声をかける。

「ありがとう、ヴァンプ君。今回の成功は、政府が代理執行《しっこう》の許可を即座に出してくれたことが大きかった、と私は思っているよ」

「なに、あんたたちには〈エンペラー〉の件でも借りがあったしね」

ボロの帽子とマント、立てかけたライフルだけという背中が、それに答えた。

「それに、おいらよりも、あのおっかない爺《じい》さんの尽力の方が大きかったんじゃないかな」

「どっちが、どれが、というのは問題じゃないさ。私から君たち、私から君たち以外、委員たちによるその他……成功は、それら全《すべ》ての結果だよ。お礼は今、誰《だれ》に対してもかけられる言葉だ。遠慮《えんりょ》なく受け取るのがいい」

「タダには高い裏《うら》がある、とも言うけど……まあ、今はいいか」

ヴァンプは言って、ギシギシと肩を揺らして笑う。首を下げるメタルリュウセイゴーの手綱《たづな》を取り、立ち上がった。

「もう帰るのかい？　少し楽しんでいったらどうだね」

「そうは言うけど、今キットちゃんの所に行ったらアンディに殺さ……」

振り返った彼のひび割れたアイカメラが、意外な物を映した。

エリーが、バイオリンのケースを持って、彼の前に下りてきていた。

ディビジョンは再び舞台に上がり、彼のための階段を開けた。

「君は飲み食いで楽しめないだろう？　なにかいいもてなしの方法はないかと思っていたら、エリー君がね」

「はい。久しぶりに、聞かせてくれませんか？」

数秒迷って、ヴァンプは手綱から手を放した。愛馬は、心なしか嬉《うれ》しげにいななく。

「エリー女史なら、ホントに善意からの勧《すす》めだろうしね」

笑う二人の前を通って、ヴァンプは舞台へ。ケースを開けて、色も深いバイオリンと弓を取り、まるでパズルのピースが収まるように、演奏の姿勢を取る。一旦《いったん》それを堪能《たんのう》すると、すぐに崩《くず》して、調弦《ちょうげん》を始めた。その傍ら、訊《き》く。

「曲調は、なにがお好み？」

訊かれたのは当然、彼に続いて舞台に上がっていたエリーだった。僅《わず》かに思いを巡らせてから、彼女は答える。

「穏やかに《トランクイロ》」

ヴァンプは頷《うなず》き、再びの姿勢に心を込める。

やがて、弦と弓が喧騒《けんそう》の中に音色《ねいろ》を混じらせ始めた。混じった音色は、やがて周囲からの意を集め、遊ばせ、溶かし、たゆたわせてゆく。

玄妙《げんみょう》の音を転ばす手は普段《ふだん》のきしみも忘れ、ただ奏《かな》でるためにのみ、揺れる。

これを聞いた誰《だれ》もが、少しずつ声を絞《しぼ》り、邪魔《じゃま》をしないよう、静まる。

舞台の端を借りて、ゆっくりと聴衆に心を染《し》み渡らせてゆく、ボロをまとった奏者。その姿は、どこか哲学めいて、またひどく玩具《がんぐ》めいて、そして例えようもなく、哀《かな》しげに見えた。

離れて立つディビジョンとエリーは、しかしそれをこそ味わい、聞き入る。


ゴシップは穴だらけ煤《すす》だらけとなった〈王者の一撃必殺《ロイヤルストレートフラッシュ》〉の上甲板に寝転《ねころ》がって、明かりに薄れる星空を眺めていた。

「逃げ切ってから……あのとき、あいつがいなくなった理由を調べてみたんだよ」

語る彼の傍《かたわ》らに、とっつぁんが機械体を胡坐《あぐら》で座らせている。その肩に立てかけ、抱え込んだ大型の対装甲《そうこう》ライフルは、撃たない奴《やつ》と合わせて二人分、との理由から最も派手《はで》な光を吹き上げたものである。

「あいつ、起きたとき俺《おれ》がいなくなってたことに驚いて、俺を探しに行ったらしい。桜並木は前と後ろ……二つに一つの確率で、道は俺に繋《つな》がってた。あいつには運がなかったんだ」

とっつぁんは答えず、それどころか顔のモニターさえ、消していた。

「そもそも俺たちが逃げてたのも、ヴァージョンの女狐《めぎつね》が俺たちの情報を売って寝返ったからだったし……あいつ、二親《ふたおや》のどちらからも捨てられた、って思ったんだろうなあ」

ゴシップも、幅広サングラスの奥に表情を隠《かく》して、夜空に声を放る。

「でもな、とっつぁん」

とっつぁんは答えないが、構《かま》わず続ける。

「俺の方はそのとき、なんとも思ってなかったよ。なんだ、逃げたのか、としか思ってなかったよ。本当にいたかどうか疑うくらい、実感がなかった。散る桜の中に融《と》けちまった……そんな、夢とさえ思ったよ」

ゴシップも、答えを期待していない。

ただ、聞いてもらえる、そこにいてもらえるだけでよかった。

「それが今日、いきなり現れて……おっ死《ち》んで……おまけに『もう寂《さび》しくない』だとさ」

星空に、散る桜の幻《まぼろし》がかぶる。あのとき、追手《おって》への不安から見上げた、手を繋いで見上げた、桜を混ぜる星空が、かぶる。

「今度こそ……ああ、今度こそ、夢みたいだ……ひどい、夢、みたいだ」

とっつぁんはいきなり、ゴン、と彼の前に一つ、置いた。

「呑《の》め」

ゴシップの好物であるスピリタスの瓶《びん》だった。

「……」

言われて彼は起き上がり、その瓶《びん》を見る。

とっつぁんは飲み食いができない。

なのに、持ってきていた。

無骨《ぶこつ》な声が、画面に像を結んで、言った。

「呑《の》んで、寝て、起きれば、また今が動き出す」

頑固《がんこ》そうな老人の顔が、笑っていた。

ガボン、と鋼鉄《こうてつ》の指が栓《せん》を抜く。

ゴシップは、自分がどういう表情を出力しているのか、分からなかった。

ただ、そのままの顔で、答える。

「娘と、そのナイトの踏む階段が、せめて母親と同じ方向へ延びていることを祈《いの》って――」

そうして、とっつぁんから瓶を受け取り、夜空にかざす。

「――乾杯《トースト》」

完

あとがき

はじめての方、はじめまして。
久しぶりの方、本当に、お久しぶりです。
高橋弥七郎です。
また、皆様のお目にかかることができました。まったく、ありがたいことです。

さて皆さん、乱痴気騒《ラズルダズル》ぎの時間です。

本作は、痛快娯楽《つうかいごらく》アクション小説です。ほぼ二年ぶりに推参《すいさん》する、痛快娯楽アクション小説です。撃って打って射ちまくる、痛快娯楽アクション小説です。流れ弾《ながだま》に注意して下さい。

テーマは、描写的には「夢見て足掻《あが》く者、そして生きる者」、内容的には「なにがあっても」です。相も変わらず、駆除屋《くじょや》たちは好き勝手《かって》し放題《ほうだい》、自分のために暴れています。

担当の三木さんは、おそらく、というより間違いなく、この世で最も本作に思い入れを持つ人物です。三木さんの激しい熱意と膨大《ぼうだい》な労力がなければ、この本は存在しません。誰《だれ》よりも深く、感謝いたします。そして改めて、おめでとうございます。で、次の話ですが（以下略）。

挿絵の凪良さんには、プロット段階から素晴らしいラフスケッチと緻密《ちみつ》な設定画、３Ｄモデルまで、多数の画稿を送っていただきました。至らぬ文への絶大な助けに、また、より単純にムチャ格好いい絵を描いていただけたことに、書き手として深く深く、感謝いたします。

そしてなにより、待っててくださった、また続きが読みたいという手紙をくださった、レアで愛《いと》しい読者の皆様にも、大きく深く、感謝を。この本を手にすることで、幾分かなりとでも満足を得ていただければ、幸せこれに過ぐるはありません。どうも、ありがとうございます。

改めて、この本を手に取ってくれた読者の皆様に、無上の感謝を、変わらず。

また、皆様のお目にかかれる日がありますように。

二〇〇四年三月　高橋弥七郎

〈PSGΞ2 ブラックゴースト〉
全制空戦用強化服《ヴァリアブル・マンファイター》

『POWERED SUIT GRADE〈特殊〉2型』の意。飛行式強化服の普及と性能向上によって現れた、空間拠点制圧戦の概念『全制空戦』に特化した強化服。ゆえに、両肩の荷重力推進機、積載・対応武装とも特別に強力で、軍では戦闘機に類別される。駆除屋たちの扱う強化服の中では最高級の性能を誇る、どころか軍の機密にさえ含まれる代物だが、供与の事情は当然不明。さらにA／Bの機体には、社の技術陣による無茶な調律と改造が施してあり、カタログデータとは長短ともにかなり違った性能になっている。

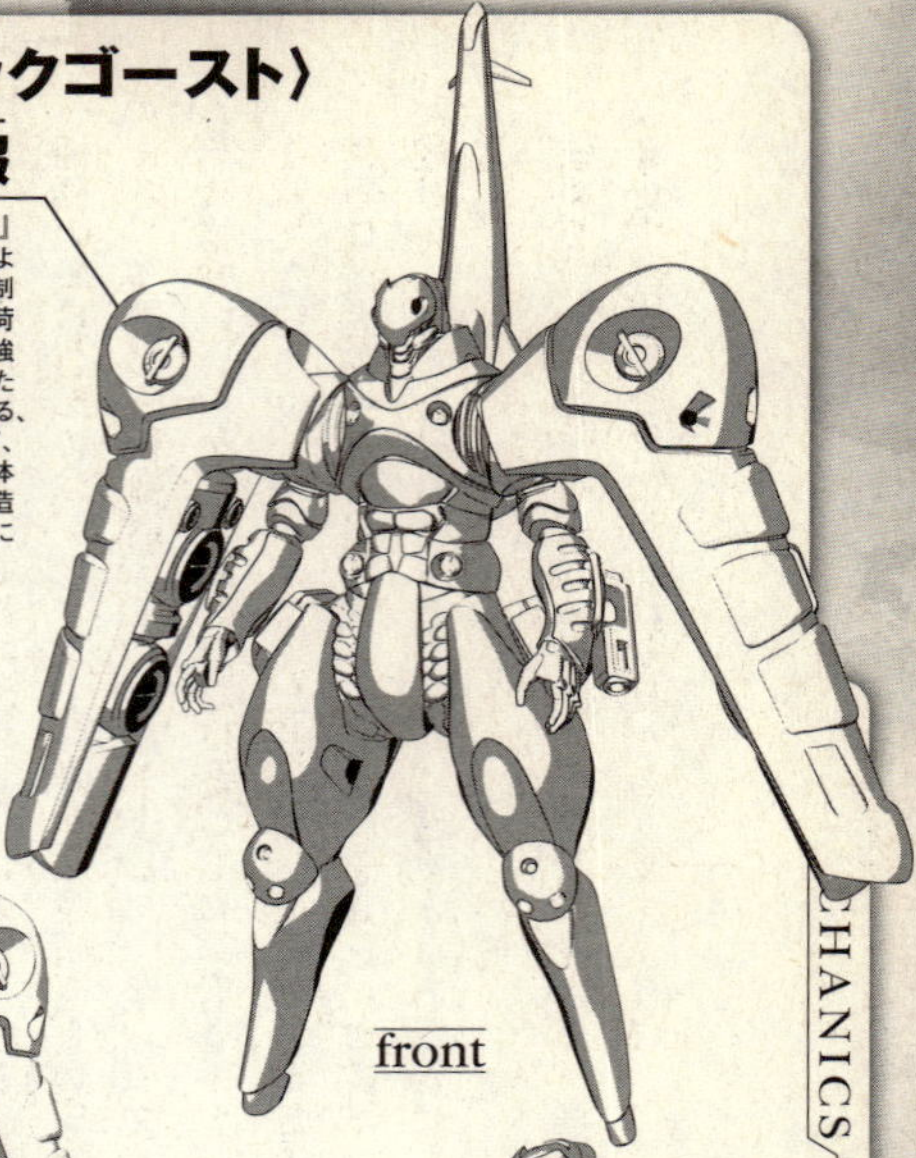

front

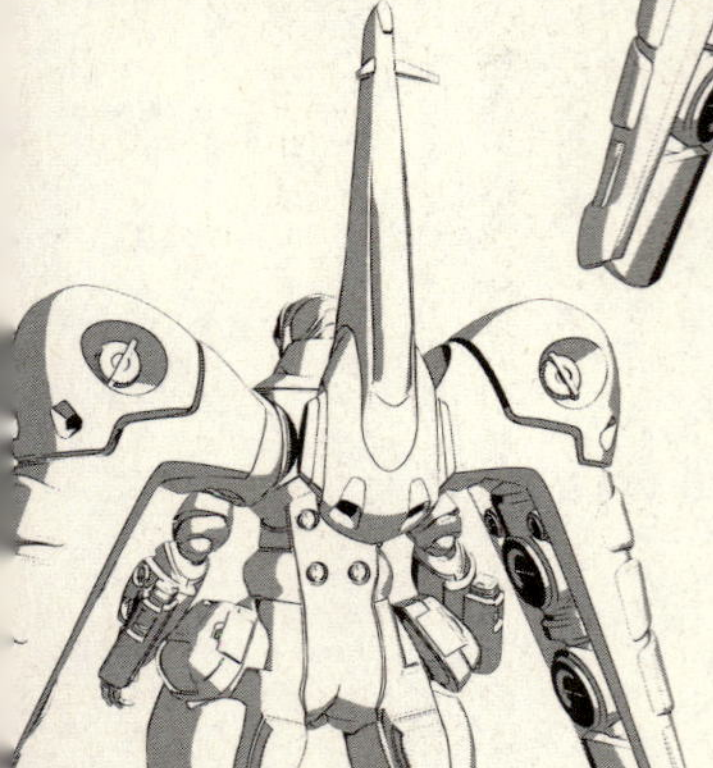

back

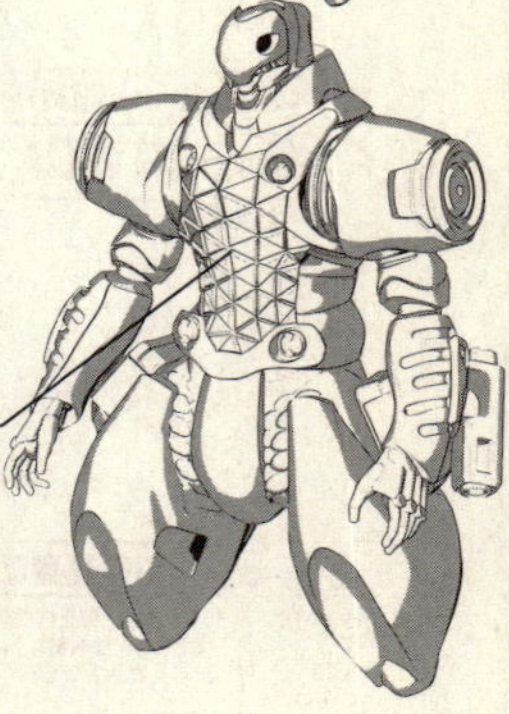

〈ブルーチップ〉
多弾倉ミサイルポッド

射出後に化学反応で爆発する＝被弾による誘爆の恐れがないことを特性とするミサイルポッド。装備面積が広い分、弾数も多い。撃発に必要な物理衝撃を得るため、弾速は高速に設定されているが、かわりに射程は短くなっている。

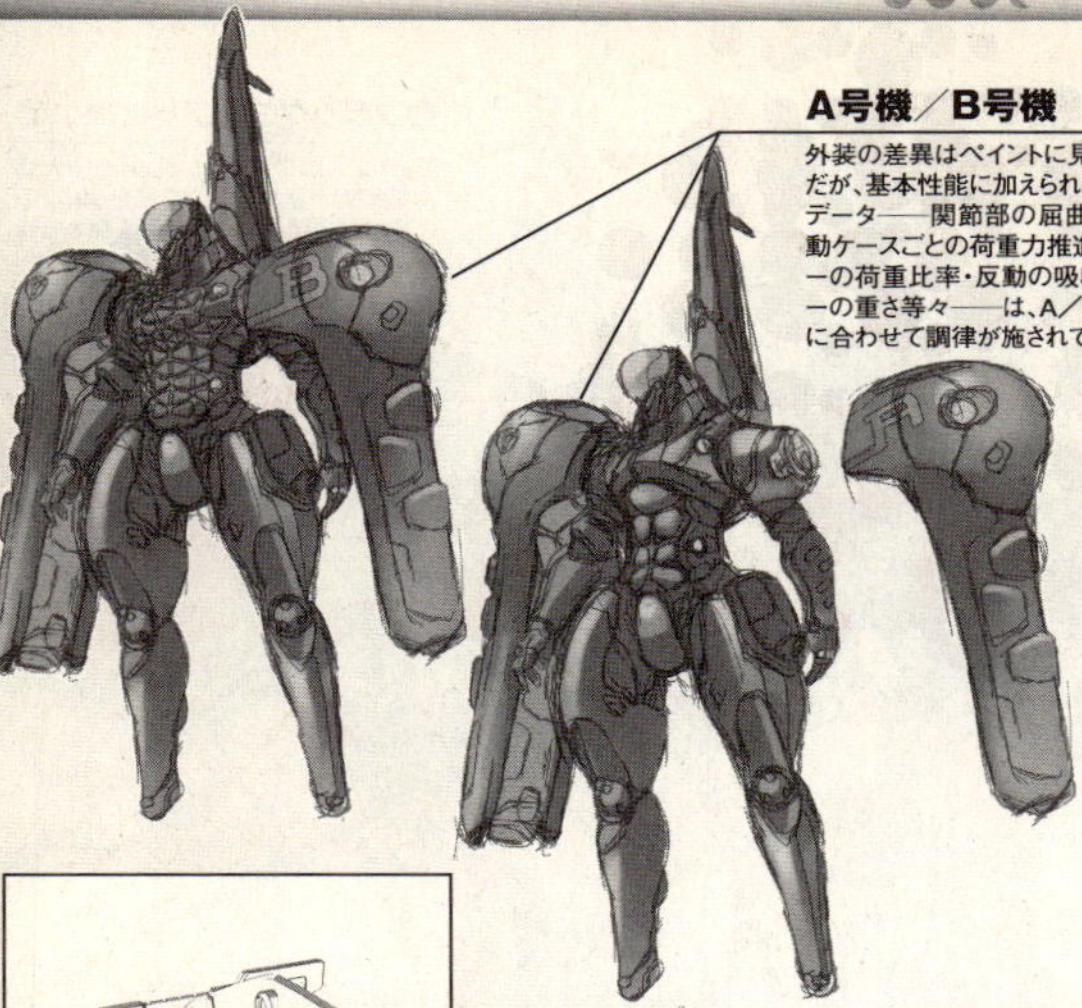

A号機／B号機

外装の差異はペイントに見られるのみだが、基本性能に加えられる各種運用データ――関節部の屈曲の重さ・機動ケースごとの荷重力推進とスラスターの荷重比率・反動の吸収率・トリガーの重さ等々――は、A／B二人の癖に合わせて調律が施されている。

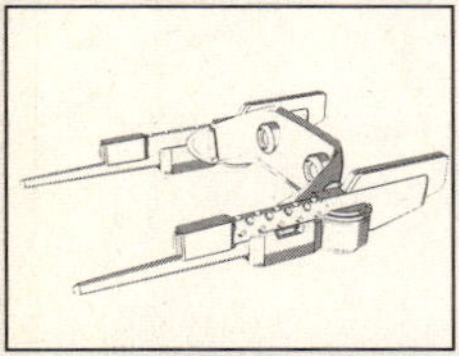

〈ヘッドシュリンカー〉短針銃

本エピソードでは未登場。微細な鋭角材を無数高速で噴射して標的を強制磨耗させる特殊武装。

〈ケーキワーク〉大口径短身砲

構造的には単純な、運動エネルギー弾を打ち出す砲。小型ながら抜群の装甲貫通力を持つ。本来は対地攻撃機級の兵器に長身砲型で連装搭載する重対戦車兵器。

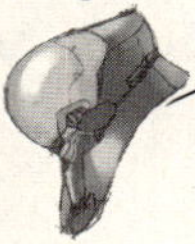

フェイスガード

開閉可能。着装者は融合視界から各種情報を得るため、内面に投影装置はない。対人戦闘以外では、両目にあたる出力標識は点灯させておくのが慣例。

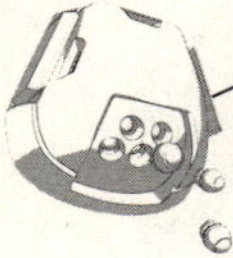

〈ホットビーンズ〉小型散布爆雷ラック

腰部装着式。〈ホットビーンズ〉は自由落下・遅発信管式の爆雷。強化服の大腿部・腰部は概ね、弾倉やサイドアームのラックとなっている。

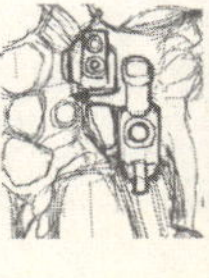

武装展開状態

大多数の強化服は両肩に荷重力推進機を装備するため、また人体工学的にも非効率であるため、手持ちでない武装は両脇を通して前方に展開させる。

解説／高橋弥七郎　イラスト&コメント／凪良（nagi）

●ブラックゴーストについて

肩の推進部は命ともいえるくらい大切な機関だと思われるので、シールドとして機能するほど強固な装甲を兼ねる感じで設定してみました。武装をいろいろ組み替えて遊べるおもちゃを意識して考えています（自分好みに模型をカスタマイズして飾るとかそんな感じで）。武装のビジュアルについては、名前からくる印象を元に、本文設定から立体化した際なるべく破綻しないように気を使いました。（コメント：凪良、以下＜凪＞）

高速飛行時のスタイル

飛行時は「トンボ」ということで肩の推進器を全開にしたポーズをとらせています。＜凪＞

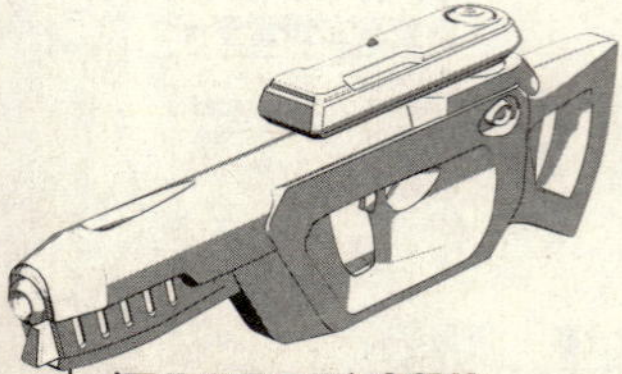

〈ワルツスコア〉突撃銃

強化服の携行兵器としてはポピュラーな部類に入るアサルトライフル。社技術陣による独自の改造が施してあり、市販品よりもスペックは高くなっている。弾種も豊富で、多岐な用途を持つ。戦闘で後衛を務めるボギーが多用する。

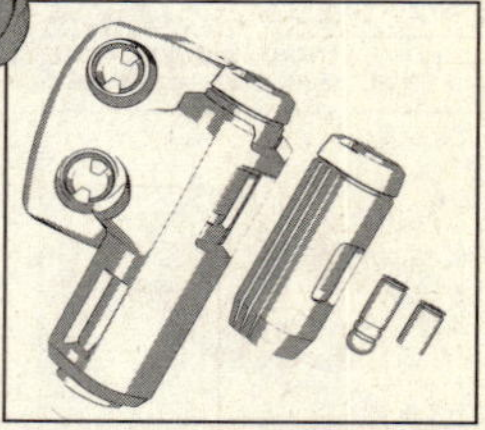

〈パニッシャー〉気化燃料炮弾

敵上空で酸化エチレン系燃焼剤を噴霧、エアゾール雲を形成してから点火・爆発させることで、広範囲を高熱と爆風で破壊する特殊炮弾。腕部の簡易ランチャーから射出する。強化服は運用における利便性から、腕部の大型固定武装は好まれない。

〈ジャックポット〉砲撃ポーズ

推進器で砲撃の反動を制御しつつ前面をシールドで防御といった感じです。<凪>

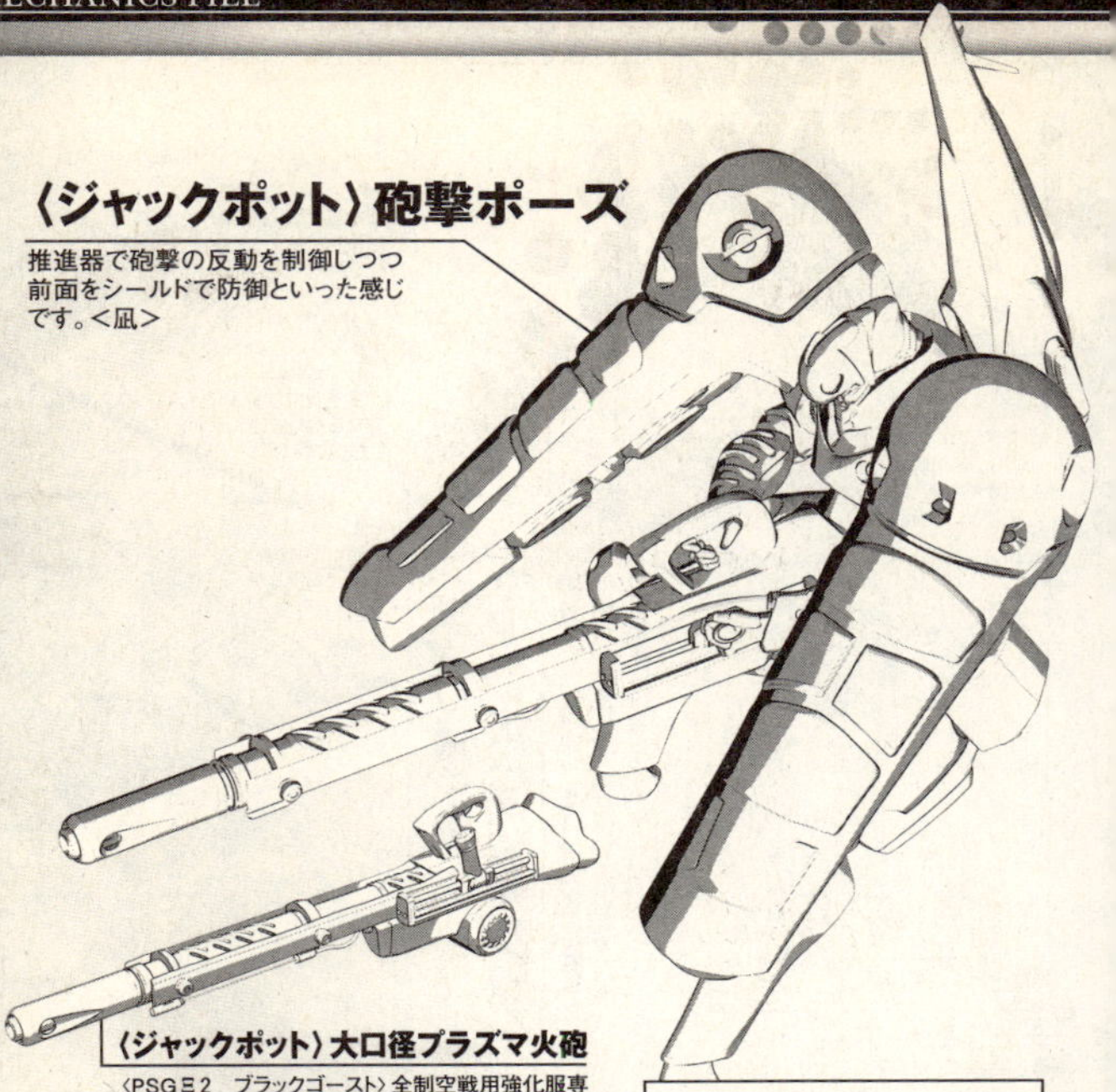

〈ジャックポット〉大口径プラズマ火砲

〈PSGΞ2　ブラックゴースト〉全制空戦用強化服専用の重突撃戦用武装。高効率にして大威力のプラズマ火砲。長い砲身がかさばること以外に特別欠点の見当たらない、高品質な兵器。戦闘で前衛となるアンディが多用する。

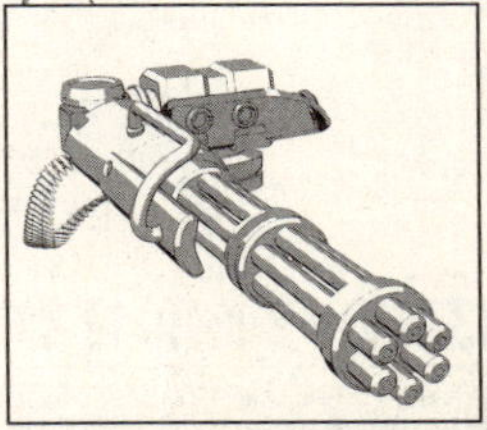

〈スクリーマー〉連装機関砲

強化服による本格的な空戦のため開発された、スライド式長砲身の連装機関砲。砲口を飛行体勢の先頭=頭上に向けるため、銃床の可動部は体の線からやや前方に配置される。弾体は小型で、給弾は銃床と連結した弾倉部から行われる。

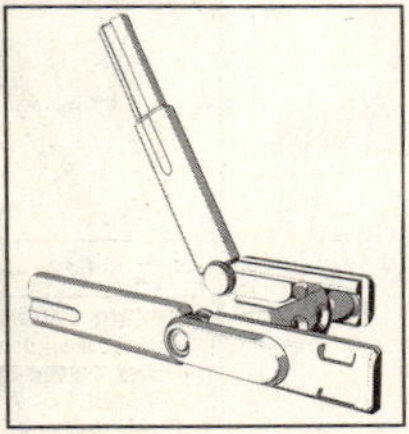

〈ドゥー・イン〉特装機関砲

発射速度だけが取り得の、六砲身ガトリング式機関砲。背部にある給弾ラックから、完全消耗式のベルトで砲へと弾を送り込んで連射する。対人爆弾は所謂『非人道的兵器』だが、駆除屋の業界では対グレムリン用としてポピュラーな弾種。

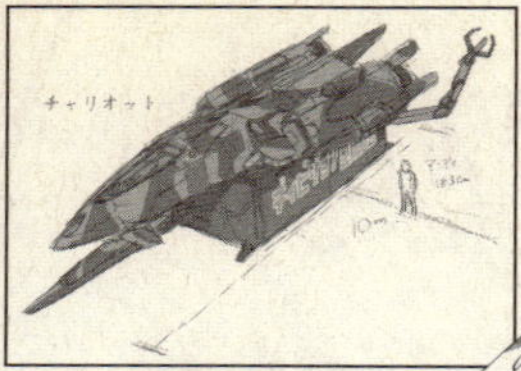

本文設定にはないですが推進器部分はいろいろ可動するように作っています。あと個人的趣味で機体はモスグリーンの迷彩柄。＜凪＞

〈チャリオット〉マーベル級強襲突撃艇

海兵軍団（強襲侵攻・先行突撃軍の伝統的呼称）の最新鋭機。後部コンテナを強化服の格納庫に改装してある。

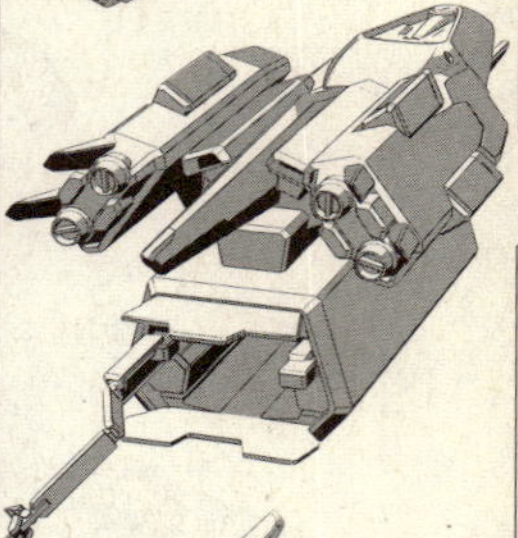

チャリオット内部

今回はイメージラフのみです。どうやって本文内容と違和感なくBGを収容するか気を使いました。＜凪＞

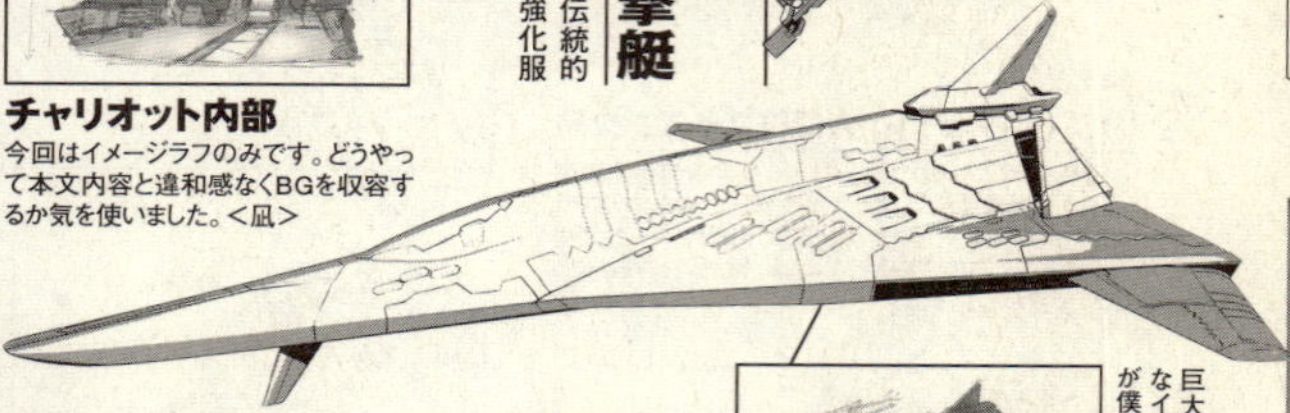

〈王者の一撃必殺《ロイヤルストレートフラッシュ》〉複合戦闘爆撃機

航空師団を指揮管制する『空飛ぶ師団司令部』を、社の頭脳中枢〈ポーカーハンド〉と秘密の社長室区画を内蔵する『空飛ぶ社長室』へと改装した戦闘爆撃機。各性能は向上しているが、単独戦闘には向いていない。

巨大な黒い三角錐のイメージです。勝手なイメージで波動砲とか内蔵させてますが僕の妄想です。〈凪〉

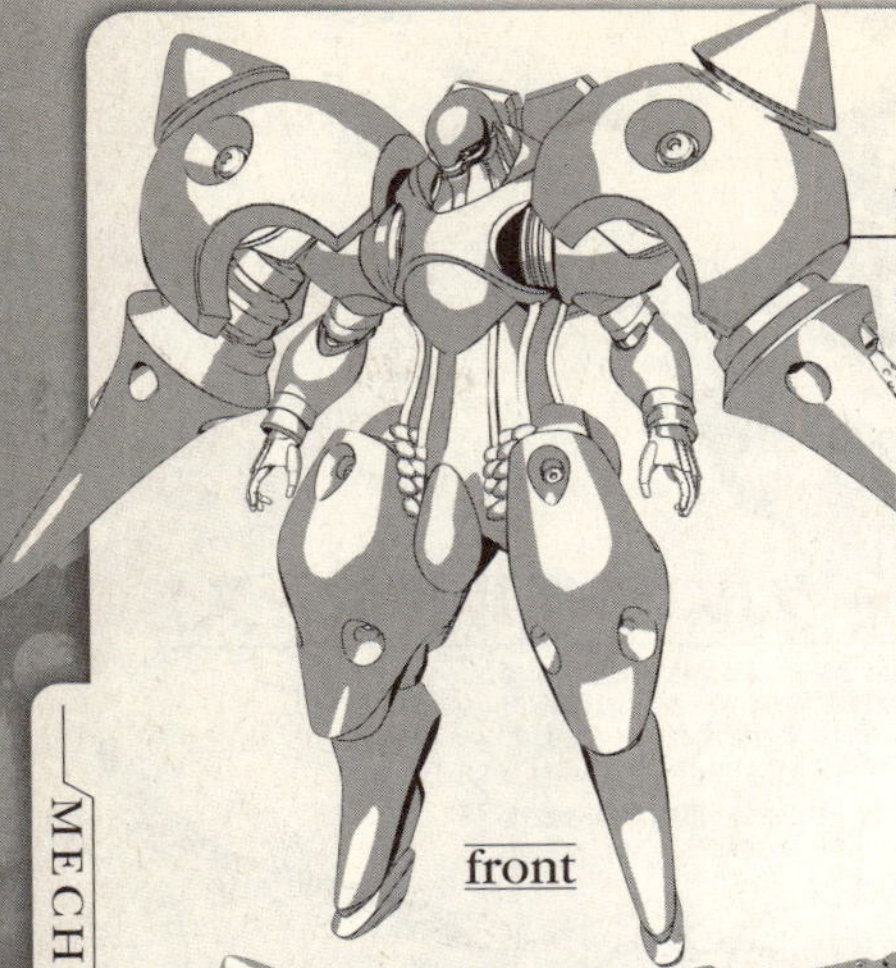

〈マッチレスマーチ〉
全制空戦用強化服《ヴァリアブル・マンファイター》

[連合治安軍第二十二特殊機械化限定旅団]、通称[ラズルダズル]が着装する、形式不明の機密武装。構成員の圧倒的な人的スペックに合わせて設計された、現行機種では最強クラスのグレードを持つ強化服。そのフェイスガードは、両眼窩の下に黒い切れ目の入った『泣き髑髏』と呼ばれる独特のフォルムで、敵味方からともに恐怖の代名詞として知られている。本エピソードで登場したタイプは、整備開け慣熟訓練からの参戦だったため、武装は全員〈ソルジャー・オブ・フォーチュン〉電熱化学砲のみ。

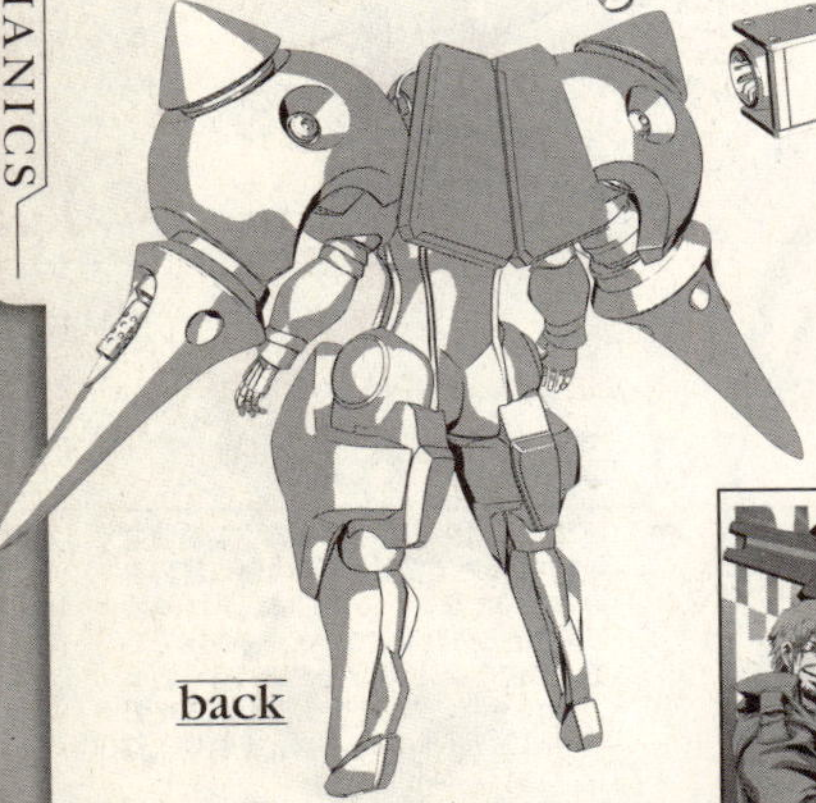

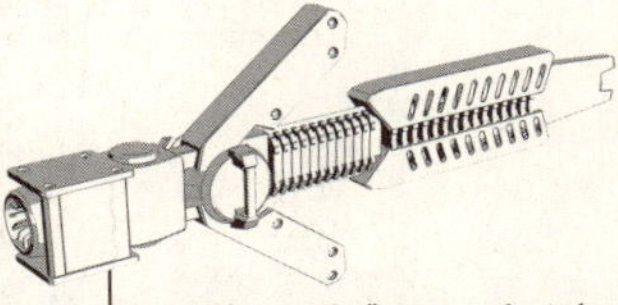

〈ソルジャー・オブ・フォーチュン〉
電熱化学砲

〈マッチレスマーチ〉専用の重突撃戦用武装。化学的に燃焼するゲル状炸薬を高電圧で着火、砲弾を押し出す『携行する大砲』。砲基部の大型緩衝機構で発砲時の反動を殺す。

カラー口絵ボツカット

挿絵用の見本です。いろいろ実験的なことをしていました。<凪>

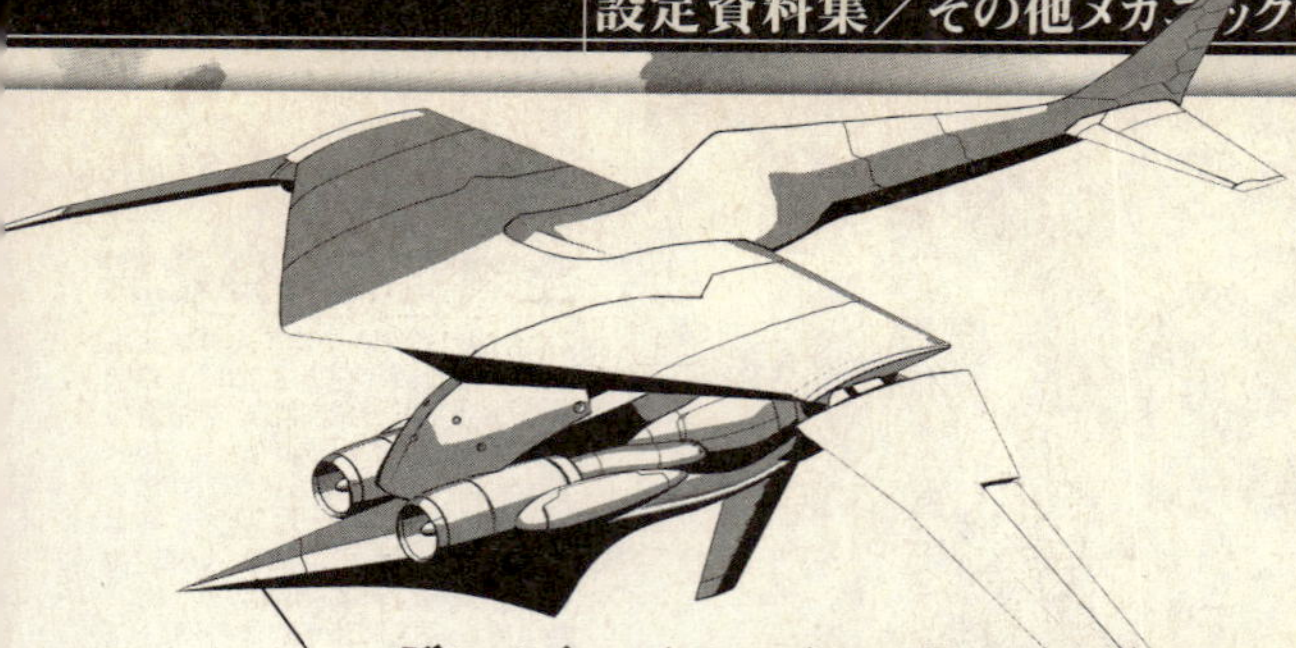

ガンビークル〈ワイルドギース〉

〈ワイルドギース〉はボランテによる愛称で、正式名称は不明。戦闘滞空時間を限界まで削ったことによる圧倒的な火力と機動力が売り。実戦配備されていない熱量突撃機としての機能も備える。

素体状態です。前についている二つの筒は熱量突撃機の噴射機関です（ボンボーソの後付でしょうか）。<凪>

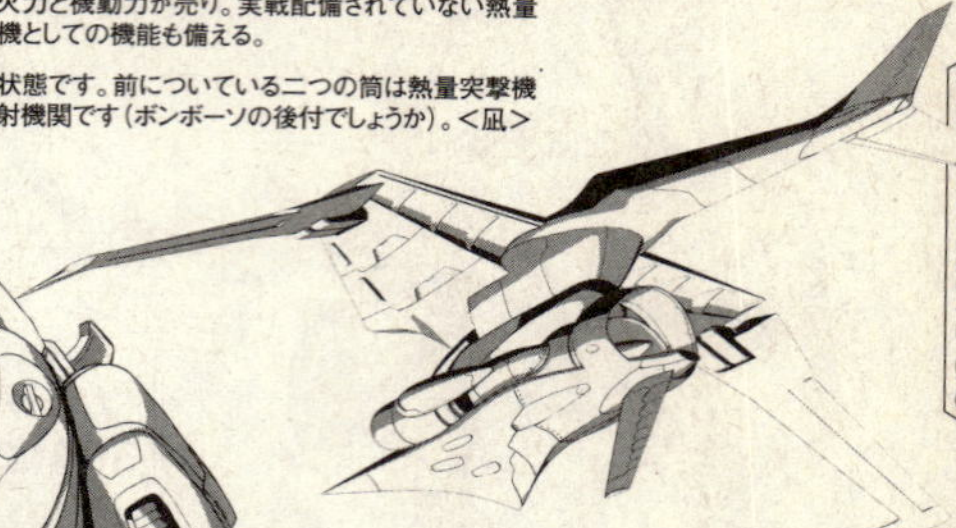

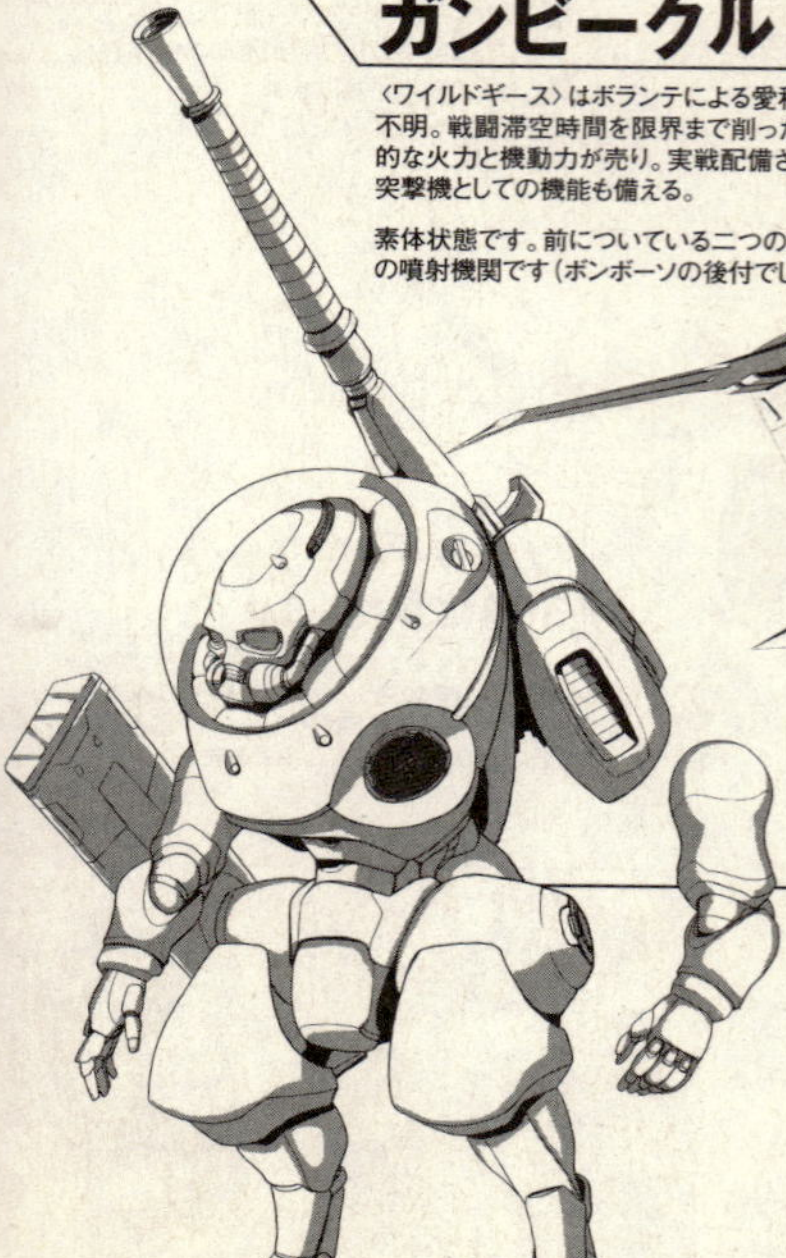

ファントム

トランクイロ一味の主力機体。脳組織を収納することで稼動する。内部に着装者の体を持たないため、シルエットは微妙に人型から外れている。〈ゾーン〉内で活動する際は過度の露出を避けるためポンチョを被り、空戦を行う際は背部機関砲や腰部ミサイルポッドなどを装着する。

SAFSのシルエットをちょっとだけイメージしてみました。ヘルメット映りこむ空とか描けなかったのが残念。<凪>

リゾルート

閉鎖空間内における戦術体系、『限定空間戦』の技能者たる戦闘サイボーグ。体もそのために特化された作りをしており、生身の部分は脳組織のみ。固定武装含め、火器を一切装備しておらず、足回りもスマートで荷重力推進機関も持たない。また、〈アプラクサス〉から無限のエネルギー供給を受けることで、常識外れな規模の位相空間防壁を張ることができる。大概の攻撃は、この中に取り込まれて彼に届くことはない。遠距離の敵にはこれで対し、近距離の敵には自身の技能と引き寄せ（アポート）で当たる。〈アプラクサス〉の稼動する〈ゾーン〉内では無敵の戦闘員となるはずだったが、結局それも机上の空論に過ぎなかった。

トランクイロー味はケレン味たっぷりなのでカブキのイメージにしてみました。最初は普通のメカ顔だったのですが作者さんの意向に沿って変更してあります。こちらのほうが僕も好みです。<凪>

キャラデザイン兼カットラフ

僕は特別なことがない限りキャラの設定画は作らないのでキャラデザインは挿絵のラフと兼ねています。<凪>

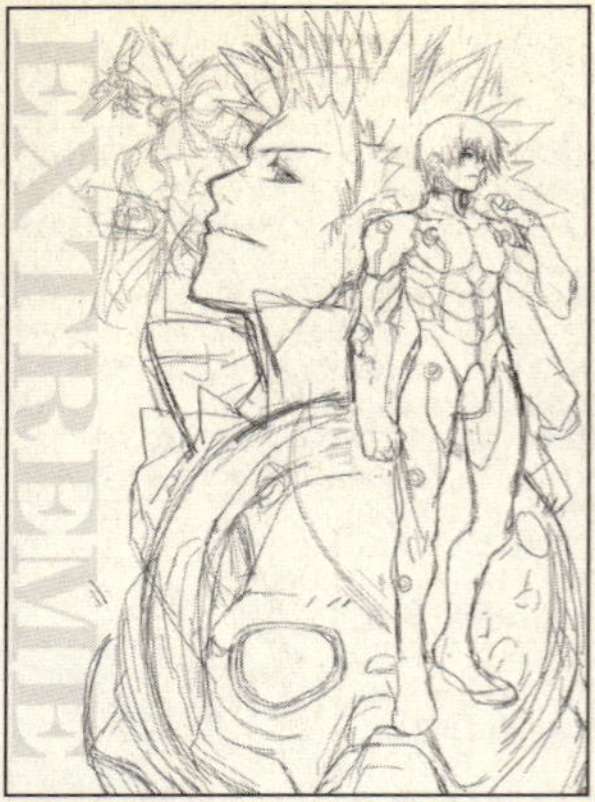

初期表紙ラフ

この文庫シリーズでは表紙に女の子がいないというめずらしい事になってしまったので、後でトランクイロを描き足したのですが結局オビに隠れてしまってます。
<凪>

初期のイメージラフ

アプラクサスの原稿を読む前に渡した最初の表紙イメージです。この頃から女の子は表紙に出さないようにしようかと考えていました。僕のラフは線が荒いので、こういうところに出されるとかなり恥ずかしいものがありますが… <凪>

カラー口絵ボツカット

カラーをどうしようかと考えていたときのボツです。女の子メインじゃないお話なので色々と試行錯誤していました。〈凪〉

初期の口絵イメージラフ

こちらも原稿読む前のものです。大体こんなイメージでよいですか？　とお伺いのために見せたものです。〈凪〉

〈ジェイホーカー〉重拳銃

様々な弾種を持つ、単純な機構の大口径リボルバー。ちなみに、対人爆弾は装甲貫通力が弱く（装甲に当たっても表面を燃やすだけ）、通常戦闘ではあまり使えない。

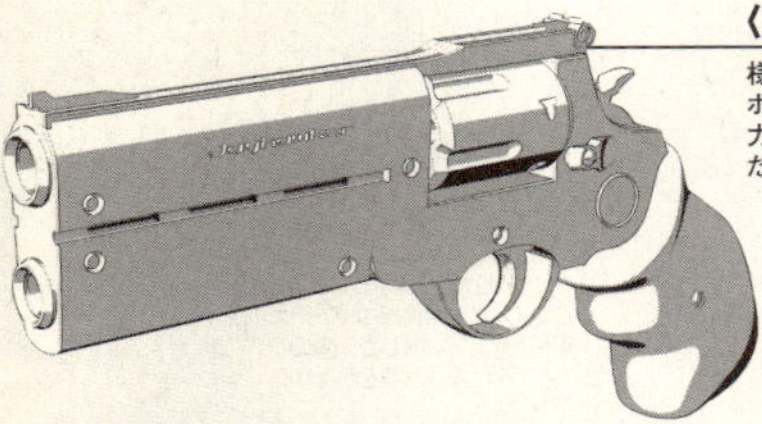

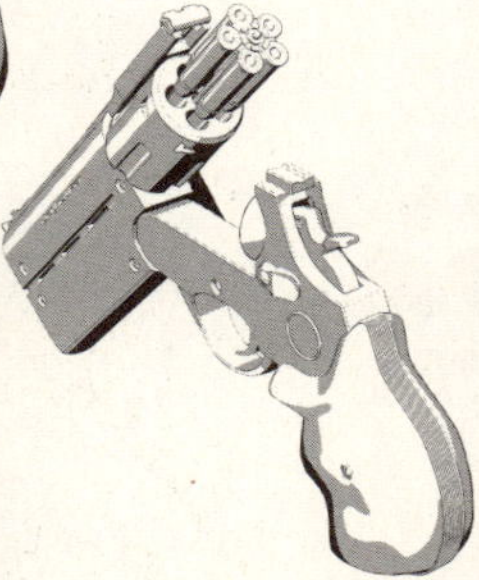

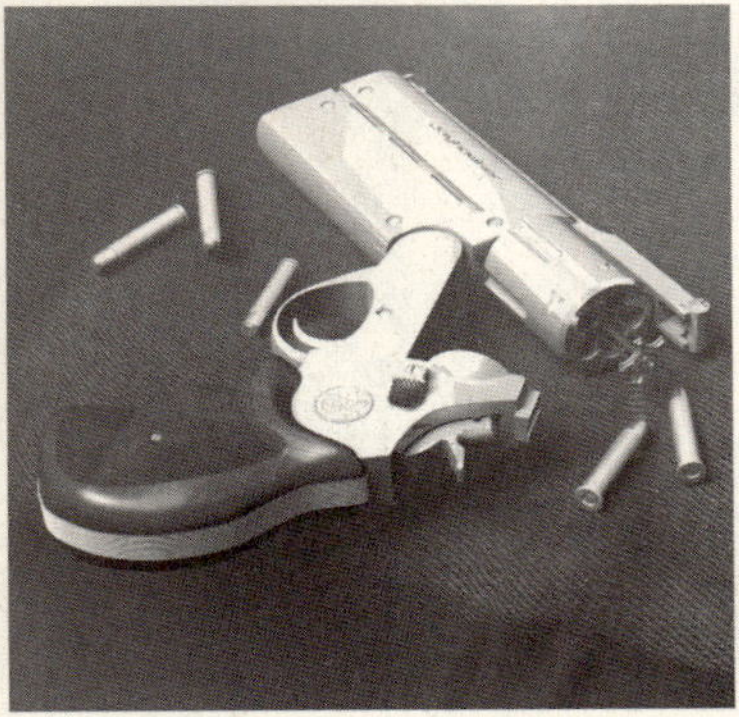

おまけです。ウイッシュの銃です。今回は3Dを利用して何か良い感じにできないかと試行錯誤してました。ああ、こういうこともできるのかと新たな発見もあったのでまだまだ荒削りですが巻を追うごとにレベルアップしていけたらよいなと思います。こういう機会と題材を与えてくださった担当さまと作者さまに感謝しています。<凪>

◉高橋弥七郎著作リスト

「A／Bエクストリーム　CASE-314［エンペラー］」（電撃文庫）
「A／Bエクストリーム　ニコラウスの仮面」（同）
「灼眼のシャナ」（同）
「灼眼のシャナ　II」（同）
「灼眼のシャナ　III」（同）
「灼眼のシャナ　IV」（同）
「灼眼のシャナ　V」（同）
「灼眼のシャナ　VI」（同）

本書に対するご意見、ご感想をお寄せください。

■

あて先

〒101-8305 東京都千代田区神田駿河台1-8 東京YWCA会館
メディアワークス電撃文庫編集部
「高橋弥七郎先生」係
「凪良（nagi）先生」係

■

電撃文庫

アプラクサスの夢《ゆめ》

高橋《たかはし》弥《や》七郎《しちろう》

発行 二〇〇四年六月二十五日 初版発行

発行者 佐藤辰男

発行所 株式会社メディアワークス
〒一〇一-八三〇五 東京都千代田区神田駿河台一-八
東京YWCA会館
電話〇三-五二八一-五二〇七(編集)

発売元 株式会社角川書店
〒一〇二-八一七七 東京都千代田区富士見二-十三-三
電話〇三-三二三八-八六〇五(営業)

装丁者 荻窪裕司(META+MANIERA)

印刷・製本 加藤製版印刷株式会社

落丁・乱丁本はお取り替えいたします。
定価はカバーに表示してあります。

Printed in Japan
ISBN4-8402-2700-4 C0193

電撃文庫創刊に際して

文庫は、我が国にとどまらず、世界の書籍の流れのなかで〝小さな巨人〟としての地位を築いてきた。古今東西の名著を、廉価で手に入りやすい形で提供してきたからこそ、人は文庫を自分の師として、また青春の想い出として、語りついできたのである。

その源を、文化的にはドイツのレクラム文庫に求めるにせよ、規模の上でイギリスのペンギンブックスに求めるにせよ、いま文庫は知識人の層の多様化に従って、ますますその意義を大きくしていると言ってよい。

文庫出版の意味するものは、激動の現代のみならず将来にわたって、大きくなることはあっても、小さくなることはないだろう。

「電撃文庫」は、そのように多様化した対象に応え、歴史に耐えうる作品を収録するのはもちろん、新しい世紀を迎えるにあたって、既成の枠をこえる新鮮で強烈なアイ・オープナーたりたい。

その特異さ故に、この存在は、かつて文庫がはじめて出版世界に登場したときと、同じ戸惑いを読書人に与えるかもしれない。

しかし、〈Changing Time, Changing Publishing〉時代は変わって、出版も変わる。時を重ねるなかで、精神の糧として、心の一隅を占めるものとして、次なる文化の担い手の若者たちに確かな評価を得られると信じて、ここに「電撃文庫」を出版する。

1993年6月10日

角川歴彦